Cristina Caboni

Die Gartenvilla

Cristina Caboni

DIE GARTEN VILLA

Roman

Deutsch von Ingrid Ickler

blanvalet

Die Originalausgabe erschien 2019 unter dem Titel
»La Casa degli specchi« bei Garzanti, Milano.

Sollte diese Publikation Links auf Webseiten Dritter enthalten,
so übernehmen wir für deren Inhalte keine Haftung,
da wir uns diese nicht zu eigen machen, sondern lediglich auf
deren Stand zum Zeitpunkt der Erstveröffentlichung verweisen.

Verlagsgruppe Random House FSC® N001967

1. Auflage
Copyright der Originalausgabe © Cristina Caboni
License agreement made through Laura Ceccacci Agency S.R.L.
Copyright der deutschsprachigen Ausgabe © 2020 by Blanvalet
in der Verlagsgruppe Random House GmbH,
Neumarkter Str. 28, 81673 München
Redaktion: Ulrike Nikel
Umschlaggestaltung: © www.buerosued.de
Umschlagmotiv: © mauritius images/Panther Media GmbH/Alamy;
www.buerosued.de
KW · Herstellung: sam
Satz: Uhl+Massopust, Aalen
Druck und Bindung: GGP Media GmbH, Pößneck
Printed in Germany
ISBN 978-3-7341-0798-6

www.blanvalet.de

Prolog

Der Schaum auf ihrem kleinen Fuß ist weiß, obwohl das Meer, das ihn ans Ufer gespült hat, strahlend blau ist.

Fasziniert schaut Milena erst auf den Schaum, dann auf das Meer, und fragt sich, wie das möglich sein kann. Sie hält die Hand ins Wasser und zieht sie wieder heraus, durchsichtige Wassertropfen perlen von der Haut ab. Erst als sie sich zu einem Rinnsal verbinden, werden sie langsam wieder bläulich.

Blau ist ihre Lieblingsfarbe. Bei Farben muss sie immer an die Menschen um sie herum denken, die alle ihre eigene Farbe haben. Ihre Mutter Marina, die jung gestorben ist, stand für Grün, für frische Blätter im Frühling; Gold oder Silber gehört zu ihrem Großvater Michele, wie alles, was er in seiner Werkstatt herstellt. Und sie selbst liebt neben dem Blau des Meeres das Rosa des Sonnenaufgangs.

Wenn man sich alle zusammendenkt, sehen die Farben aus wie ein Regenbogen.

Am Himmel sieht Milena eine Möwe ihre Kreise ziehen, die Flügel bewegen sich auf und ab, haben den Rhythmus ihres Atems, der kommt und geht. Der Duft in der Luft macht sie glücklich, es riecht nach Ginster, Wasserlilien und Salz. Für sie der Geruch nach Heimat.

Die Villa ihres Großvaters thront hoch oben auf einer Felsklippe, eingerahmt von üppigen Zitronenbäumen. Im Innern hängen Spiegel, vor denen sie früher auf Marinas Schoß gesessen und ihren Geschichten gelauscht hat. Sie fragt sich, ob sie den Regenbogen immer noch wie früher dort sehen würde, jetzt, wo Mama nicht mehr da ist und die Erinnerungen an sie immer mehr weichen.

Beide Gedanken machen sie traurig.

Bevor sie starb, hatte die Mutter ihr gesagt, sie brauche vor nichts Angst zu haben, weil sie stets auf sie aufpassen werde. Und sie solle immer laut und nie leise lachen, sonst könne man es im Himmel nicht hören. Sie habe es eines Nachts ausprobiert, allerdings gedämpft, um die anderen nicht zu wecken und kein Geheimnis zu verraten. Außerdem ermahnte sie ihre kleine Tochter, durch die Halle mit den Spiegeln zu tanzen und dabei zu schweben wie ein Schmetterling.

Milena liebt Falter sehr, mag sie jedoch nicht berühren, zu groß ist ihre Angst, sie zu zerdrücken. Sie sieht ihnen lieber bewundernd aus der Ferne zu, wie sie auf den Blumen sitzen, die der Großvater überall im Garten gepflanzt hat. Ihre Flügel sind so zart und empfindlich wie die Rosenblüten, die der Wind an den Strand geweht hat.

Das Mädchen sammelt sie auf und rennt anschließend zu einer Muschel, die auf den Sand gespült wurde. Während sie sie aufhebt, schwappt eine neue Welle hoch bis an den Saum ihres Kleides. Aus vollem Hals lachend, lässt sie sich vom Wasser umarmen, alles wird nass, sogar ihre Haare, aber in ihrer Hand liegt eine weiße Muschel, und als die Sonne sie getrocknet hat, glänzt sie in allen Farben des Regenbogens. Zufrieden steckt Milena ihre Regenbogenmuschel in die Tasche ihres Kleides und rennt auf den Großvater zu, der auf einem Stein in der Nähe sitzt und das Gesicht in den Händen vergraben hat.

Sein Kopf schießt nach oben. »Hallo, mein Schmetterling, bist du müde? Möchtest du nach Hause?«

Seine Enkelin schüttelt den Kopf. »Nein! Ich möchte dir etwas geben, das alle unsere Farben hat, es ist eine Regenbogenmuschel.«

Als sie dem alten Mann ihren Fund hinhält, lässt ein Sonnenstrahl die Schale leuchten.

»Du hast recht, man nennt das Perlmutt. Die Muschel ist wunderschön, ich danke dir, mein Schatz.«

Obwohl er sie anlächelt, sieht Milena Tränen in seinen Augen.

Es schmerzt sie, wenn Großvater weint und trotzdem so tut, als wäre alles in Ordnung, wenn er sie lächelnd durch die Luft schwingt und ihr sagt, sie sei das beste und schönste Mädchen der ganzen Welt.

Bevor ihre Mutter starb, hat sie ihrer Tochter erklärt, sie müsse den Großvater ganz oft umarmen und ganz fest drücken. An ihrer Stelle, weil sie es ja nicht mehr selbst tun könne. Und sie solle ihm sagen, dass sie ihn liebe und immer lieben werde.

Milena, die gerne der Bitte ihrer Mama folgt, schließt die Augen und schmiegt sich in seine Arme. Bei ihm fühlt sie sich rundum sicher und geborgen, und noch etwas, das die Mutter gesagt hat, fällt ihr in diesem Moment ein.

Wenn Einsamkeit sie quäle, solle sie in die Silberspiegel schauen, denn dort würde sie finden, was sie suche.

Zusammen mit ihrer Liebe.

1

Die Welle war gewaltig, furchteinflößend und schaurig schön, rollte auf sie zu und brach. Milena wusste, dass sie sie verschlingen würde, wenn sie nicht zurückwich.

In diesem Augenblick dachte sie an ihren Großvater, der sie vor der Gefahr der spitzen Felsen im Meer gewarnt hatte, damals, als er ihr das Schwimmen beibrachte.

Sie schloss einen Moment die Augen und öffnete sie wieder, nahm dann allen Mut zusammen und schwamm der näher kommenden Welle entgegen, spürte schon ihre bedrohliche Kraft. In einer Sekunde wäre sie bei ihr, würde sie mit sich reißen und unter Wasser ziehen. Es war der letzte Moment zur Umkehr. Kraftvoll und entschlossen änderte sie die Richtung und entfernte sich von ihr, bis sie eine ruhige Stelle erreicht hatte, die so blau war, wie es nur das Meer sein konnte.

Als sie das Ufer erreichte, brannte das Salz in ihrer Kehle, und ihr Herz raste. Sie hatte es geschafft, hatte richtig reagiert. So wie es ihr vom Großvater beigebracht worden war.

Schaudernd, dabei voller Stolz, stieg sie aus dem Wasser und streifte sich das dünne Kleid über den Badeanzug, drehte die tropfenden schwarzen Haare, die ihr über die Schultern fielen, zu einem Knoten. Dabei merkte sie, dass sie zitterte. Lag es am Wind oder an den Gedanken an das, was hätte passieren können? Sie wusste schließlich, wie gefährlich die Felsküste war, und hatte es dennoch getan. Weil sie mit einem Mal erkannte, bewusst nach der Herausforderung gesucht zu haben.

Eine unbezwingbare Energie schien tief in ihr zu stecken, sie zu zwingen, einem solchen Drängen nachzugeben. Wenngleich der Vergleich hinkte, kam sie sich vor wie eine Ballerina, die sich geradezu zwanghaft von der Musik treiben ließ.

Bevor sie sich auf den Heimweg machte, schaute sie hinauf zu den mächtigen Felsen, die sich über der malerischen Bucht erhoben und sie mit ihrer majestätischen Pracht einen Moment lang von allen anderen Gedanken ablenkten.

An diesem Morgen waren lediglich wenige Besucher an den Strand von Torre Sponda gekommen. Er verdankte seinen Namen einem mittelalterlichen Turm, der dort stand und als Sehenswürdigkeit galt. Den Touristen war der Himmel offenbar zu wolkenverhangen. Für Milena hingegen war es ein perfekter Tag, schließlich wusste sie, wie schnell die Septembersonne durchbrach. Lächelnd nickte sie ein paar vorbeigehenden Einwohnern Positanos zu.

Ursprünglich hatte sie lediglich barfuß am Strand spazieren gehen wollen, erst beim Anblick der Wellen, die sich an den Felsen brachen, war das Verlangen, den

Schaum und das Salz auf ihrer Haut zu spüren, übermächtig geworden und hatte sie ins Meer getrieben. Immer tiefer war sie hineingegangen, der Wind hatte ihre Haare zerzaust und die Strömung sie irgendwann mit sich gerissen, um ihre elementare Kraft und ihre Überlegenheit zu beweisen. Zunächst hatte sie Herzklopfen und musste ihre Angst überwinden, dann hatte sie den Wellen getrotzt und gewonnen.

Ein entscheidendes Ergebnis für sie, eine wichtige Bestätigung.

Immerhin war sie hierher zurückgekehrt, um ihren Mut und ihre Tatkraft wiederzufinden. Um zu verstehen. Sie schlang das Badetuch um ihre Schultern und lief auf die Treppe zu, die zur Villa führte, und stieg die Steinstufen hoch. Dabei versuchte sie an nichts anderes zu denken als an das Meer und die Sonne, sich einzig auf das zu konzentrieren, was sie vor sich sah.

Wie immer, wenn sie in Positano war, ging es ihr besser als in Rom, weil das immerwährende Rauschen des Meeres und der betörende Blumenduft ihre Seele umhüllten. Dieser magische Ort voller Farben, Düfte und Geräusche war ihr so vertraut, als wäre sie nie weg gewesen. Die salzige Meeresbrise gehörte ebenso dazu wie die bittersüßen Aromen der Zitronenbäume.

Hier fühlte sie sich wirklich zu Hause, bei ihrem Großvater, und nicht bei ihrem Vater im pulsierenden Rom. Positano war ihr Zufluchtsort.

Nicht zuletzt die silbernen Spiegel faszinierten sie. Es gefiel ihr, sich darin zu betrachten, ihr Gesicht, ihre

Gestik, ihre Mimik. Es war fast, als würde sie vor sich selbst stehen und sich fragen, wer sie wirklich war. Diejenige, die in der Halle stand, oder eine der Gestalten in den zwölf Spiegeln. Wenn Milena an ihnen vorbeiging, hatte sie das Gefühl, ihre Seele zu sehen, in jedem Spiegel anders, mal ebenmäßig, mal verzerrt. Es war ein verwirrendes Spiel von Sein und Schein. Wer war sie wirklich?

Ihr Großvater hatte diese alten Spiegel nach dem Kauf des Hauses im Keller gefunden und neue Rahmen aus Silber geschmiedet, die er mit filigranen Ranken und Blättern sowie prachtvollen Rosenblüten und anderen Vorlagen aus der Natur versah. Milena fühlte sich beim Anblick dieser Meisterwerke wie in einer anderen, verzauberten Welt.

Wenn bloß alles anders gekommen wäre, schoss es ihr durch den Kopf, denn selbst hier war das Schicksal zeitweilig hart mit den Bewohnern umgesprungen. Sofort verdrängte sie diesen wehmütigen Gedanken wieder und dachte stattdessen an eine Lebensweisheit, die ihr der Großvater mitgegeben hatte.

Wenn und Hätte führt zu nichts. Etwas ist oder ist eben nicht, und damit muss man sich abfinden.

Am Ende der Treppe angekommen atmete sie tief durch und blickte fast ehrfürchtig auf das vertraute Gebäude. Wie an der Amalfiküste üblich, war die Villa auf einem Felsplateau errichtet. Arkaden auf einer in einem himmelblau und sonnengelben Karo gefliesten riesigen Veranda prägten ihre Architektur. Darunter lag ein terrassenförmig angelegter Garten mit einem Gewächshaus und einem Zitronenhain. Milenas Lieblingsplatz befand sich im Schutz der Bogengänge, von wo aus sie stundenlang auf das Meer blickte, bis die Dunkelheit alles verschluckte und ihr nicht mehr als eine süße Erinnerung blieb.

Sie ging durch die Terrassentür ins Haus, stieg die Treppe zu ihrem Zimmer im ersten Stock hoch und duschte. Danach zog sie ein einfaches T-Shirt und eine Hose an. Ihre Haare ließ sie feucht. Sie liebte es, wenn sie an der Luft trockneten und sich anschließend ganz leicht und locker anfühlten.

In Gedanken versunken, ging sie wieder nach unten und betrat die Veranda.

»Guten Morgen, Milena, du bist ja sehr früh auf.«

Überrascht schaute sie nach unten. Ihr Großvater stand unter einer prachtvollen, violett blühenden Bougainvillea. Lächelnd ging sie zu ihm.

»Ich war in aller Herrgottsfrühe am Strand. Wie geht es dir heute?«

Michele sah sie einen Moment lang unschlüssig an. Gleich bei ihrer Ankunft war Milena aufgefallen, dass er neuerdings lange Pausen beim Sprechen machte – so als habe er Schwierigkeiten, sich zu konzentrieren und seine Gedanken in Worte zu fassen.

»Sehr gut, wie immer. Was die Ärzte sagen, vergessen wir lieber. Wenn die Leute weniger auf sie hören würden, wäre bestimmt die Hälfte aller Krankheiten auf der Welt verschwunden.«

War es wirklich so einfach, bezweifelte seine Enkelin,

denn gestern beim Wiedersehen war sie sehr erschrocken gewesen, wie sehr er in kurzer Zeit gealtert war. Regelrecht geschrumpft. Sein sonst so fester Händedruck war zittrig geworden, das Hemd schlotterte ihm um den Körper. Und jetzt bei hellem Tageslicht bot er ein noch traurigeres Bild.

»Hast du schon gefrühstückt?«, fragte er und deutete hinauf zur Terrasse, wo der Tisch mit einem Milchkrug, frischem Brot, Butter, Zitronenmarmelade und Feigengelee gedeckt war.

»Ja, ich habe vor meinem Spaziergang gefrühstückt«, sagte Milena, die nach wie vor die fruchtig-würzigen Aromen der Zitronenzesten und des Kaffees im Mund spürte. »Rosaria hatte in weiser Voraussicht alles in der Küche vorbereitet. Soll ich dir jetzt Gesellschaft leisten?«

Michele nickte. Er aß gerne draußen, verbrachte seine Tage ohnehin am liebsten an der frischen Luft und werkelte im Garten, wenngleich seine Finger inzwischen von Arthritis verkrümmt waren und man sich kaum mehr vorzustellen vermochte, dass er einmal einer der berühmtesten Gold- und Silberschmiede Italiens war, vielleicht reichte sein Ruf damals sogar über die Landesgrenzen hinaus.

Zärtlich lächelte Milena ihn an und dachte an die ferne Zeit, als sie staunend neben ihm gestanden und seine Arbeiten bewundert hatte. Wie von Zauberhand war das Rohmaterial vor ihren Augen in prächtige Kunstwerke, in Ringe, Broschen, Armbänder und Ketten verwandelt worden. Von all den Schmuckstücken, die er ihr geschenkt hatte, mochte sie eines ganz besonders: ein ovales Medaillon aus Weiß- und Gelbgold. Drückte man es ganz sanft, klappte es auf, und ein Foto ihrer Mama mit ihr im Arm und dem Großvater dahinter kam zum Vorschein.

Es war ihr Glücksbringer, eine ständige Erinnerung an die Liebe ihrer Mutter und ihres Großvaters.

Inzwischen war aus ihm ein gebrechlicher Mann geworden. Trotzdem hielt er sich einigermaßen aufrecht, seine schlohweißen Haare fielen ihm, wie bei einem Künstler üblich, bis auf die Schultern, seine wettergegerbte Haut und die wissend dreinblickenden blauen Augen erzählten von einem langen, wechselhaften Leben.

»Warte, ich helfe dir«, sagte sie, als er sich anschickte, die Treppe nach oben hochzugehen.

»Lass mal, ich habe ja den Stock.«

Selbst wenn sie erkannte, wie schwer es ihm fiel, und fürchtete, er könnte stürzen, respektierte sie seinen Wunsch. Er war immer ein stolzer Mann gewesen, stolz auf sich, auf seine Arbeit, seinen Garten. Und auf sie, seine Enkelin.

Milena zwang sich zu einem Lächeln und versuchte, den Kloß in ihrem Hals herunterzuschlucken.

Dass er nicht mehr gesund war, darüber diskutierten die Ärzte schon länger. Er litt an Demenz, denn die Erinnerung an früher schwand mehr und mehr. Und dass diese Krankheit praktisch nicht heilbar war, fand sie besonders ungerecht und falsch. Entsprechend liebevoll schaute sie ihn an und bemühte sich, ihre Sorgen zu verbergen, wünschte sich von ganzem Herzen, er könnte noch einmal für kurze Zeit der Mann werden, der er einmal gewesen war.

Der Wind drehte sich und wehte Stimmen herüber, die sie ablenkten und aus ihrer Traurigkeit rissen.

Am Rand des durch eine Feldsteinmauer begrenzten Anwesens hinter dem Gewächshaus standen ein paar Männer in Arbeitskleidung neben Schubkarren und mit Schaufeln. Ihre Gesichter ließen sich nicht erkennen, und sie verstand nicht, was sie sagten, merkte lediglich, dass ihre Stimmen aufgeregt klangen.

»Wer ist das?«

Michele, der stehen geblieben war, brauchte eine Weile, bis er antwortete. »Bauarbeiter. Die Mauer wurde durch die schweren Regenfälle im Frühling in Mitleidenschaft gezogen, weißt du das nicht?«

»Nein, das hast du mir nicht mitgeteilt. War der Schaden groß?«

»Die Mauer stürzte an mehreren Stellen ein, deshalb habe ich mich entschlossen, sie abreißen und eine neue bauen zu lassen. Die alte habe ich vor vielen Jahren mit eigenen Händen errichtet, deine Mutter war als Kind ein richtiger Wildfang und kaum zu bändigen. Wie naiv es doch war zu glauben, eine Mauer würde sie vor allen Gefahren schützen können. Das Schicksal hat uns einen unerwarteten Streich gespielt.«

Seine Stimme brach, in seinen Augen erschienen Tränen, und in Gedanken war er weit weg. Nach dem Tod seiner Tochter hatte er sich mit Arbeit betäubt, seine Gefühle waren dabei erstarrt. Es hatte lange gedauert, bis es Milena gelungen war, den Panzer zu durchdringen und ihren Weg zu seinem Herzen zu finden.

»Komm, wir gehen ein Stück«, schlug sie vor, und der Großvater nickte.

Der betörende Duft wurde bei jedem Schritt intensiver. Alles stand in voller Blüte, Bienen schwärmten herum und kehrten mit reicher Beute zurück in ihren Stock. Milena versuchte sich auf ihre Umgebung zu konzentrieren, um nicht an das denken zu müssen, was ihr auf der Seele lag. Ihre Mutter. Die Frau, die sie nie richtig kennenlernen durfte, weil allzu früh das Schicksal erbarmungslos zugeschlagen und sie ihr genommen hatte.

»Wie geht es dir?«, erkundigte sich Michele.

Sie war überrascht über seine Frage, bis sie sich erinnerte, dass er ihr bis in die Seele zu schauen vermochte und es unmöglich war, etwas vor ihm zu verheimlichen.

Sie zuckte mit den Schultern. Dass sie nicht wie sonst nach Positano gekommen war, um hier Urlaub zu machen, sondern um in Ruhe über ihre Zukunft nachzudenken, das musste sie mit sich selbst ausmachen.

»Es geht mir wie immer. Mach dir keine Sorgen, ich komme damit klar, auf eigenen Füßen zu stehen.«

Der Alte streichelte ihre Hand. »Auf eigenen Füßen stehen und glücklich sein, das ist nicht das Gleiche.«

Er hielt inne und schaute sie zärtlich an. In seinen Augen lag nicht der Hauch eines Vorwurfs, und in diesem Augenblick fühlte Milena sich leichter als in den letzten Monaten, in denen sie innere Kämpfe ausgefochten hatte.

»Ich habe etwas vor, das mir wahrscheinlich viele Probleme machen wird«, sagte sie plötzlich. *Und vielleicht das Ende meiner Träume sein wird,* fügte sie in Gedanken hinzu.

»Bloß Probleme? Oder ebenfalls Chancen?«

Unschlüssig wiegte sie den Kopf hin und her. »Vielleicht ja, vielleicht nein.«

Das Risiko war auf alle Fälle groß. Im Grunde stürzte sie sich kopfüber in die Tiefe, ohne zu wissen, ob sie Flügel besaß, die sie tragen würden. Andererseits war frei zu sein und die Luft auf ihrer Haut zu spüren das Einzige, bei dem sie sich lebendig fühlte. Viel zu lange hatte sie tatenlos zugeschaut, jetzt würde sie aufstehen und handeln. Und das, obwohl sie verdammt große Angst hatte, ins Bodenlose zu fallen und nicht mehr aufstehen zu können.

»Wenn das schiefgeht, Großvater …«, sagte sie, ohne den Satz zu beenden.

Micheles Hand strich ihr übers Haar. »Vielleicht geht ja alles gut. Du musst zu schwimmen beginnen, mein Kind. Früher oder später kann man sich nicht mehr einfach treiben lassen.«

Er hatte so recht, dachte sie, aber alles war so schwer. Nach den vielen Jahren des Treibenlassens auf der Schauspielschule hatte sie sich auf ein wichtiges und außergewöhnliches Projekt eingelassen. Ein Risiko, verbunden mit einer Chance. Sie war wie elektrisiert und gleichzeitig voller Angst.

»Ich frage mich, warum du immer recht hast, Groß-vater.«

Das eben noch ernste Gesicht hellte sich auf. »Das ist eine Nebenwirkung des Alters, mein Schatz. Man nennt es Erfahrung.«

Es war so unkompliziert, sich in seiner Gesellschaft wohlzufühlen. Alles schien möglich. Es gab keine Wut, keine bitteren Gedanken. Als sie ihren Kopf an seine Brust legte, wurde ihr schlagartig bewusst, dass das der erste Moment seit Langem war, in dem sie mit sich und der Welt im Reinen war.

Sie fasste sich ein Herz. »Ich habe einen Vorsprechter-min, der möglicherweise alles ändern wird.«

Jetzt war es raus. Er würde sich für sie freuen, das wusste sie. Und ihr würde seine moralische Unterstüt-zung guttun, selbst wenn sie ihr nicht wirklich half. Falls sie tatsächlich einen Schritt nach vorne machen wollte, musste sie über ihren eigenen Schatten springen.

»Du solltest begeistert sein.«

Er zog sie an sich. »Das bin ich – mehr oder weniger zumindest.« Michele lachte. »Alles wird gut, glaub mei-nem Gefühl.«

»Die Rolle ist sehr anspruchsvoll«, wandte sie ein. »Bestimmt gibt es geeignetere Kandidaten als mich.«

Michele musterte sie eindringlich. »Das kannst du nicht wissen, solange du nicht auf der Bühne stehst und es ausprobierst.«

»Immerhin ist es für mich das erste Mal, die anderen haben viel mehr Erfahrung.«

»Das mag sein, dafür hast du Herz und Fantasie.«

Milena wusste selbst nicht, warum sie das Wagnis überhaupt einging, wenn sie ihre Chancen so gering einschätzte. Vermutlich um sich herauszufordern und sich zu mehr Selbstbewusstsein zu zwingen. Schon als Kind hatte es ihr nicht genügt, ein Buch zu lesen, sie musste sich in die handelnden Personen hineinversetzen, in die Welt der Königinnen, Feen oder Hexen.

»Konzentrier dich auf die schönen Dinge, belaste dich nicht mit Problemen«, fuhr der Großvater fort, »behalt dein Ziel im Blick und frag dich jeden Abend, ob du wirklich alles dafür getan hast, es zu erreichen. Das allein zählt, mein Schatz.«

Wenn alles so unproblematisch wäre, wie er es darstellte, dachte Milena seufzend und blieb vor einem Baum stehen, strich mit dem Zeigefinger über eine Zitrone, roch daran und sog den würzigen Duft in sich ein. Sie konnte es schaffen, sofern sie all ihre Kraft und ihren Mut zusammennahm. Der Rest würde von alleine kommen.

Als ihr Großvater beim Weitergehen etwas zurückblieb, kam ihr eine Kindheitserinnerung in den Sinn. Damals war es umgekehrt gewesen, er war langsamer gegangen, damit sie mit ihm Schritt halten konnte. Gleichzeitig hatte er sie immer aufmunternd angelächelt, eine liebevolle Motivation, ohne jeden Druck. Bei diesem Gedanken wurde ihr noch jetzt warm ums Herz.

»Ich liebe dich, Großvater.«

»Das hast du lange nicht mehr gesagt, mein Schmetterling«, erhielt sie zur Antwort.

Schmetterling. Ein Kosename, der sie in ihre Kindheit zurückführte, in Tage des Friedens und der Freude. Sandburgen, frisch gepresster Orangensaft, Zitronenkuchen. Und ein Haufen duftender Schalen, den Rosaria zum Trocknen auf dem Tisch ausbreitete. Aus dem Fruchtfleisch kochte sie Marmelade, in der sie rühren durfte, bis die Masse sämig genug war, um in die Weckgläser gefüllt zu werden. All das war lange her.

Ein Schrei unterbrach ihre Gedanken, und sie drehte sich zu der Gruppe der Arbeiter um.

»Was ist los?«, fragte sie verwundert.

»Ich weiß es nicht«, erhielt sie zur Antwort. »Komm, schauen wir nach.«

Großvater und Enkelin begaben sich zu dem Bautrupp, der im Bereich der eingestürzten Mauer Backsteine und rote Ziegel aufgeschichtet hatte und dessen Schubkarren Furchen in den von der Sonne verbrannten Rasen gezogen hatten. Hier wuchs im Sommer nichts außer Kapernsträuchern und Ginster, die gut mit dem kargen Boden zurechtkamen. Neben dem Schutthaufen standen einige Männer und starrten auf den Boden.

»Der ist bereits länger da unten.«

»Logisch, seit gestern liegt der bestimmt nicht da.«

Ohne zu verstehen, um was es ging, verrieten ihnen die aufgeregten Stimmen, dass etwas absolut nicht in Ordnung war.

Milena sah ihren Großvater fragend an. »Von was reden die eigentlich?«, verlangte sie zu wissen.

Einer der Arbeiter hob den Kopf und machte eine abwehrende Handbewegung. »Bleiben Sie lieber weg, das ist kein schöner Anblick.«

Verwirrt schaute sie die Arbeiter an, die sie zumeist von früher kannte. Warum verrieten sie nicht, um was es ging. Ihre anfängliche Neugier verwandelte sich in Sorge.

»Giulio, verrat mir um Himmels willen, was ihr da gefunden habt«, bat sie den immer etwas grimmig dreinblickenden Gärtner, der seit Ewigkeiten für sie arbeitete und ihr früher wegen seines Aussehens Angst gemacht hatte. Mit den Pflanzen hingegen ging er hingebungsvoll um. Seine schwieligen Hände schienen die zarten Gewächse geradezu streicheln zu wollen.

Jetzt schwieg er, starrte zu seinem Arbeitgeber und wischte sich verlegen die Hände an den Hosenbeinen ab. So hatte ihn Milena nie zuvor erlebt.

»Du hast meine Enkelin gehört, sag ihr, was los ist?«, forderte Michele ihn auf.

»Wir haben etwas Schreckliches gefunden.«

Als jemand fluchte und ihm einen düsteren Blick zuwarf, fuhr der Gärtner sich mit den Fingern durchs Haar, bevor er weitersprach.

»Es war reiner Zufall, eigentlich waren wir gerade fertig.« Er deutete auf einen Haufen Zweige. »Wir haben die Büsche geschnitten, um besser graben zu können. Die neue Mauer braucht schließlich ein gutes Fundament, das haben Sie uns selbst gesagt.«

Milena hatte den Eindruck, als würde Giulio mit ihrem Großvater sprechen wie ein Kind, das verlegen war und um den heißen Brei herumredete. Warum benahm er sich so seltsam? Fast wirkte es, als hätte er etwas getan, das Michele missfallen könnte.

»Ja, das weiß ich noch. Was soll also passiert sein? Hauptsache, die Mauer hält dieses Mal stand«, erhielt er zur Antwortet.

Der Gärtner schüttelte den Kopf. »Darum geht es nicht«, sagte er und deutete auf das Loch zu seinen Füßen.

Milena trat näher und blickte hinein. Man konnte wenig erkennen, doch es schien sich um einen eingestürzten Brunnenschacht zu handeln, vom dem sie nichts wusste. Sie beugte sich weiter vor, bis unter ihr der Boden nachzugeben drohte und Giulio sie am Arm packte.

»Pass auf, das geht tief runter.«

»Wer hat den denn gegraben?«, fragte sie, ohne den Blick abzuwenden.

Giulio schüttelte den Kopf. »Keine Ahnung. Scheint eine alte Zisterne für Regenwasser zu sein. Eine Seite ist eingestürzt, wahrscheinlich durch das kleine Erdbeben neulich… Aber darum geht es nicht.«

Die Spannung war mit Händen zu greifen. Alle schienen auf etwas zu warten.

»Ich habe sie gefunden«, meldete sich einer der Arbeiter zu Wort und hielt eine Taschenlampe hoch, schaltete sie an und leuchtete nach unten. Vorsichtig kehrte Milena an den Rand des Loches zurück, starrte in den Schacht und entdeckte im Lichtschein ein schemenhaftes Etwas. Ihr Atem stockte, das Herz schlug ihr bis zum Hals.

»O mein Gott!«, brach es aus ihr heraus, während ein Schauer ihr über den Rücken jagte.

Aus der Tiefe starrte sie jemand an. Aus leeren Augenhöhlen und mit schreckgeweitetem Kiefer. Ein Mensch, von dem nichts als Knochen übrig war.

»Da unten liegt ein Skelett«, presste sie entsetzt und mit versagender Stimme hervor, als hätte sie erst in diesem Moment die ganze Tragweite der Situation begriffen, und hielt sich eine Hand vor den Mund.

»Keine Angst, Signorina«, beruhigte sie einer der Männer, »der ist tot. Wer weiß, wie lange der inzwischen da unten liegt, vielleicht zweihundert Jahre oder länger? Der tut uns nichts mehr. Höchstens sein Geist könnte hier rumspuken«, fügte er lachend hinzu.

Milena beachtete den Spaßvogel nicht. Ihre Aufmerksamkeit gehörte allein ihrem Großvater, dessen Gesicht leichenblass geworden war. Besorgt ging sie auf ihn zu und nahm seine Hand. Er drückte sie fest, wobei sein Blick weiter auf den Brunnen gerichtet war.

»Wer kann das sein? Das ist ja schrecklich«, wandte sie sich an ihn.

Michele antwortete nicht, schüttelte bloß den Kopf und bekam lange kein Wort über die Lippen.

»Ich weiß es nicht«, stammelte er schließlich, »und verstehe nicht, was da passiert sein könnte. Wir müssen unbedingt die Polizei rufen«, fügte er zögernd hinzu.

Unentschlossen trat das Gros der Arbeiter von einem Fuß auf den anderen, dann schüttelte einer den Kopf und räusperte sich.

»Oder sollen wir das Loch einfach wieder mit Erde füllen. Tote machen immer jede Menge Scherereien, vor allem solche, die keinen Namen haben.«

Milena protestierte, allein die Vorstellung, diese Entdeckung zu ignorieren, schockierte sie.

»Er hatte sicher Familie, sodass jemand ihn vermisst haben muss.«

Gebieterisch hob Michele die Hand, um die Diskussion zu beenden. »Schluss, wir rufen die Polizei. Milena, kannst du das bitte übernehmen?«

»Selbstverständlich, Großvater.«

Sie griff in ihre Hosentasche, stellte fest, dass sie das Handy in ihrem Zimmer vergessen hatte, und eilte nervös zum Haus zurück, nahm immer zwei Stufen auf einmal. Lediglich ganz nebenbei fragte sie sich, warum die Männer vorgeschlagen hatten, den Brunnen wieder zuzuschütten und die Geschichte auf sich beruhen zu lassen.

Wer mochte diese arme Seele wohl sein, von der nichts geblieben war außer Knochen mit leeren Augenhöhlen und einem zu einem Schrei, den keiner mehr hören konnte, geöffneten Mund.

Ein Gefühl tiefer Verzweiflung überkam sie. Instinktiv griff sie sich an den Hals und umklammerte ihren Talisman, den sie an einer Kette trug.

2

Kein Unbefugter durfte sich dem Skelett noch einmal nähern, selbst Michele nicht, seit es am nächsten Tag im Garten von Polizisten, Pathologen und Mitarbeitern der Staatsanwaltschaft wimmelte. Sie alle hatten lauter Fragen gestellt, die auf den ersten Blick keinen Sinn machten. Das Ganze war Milena wie eine Tortur vorgekommen, und mehr und mehr verstand sie mittlerweile den Vorschlag, den Brunnen stillschweigend wieder zuzuschütten und die Sache nicht weiter zu verfolgen.

Aber so einfach war das eben nicht.

Ein Problem ließ sich nicht bedenkenlos ignorieren, wenn die Realität nicht verschwand, sondern sich zunehmend Geltung verschaffte und immer bedrohlicher wurde. Man musste sich ihr stellen, ob man wollte oder nicht. Das wusste sie aus eigener Erfahrung. Folglich erschien ihr alles schrecklich kompliziert und unglaublich schwierig.

Allein deshalb, weil sie unentwegt daran denken musste, dass dieses Skelett ein Mensch gewesen war, der ein Leben gehabt hatte, vermutlich auch Familie und Freunde, die voller Hoffnung auf ihn gewartet und sich irgendwann gefragt hatten, warum er verschwunden und was mit ihm geschehen war. Es musste entsetzlich sein, nicht zu wissen, was mit einem geliebten Menschen passiert war, von dem es keine Spur mehr gab. Fragen über Fragen, die immer drängender wurden und weitere nach sich zogen. Ein Teufelskreis. Milena zitterte am ganzen Körper, gequält von der Ungewissheit, wer dieser Mensch gewesen sein mochte.

Jedes Mal, wenn sie die Ermittlungsbeamten nach dem Stand der Dinge fragte, erhielt sie ausweichende Antworten. Zudem forderte man sie freundlich, jedoch bestimmt auf, ins Haus zu gehen und sich nicht einzumischen.

Widerwillig gehorchte sie und versuchte vom Fenster aus zu verfolgen, was im Garten geschah. Nachdem man das Skelett geborgen und weggebracht hatte, wurde die Umgebung des Fundorts untersucht. Neugierig schlich sie nach draußen bis zu dem gelben Absperrband. Da es in der Nacht geregnet hatte, sah alles anders aus als am Vortag, und die Männer in ihren weißen Overalls wirkten wie Gespenster. Bis auf einen, der Jeans und ein blaues Polohemd trug.

Es handelte sich um Maresciallo Federico Marra, den leitenden Inspektor der regionalen Carabinieri, der sie und Michele gestern zum ersten Mal befragt hatte. Ihr selbst war der Mann mit dem ernsten Blick nicht bekannt gewesen, dem Großvater hingegen schon. Dass er trotzdem ausgesprochen verlegen auf seine Fragen geantwortet hatte, gab Milena ebenso zu denken wie die Tatsache, dass er seit dem Verhör demonstrativ schwieg, was so gar nicht zu ihm passte.

Hatte er inzwischen einen Verdacht, wer der Tote sein könnte? Oder wer ihn umgebracht hatte?

Sobald er sie entdeckte, trat Marra auf sie zu und erkundigte sich nach ihrem Befinden. Er war ein hochgewachsener, gut aussehender Mann mit braunen Augen und gelocktem dunklem Haar, der völlig ungerührt zu sein schien. Wie konnte man sich im Angesicht des Todes so abgeklärt verhalten, fragte sich Milena, die selbst noch immer zutiefst schockiert war und ständig das Skelett im Brunnen vor Augen hatte.

»Es tut mir leid, dass wir Ihnen so viele Umstände machen«, eröffnete er das Gespräch. »Die Untersuchungen werden noch ein paar Tage dauern, so lange dürfen Sie leider den abgesperrten Bereich nicht betreten.«

»Darum geht es mir nicht«, antwortete sie und wandte den Blick ab.

Der Gesichtsausdruck des Maresciallo wurde freundlicher. »Lassen Sie sich von einem Arzt etwas geben, damit Sie schlafen können.«

»Woher wissen Sie…« Milena hielt inne und fuhr dann fort: »Geht es Ihnen auch so, dass die Geschichte Ihnen nicht aus dem Kopf geht?«

»Nun, das ist ein Fall, den ich aufklären muss. An den Tod kann man sich zwar nicht gewöhnen, aber man macht das, was notwendig ist.«

Offenbar, erkannte sie, verstand der Mann ihre Ohnmacht, ihre Angst, obwohl er keine Betroffenheit erkennen ließ und die Sache routiniert in Angriff nahm. Dennoch war er nicht abgebrüht, wie sie vermutet hatte.

»Geht es Ihrem Großvater besser?«, wechselte er freundlich das Thema.

»Nicht wirklich. Er ist nach wie vor sehr aufgewühlt«, erklärte sie und erinnerte damit an Micheles unkontrollierte Reaktion auf die gestrige Befragung, die zu einer deutlichen Spannung geführt hatte. Sie selbst hatte das Ganze durch eine lautstarke Verteidigung des Großvaters verstärkt. Ein Fehler, wie sie jetzt einsah.

Marra nickte. »Ich weiß, dass das alles ziemlich schwierig und unangenehm ist, doch wir müssen alle Möglichkeiten berücksichtigen und sorgfältig prüfen. Das verlangen die Vorschriften. Beispielsweise müssen wir uns einen Eindruck verschaffen, ob es ein Unfall oder ein Verbrechen war, erst dann beschäftigt man sich mit der Frage, wer in die Geschichte verwickelt sein könnte.«

Da ihr jetziges Gespräch ruhig verlief, nahm Milena die Gelegenheit wahr, ihm zu erklären, warum sie sich gestern dermaßen aufgeregt hatte.

»Mein Großvater leidet unter Demenz, wahrscheinlich hat er Alzheimer«, sagte sie mit zitternder Stimme und fuhr sich mit den Fingern durchs Haar.

»Ja, ich weiß, alle im Ort wissen davon und sind tief betroffen. Ihr Großvater wird sehr geschätzt.« Als sie nicht antwortete und schweigend aufs Meer starrte, fügte er hinzu: »Allerdings dürfen wir darüber nicht vergessen, dass es da einen Toten gibt, dem wir unsere ganze Aufmerksamkeit widmen müssen. Immerhin sind wir es ihm schuldig, seinen Tod aufzuklären, und manchmal müssen wir deshalb Prioritäten setzen.«

»Ist es ein Mann?«

»Das habe ich nicht direkt gesagt…«, wich er aus.

»Haben Sie zumindest eine Idee, wer das sein könnte?«, hakte sie nach und vergrub die Hände in den Jackentaschen.

»Dazu ist es noch zu früh. Ermittlungen dauern halt ihre Zeit.«

Sie nickte. Einerseits wäre sie am liebsten weggegangen, hätte Zuflucht am Meer gesucht, andererseits wollte sie nicht allein bleiben. Kurz dachte sie darüber nach, Federico Marra um Begleitung zu bitten, dann entschied sie sich dagegen. Was für eine schräge Idee! Nein, sie durfte es nicht übertreiben.

»Wenn es etwas Neues gibt, würden Sie es mich wissen lassen?«, wandte sie sich stattdessen zum Abschied an den Maresciallo.

Als er ziemlich lange zögerte, wusste Milena Bescheid. Er würde sich an die Vorschriften halten und keine Ausnahme machen.

»Der Staatsanwalt wird Sie verständigen und auf den neuesten Stand bringen«, zog er sich aus der Affäre.

»Das dauert sicher«, erwiderte Milena verstimmt, weil sie auf diese Weise keineswegs bald erfahren würde, wer der Tote war. Ein Wunsch, von dem sie geradezu besessen war. »Ich muss jetzt gehen«, fügte sie verlegen hinzu.

»In Ordnung. Und sprechen Sie mit Ihrem Arzt, er soll Ihnen etwas gegen die Schlaflosigkeit verschreiben.«

»Danke für den Rat«, sagte sie hastig und eilte davon, musste sich zusammenreißen, um nicht zu rennen, so aufgewühlt war sie.

Nichts wie weg von Federico Marra, dem kühlsten und kontrolliertesten Mann, dem sie je begegnet war.

Unmittelbar nach ihrem Anruf war er zum Fundort gekommen, hatte einen flüchtigen Blick auf das Skelett geworfen und mit jedem Einzelnen gesprochen. Zuerst mit den Arbeitern, danach mit ihrem Großvater, bei dem er besonders hartnäckig gewesen war, was das Verhör in eine ungute Richtung gelenkt hatte. Michele war von Minute zu Minute unsicherer und zappeliger geworden. Als es endlich vorbei war, hatte sie ihn in sein Zimmer gebracht und sich Mühe gegeben, ihn zu beruhigen. Marra traf sie nicht mehr an. Er hatte während ihrer Abwesenheit das Grundstück verlassen.

Nach kurzem Überlegen begab Milena sich zurück zum Zimmer des Großvaters und öffnete leise die Tür. Schwer atmend lag er im Bett, die Augen geschlossen. Sie blieb eine Weile stehen, betrachtete den Schlafenden und fragte sich, wie sie ihn vor drohenden Aufregungen bewahren sollte. Selbst wenn sie sicher war, dass er mit dem Toten nichts zu tun hatte, war die Situation gefährlich, denn zweifellos würde der Fund Aufsehen erregen und möglicherweise unwillkommene Verdächtigungen nach sich ziehen. Am Anfang einer Ermittlung wurde nämlich nichts außer Acht gelassen, wie sie inzwischen wusste.

Auf Zehenspitzen verließ sie den Schlafenden, der trotz eines vom Arzt verordneten Beruhigungsmittels den Anschein erweckte, als würde ihn etwas quälen. Milena beschloss, später am Tag mit ihm einen Ausflug zu machen, der ihn hoffentlich etwas ablenkte.

Während sie wartete, dass er wach wurde, fütterte sie die Goldfische und schaute nach, ob Lola, der Papagei, ausreichend versorgt war und ließ ihn eine Runde drehen. Der Vogel, den Michele total erschöpft im Werkzeugschuppen gefunden hatte, gurrte leise zur Begrüßung.

Als zwischendrin das Handy klingelte und sie den Namen auf dem Display las, seufzte sie auf.

»Ciao, Papa.«

»Ciao, mein Kind, wie geht's?«

»Wir warten auf neue Informationen.«

»Das gefällt mir ganz und gar nicht, irgendwelche Skelette, die in einem Garten auftauchen.«

Die Tochter ersparte sich einen Kommentar, damit ihr Vater nicht eine seiner nervtötenden Diskussionen begann, auf die sie gerne verzichtete.

»Teresa meinte, du willst wegen der Geschichte nicht zurückkommen? Warum nicht?«

»Soll ich Großvater etwa in dieser Situation allein lassen? Du hast Nerven, das schafft er hier nicht.«

»Kann Rosaria sich nicht um ihn kümmern, wie sie das bislang getan hat?«

»Na ja, sie ist nicht mehr die Jüngste und ebenfalls etwas überfordert. Außerdem hat sie mich für diese Zeit eingeplant, damit sie selbst in den Genuss von mehr Freizeit kommt.«

Ihre Erwiderung klang schroffer als gewollt. Es regte sie auf, dass ihr Vater ständig für alles Begründungen von ihr erwartete. Aus diesem Grund war sie seit einiger Zeit zu ihm auf Distanz gegangen und hatte sich bei Freunden eingemietet – immerhin wusste sie selbst, was für sie richtig war und was nicht. Was er leider Gottes nicht wahrhaben wollte.

»Mach dir keine Sorgen, ich komme klar«, wies sie ihn bemüht ruhig in die Schranken.

»Nimm meinen Wunsch, dass du zurück nach Rom kommst, bitte ernst. Du weißt genau, wie ich darüber denke.«

Langsam dämmerte ihr, dass ihr Vater sich diesmal wirklich Sorgen zu machen schien.

»In Ordnung, sobald es Großvater besser geht, komme ich. Grüß Teresa von mir. Ich hab dich lieb, Papa.«

»Ich dich ebenfalls. Pass auf dich auf.«

Erleichtert legte sie auf. Ihr Großvater und ihr Vater hatten sich nie gut verstanden. Irgendetwas, von dem sie nichts wusste, war wohl zwischen ihnen vorgefallen. Früher hatten ihr Vater oder Teresa sie zwar nach Positano begleitet, waren jedoch nie geblieben. Und am Ende der Ferien hatte der Großvater sie kurz in Rom abgegeben, wo sie seit dem Tod der Mutter lebte. Außer diesen flüchtigen Kontakten hatte es nie Verbindungen zwischen den beiden Männern gegeben.

Während sie in der Küche ein Brötchen aß, überlegte Milena, was sie bis zum Erwachen des Großvaters tun sollte. Zum Strand zu gehen, dazu verspürte sie keine

Lust, es entsprach gerade nicht ihrer Stimmung. Aufzuräumen war nichts, blieben noch die Einkäufe. Gewöhnlich erledigte Rosaria das, aber heute hatte sie früher nach Hause gedurft, um der Neugier der Männer am Tatort zu entgehen. Also griff Milena nach der Einkaufsliste, die noch auf dem Tisch lag, sowie nach den Schlüsseln des alten Citroën und machte sich auf den Weg in den Ort.

Unterwegs legte sie eine kleine Pause ein und setzte sich an einer schönen Stelle in die Sonne. Die umherstreifenden Touristen starrten sie neugierig an, ihre Blicke schienen sie durchbohren zu wollen. Für sie keine Überraschung. Immer war sie anders gewesen als die Mädchen hier, gertenschlank, hochgewachsen und blass, im Sommer wie im Winter. Die Leute aus dem Ort sahen in ihr das Abbild ihrer Mutter. Die blasse Haut, die schulterlangen schwarzen Haare, die blauvioletten Augen und die hohen Wangenknochen, alles schien sie an Marina zu erinnern.

Sie selbst vermochte das nicht zu beurteilen und fragte sich manchmal, ob die wenigen Bilder, die sie von ihr im Kopf hatte, nicht reine Fantasievorstellungen waren. Allerdings sprachen die Fotografien, die überall in der Villa standen und hingen, dafür, dass sie sich tatsächlich zum Verwechseln ähnlich waren.

Nach einer Weile erhob sie sich und fuhr auf den Parkplatz des Lebensmittelgeschäfts. Der Laden lag in einem alten Palazzo mit rot verputzten Wänden und weiß gestrichenen Fensterläden. Ein schönes, sehenswertes historisches Gebäude wie viele in Positano.

»Wenn ich etwas für euch tun kann, Milena, sag es ruhig«, begrüßte sie die Besitzerin mitfühlend.

»Danke, Assunta, das werde ich Großvater ausrichten. Bestimmt wird er sich freuen.«

»Sag ihm, ich komme im Laufe der Woche mal vorbei.«

»Versprochen.«

Als sie bezahlt hatte und fast draußen war, hörte sie hinter sich ein Flüstern.

»Es heißt, es sei diese Amerikanerin, die sie gefunden haben«, sagte eine Kundin.

»Seine Frau?«, fragte eine zweite.

»Genau die«, bestätigte die erste.

»Er hätte besser eine aus der Gegend heiraten sollen«, mäkelte eine dritte.

Milena blieb stehen, die Einkaufstüten in der Hand. Was hatten diese Klatschbasen zu lästern? Wie kamen sie auf die Idee, dass die tote Person ihre verschollene Großmutter sein könnte?

Empört drehte sie sich zu den Frauen um und wies sie zurecht, nicht schlecht über Michele zu reden. »Und merkt euch, mein Großvater ist ein guter Mensch«, hielt sie ihnen zum Abschluss vor.

Die drei starrten sie an. »Natürlich, niemand behauptet das Gegenteil. Er ist ein wahrer Gentleman.«

Sie warf ihnen einen tadelnden Blick zu, denn dieses angebliche Lob glaubte sie ihnen nicht nach der vorherigen abwertenden Art, über Michele zu reden. Jedenfalls ging die Lästerei der boshaften Weiber ihr nicht aus dem Kopf.

Ihre Großmutter hatte sie nie kennengelernt, wusste nichts über sie bis auf das wenige, was sie sich aus Micheles knappen Erzählungen zusammengereimt hatte. Die amerikanische Frau hatte ihn verlassen, als Marina, ihr gemeinsames Kind noch ziemlich klein gewesen war, und kehrte nie zurück. Mehr hatte sie im Grunde nie wissen wollen. Ihr Interesse galt allein ihrer verstorbenen Mutter. Es war, als ob diese eine Grenzlinie darstellen würde, die alles andere in der Vergangenheit unwichtig erscheinen ließ. Jetzt hingegen vermochte sie die Augen vor der unbekannten Großmutter nicht mehr zu verschließen, das Skelett im Brunnen hatte sie dem Vergessen entrissen. Nichts war mehr wie früher, und die Leute spekulierten über Michele Loffredo, den berühmten Gold- und Silberschmied, und schienen die Knochen im Garten für die Überreste seiner Frau Eva zu halten.

3

Nach ihrer Ankunft in der Villa schwirrten ihr die Worte der Frauen weiter im Kopf herum. Unschlüssig schaute sie nach ihrem Großvater. Er schlief noch immer.

Obwohl fest davon überzeugt, dass er mit dem Skelett nichts zu tun hatte, überfiel sie eine lastende Unruhe. Und Angst um ihren Großvater. Das Geschwätz hatte sie mehr verunsichert, als sie sich eingestehen mochte.

Sobald er aufgewacht war, musste sie mit ihm darüber reden. Unbedingt. Gleichzeitig quälten sie Zweifel, ob er ein solches Gespräch überhaupt verkraften würde.

Unter den Arkaden der Terrasse stehend, mit Blick aufs Meer, überdachte sie ihre Optionen. Fest stand, dass sie sich nicht drücken und nach Rom zurückgehen durfte. Das bedeutete, dass sie ihre Freunde Mirko und Olimpia, mit denen sie sich eine Wohnung im zweiten Stock eines Mehrfamilienhauses teilte und in deren Trattoria sie regelmäßig aushalf, in Kenntnis setzen musste, dass sie um einiges länger als ursprünglich geplant in Positano bleiben werde.

Die drei hatten sich in der Schule kennengelernt und waren seitdem unzertrennlich. Milena erinnerte sich noch gut an ihren ersten Schultag, an den gepflasterten Pausenhof, in dessen Mitte eine riesige Dante-Alighieri-Statue stand. Genau dort begegneten sie sich, wirkten dort wie Schiffbrüchige im wogenden Meer der Kinder, die nicht zu wissen schienen, wo ihre Klassenräume waren.

Das war der Beginn ihrer Freundschaft gewesen, und seitdem waren sie entschlossen durch dick und dünn gegangen, auch wenn sich ihre Wege bisweilen trennten, weil Milena während der Schulzeit sämtliche Ferien an der Amalfiküste verbracht hatte.

Als Milena ihre Nummer wählte, sah sie Olimpia förmlich vor sich, wie sie sich zwischen Mirkos Büchern, die überall in der Wohnung herumlagen, einen Weg zum Telefon bahnte.

»Ciao, Milly, wie läuft's bei dir?«

»Die Situation ist verworren«, gab sie zur Antwort. »Es sieht so aus, als würde es Monate dauern, die Ermittlungen abzuschließen.«

»Das dachte ich mir. Im Film sieht das immer so simpel aus. Einer stirbt, und – zack, zack – wissen alle einige Tage später sogar, was er zu Mittag gegessen und wann, wo und mit wem er sich kurz vor seinem Tod getroffen hat. Eine Scheinwelt. Absurd.«

»Ja, die Realität sieht anders aus, das merke ich jetzt. Der Todeszeitpunkt liegt Jahrzehnte zurück und stellt das größte Problem dar, weil es die Rekonstruktion des Tathergangs erschwert.«

»Wahrscheinlich hast du recht. Wie geht es deinem Großvater dabei?«

»Unverändert, er ist sehr apathisch. Ganz eindeutig

schafft er es nicht, alleine damit umzugehen. Er braucht meine Hilfe. Deshalb ist es wichtig, dass ich noch bei ihm bleibe.«

»Das verstehe ich gut, aber denk trotzdem an das Casting, das inzwischen begonnen hat und sehr, sehr wichtig für dich ist. Wir haben oft genug darüber gesprochen.«

Milenas Augen fielen auf das Skript auf der Kommode, das sie zum Lernen mitgenommen hatte, und sie seufzte tief. »Ich weiß, das alles ist unendlich kompliziert, nur habe ich keine andere Wahl«, presste sie ziemlich mutlos und traurig heraus.

»Erklär's mir bitte, ich verstehe es nicht.«

»Ich fühle mich hin- und hergerissen. Ein Teil von mir will die Chance des Castings unbedingt nutzen, der andere verursacht mir ein schlechtes Gewissen, redet mir ein, ich könne es ja später versuchen, wenn der ganze Schlamassel geklärt sei, und mich fürs Erste lieber um meinen Großvater kümmern.«

Die Freundin war absolut nicht überzeugt von ihren Argumenten und ließ sie das spüren, klang fast persönlich beleidigt.

»Bitte nicht«, wehrte Milena sich. »Ich muss das auf meine Weise erledigen. Erst die Familie, dann die Karriere. Im Moment kann ich mich ohnehin nicht auf die Vorbereitungen konzentrieren.«

»Das verstehe ich durchaus, allerdings sollte das eine das andere nicht ausschließen.«

»Okay, ich versuche es, vielleicht finde ich ja noch eine Lösung.«

»Na also, das klingt besser. Ach übrigens, ich habe Mandeltee gekauft, soll ich dir welchen schicken? Und vielleicht was zum Anziehen? Wenn du länger dort unten bleibst, kannst du nicht immer in den gleichen Klamotten rumlaufen.«

Ein Friedensangebot. So schnell Olimpia eingeschnappt war, so schnell gab sie sich wieder versöhnlich. Ihre Streitigkeiten mit Mirko waren ebenso legendär wie ihre Versöhnungen. Milena schloss die Augen. All das war so weit weg, und die wenigen Tage in Positano kamen ihr bereits wie eine Ewigkeit vor.

»Im Moment brauche ich nichts, danke. Fürs Erste habe ich genug Sachen dabei. Und im Bedarfsfall melde ich mich später.«

»Sag Bescheid, wenn du dich entschieden hast, was du tun willst. Bleiben oder Kommen, Großvater oder Casting. Ehrlich gesagt, gefällt es mir gar nicht, dass du so allein mit allem bist. Zumal du so klingst, als würde dir etwas Angst machen.«

»Es sind die Gerüchte«, flüsterte sie nach einer Weile.

»Was für Gerüchte?«

»Sie laufen im Ort um und drehen sich um meine Großmutter, von der ich so gut wie nichts weiß. Sie ist wie ein Phantom, das es nie gegeben hat, und verschwand, als meine Mutter noch ziemlich klein war Eine Amerikanerin. Im Supermarkt wurde getuschelt, es könnte ihre Leiche sein.«

»Was für ein Quatsch. Und wie, bitte schön, kommen die Leute darauf?«

Milena zuckte die Schultern. »Vielleicht, weil sie damals unter mysteriösen Umständen verschwunden ist.«

»Woher willst du wissen, dass sie niemals wieder aufgetaucht ist, irgendwo anders vielleicht oder ganz kurz in eurer Gegend, ohne sich zu melden?«

»Stimmt, du hast recht, das weiß ich tatsächlich nicht.«

»Hat dein Großvater denn nie über diese Frau gesprochen?«

»Ganz selten und wenn, höchstens ganz beiläufig, als ob ihn dieser Teil seiner Vergangenheit gar nicht mehr interessierte.«

Sehr deutlich erinnerte sie sich hingegen daran, wie Michele ihr mit leuchtenden Augen von seinem Vater Pasquale Loffredo erzählt hatte, der allein nach Argentinien ausgewandert war, um seine Familie daheim ernähren zu können, und wenige Jahre später ärmer als zuvor zurückkam, weil die Sehnsucht nach dem Meer und dem Lächeln seiner Frau Trofimena ihn nicht losgelassen hatte.

Auch von seiner Jugend hatte der Großvater viel und gerne berichtet, von verschiedenen Gelegenheitsjobs und vor allem von der Lehre bei einem seltsamen, schweigsamen Mann, der goldene Manschettenknöpfe, Perlenketten und Ohrringe in Form von Rosenblüten und Tauben herstellte. Salvatore Marongiu, ein kleiner Sarde mit wachen Augen, hatte Micheles Talent entdeckt und nach Kräften gefördert.

Nebenbei war sein Schüler von ihm überzeugt worden, dass es wichtig sei, eigene Wege zu beschreiten und nicht in der Masse unterzugehen. Das, was man tue, müsse man mit ganzen Herzen tun, hatte er immer gesagt. Michele verinnerlichte diese Philosophie und wurde zu einem außergewöhnlichen Künstler, dessen Schmuckstücke ausnahmslos begehrte Unikate waren.

»Ich verstehe deinen Großvater gut«, versicherte Olimpia. »Mal davon abgesehen, was wirklich passiert ist, scheint eine heikle Angelegenheit dahinterzustecken. Warum fragst du ihn nicht direkt? Dich vor etwas zu drücken ist schließlich noch nie deine Sache gewesen.«

Da hatte sie recht, dachte Milena. »In Ordnung, sobald es ihm besser geht, werde ich das tun. Vorerst hingegen steht das nicht zur Debatte, weil es ihn völlig durcheinanderbringen würde. Und das könnte seinen Zustand verschlechtern.«

»Okay, verstehe. Weißt du, ich habe mal ein Buch gelesen...«, begann Olimpia zögernd.

»Ja, und?«

»Ein Mann verschwand und ließ seine Frau und die kleinen Töchter alleine zurück. Alle dachten, er sei mit seiner Geliebten durchgebrannt und würde irgendwo ein Doppelleben führen.«

»Aber?«

»Niemand hat richtig nach ihm gesucht. Dabei war er gar nicht von zu Hause geflüchtet, sondern mit dem Auto von der Straße abgekommen und im Moor versunken. Man hat ihn erst Jahre später gefunden. Ein Unfall auf dem Nachhauseweg. Vielleicht war es bei euch ja ähnlich, und deine Großmutter ist zu einem Spaziergang aufgebrochen…«

Eine schreckliche, unpassende Vorstellung, die Milena sofort beiseiteschob. »Er hätte nach ihr gesucht, immerhin hatten sie ein kleines Kind. So kann es nicht gewesen sein.«

»Man kann nie wissen.«

»Ich kenne meinen Großvater.«

Olimpia dachte einen Moment nach. »Menschen verändern sich, Milly, du weißt nicht, wie er als junger Mann war.«

»Gut, möglicherweise war er wegen irgendetwas wütend auf sie, was sie aus dem Haus trieb und zu einem Unfall führte… Nein vergiss es, nichts davon passt zu meinem Großvater. Ganz bestimmt nicht.«

»Warum hast du dann solche Angst, wenn du alles für unmöglich hältst?«

Milena fand keine Erklärung dafür, warum diese Angst da war und sie sich nicht wirklich dagegen wehren konnte.

»Das weiß ich nicht, es ist einfach so ein unbehagliches Gefühl. Dennoch bin ich sicher, dass Großvater alles versucht hat, sie zu finden. Und das allein zählt«, antwortete sie mit fester Stimme.

4

Ein Warteraum war das nicht gerade. Ein langer Gang, die Wände in einem Grau, das an ein stehendes Gewässer erinnerte, Aktenschränke dicht an dicht, überall roch es nach Staub und Moder.

Milena schaute zu ihrem Großvater, der abwesend wirkte und altersschwach. Sie warteten und warteten.

Warum brauchten die so lange, fragte sie sich.

Der ermittelnde Staatsanwalt hatte Michele vorgeladen. Als Federico Marra sie in der Villa abgeholt und hierher begleitet hatte, zwang sie sich dazu, keine Vermutungen anzustellen, wenngleich sie sich durch sein Schweigen beunruhigt fühlte, genauso wie durch seinen schnellen, förmlichen Abschied. Und das unerklärlich lange Warten machte alles noch schlimmer. Wollte man die Vorgeladenen einschüchtern? Wenigstens hatte man dem Großvater einen bequemen Stuhl gebracht.

Seitdem war nichts passiert.

»Danke, mein Schatz«, sagte Michele zum wiederholten Mal, ohne dass sie wusste, was er meinte.

Es tat ihr weh, ihn so zu sehen. »Lange wird es sicher nicht mehr dauern«, tröstete sie ihn.

Zumindest hoffte sie das, strich ihm über die Hand

und überlegte, was sie Nettes sagen konnte. Etwas, das ihn erreichte, denn sie hatte den Eindruck, als würde er in seiner ganz eigenen Welt leben, aus der alle anderen ausgeschlossen waren. Sogar sie.

So ging das mittlerweile seit Tagen.

Ohnmächtig hatte sie zugesehen, wie er immer mehr abbaute. Nach ihrer Großmutter zu fragen hatte sie sich von daher nicht getraut. Desgleichen nicht, von dem Geschwätz im Supermarkt zu erzählen.

Darüber hinaus hatte sie den Eindruck, dass sie sich voneinander entfernten, dass sich zwischen ihnen ein Abgrund auftat. Ob er das genauso empfand? Sie vermochte es nicht zu sagen.

»Möchtest du etwas essen?«, fragte sie ihn.

Michele schaute sie an, als würde er durch sie hindurchsehen. Trotzdem schenkte er ihr ein Lächeln und sprach sie mit ihrem alten Kosenamen an.

»Alles wird gut, mein kleiner Schmetterling, mach dir keine Sorgen.«

Tränen füllten ihre Augen, sie kniete sich neben ihn auf den Boden.

»Du musst nicht hierbleiben, Papa meinte, sein Anwalt könne sich um alles kümmern, und er ist voll und ganz überzeugt, dass dich niemand zwingen kann, mit der Polizei zusammenzuarbeiten.«

»Lorenzo hätte wohl gerne, dass du nach Hause kommst, was ich verstehen kann.«

»Ich bleibe bei dir, Großvater, und lasse dich nicht allein.«

»Du machst dir unnötige Sorgen. Diese Geschichte wird sich rasch aufklären.«

Einen Moment lang wirkte er wie ein entschlossener Mann, lediglich seine Hände zitterten. Doch wie lange würde er durchhalten, da sein Körper und sein Geist durch die Krankheit stark geschwächt waren?

In diesem Augenblick öffnete sich die Tür, und ein Mann mittleren Alters mit schütterem Haar und einem freundlichen Lächeln tauchte auf.

»Signor Michele Loffredo?«

»Ja, das bin ich. Und das ist meine Enkelin Milena Alfieri.«

Der Staatsanwalt lächelte. »Luigi Pinna, sehr erfreut. Entschuldigen Sie, dass Sie warten mussten. Maresciallo Marra hatte mir übrigens mitgeteilt, dass Sie zu zweit erscheinen.«

Erleichtert sah Milena, die einen strengeren Beamten erwartet hatte, ihren Großvater an und glaubte in seinem Blick einen leichten Triumph zu erkennen, der besagte: *Habe ich es dir nicht gesagt?*

»Kommen Sie bitte.«

Sie folgten dem Staatsanwalt in ein helles, geräumiges Büro, in dem ein antiker Bücherschrank, ein Sofa, ein kleiner Tisch und ein Schreibtisch, auf dem zahlreiche Akten lagen, standen. Pinna griff nach einem Ordner und deutete auf das Sofa.

»Setzen wir uns dorthin.«

Die freundliche Art des Mannes machte Milena Mut, selbst wenn der Gedanke, dass sich in der Akte auf dem

Schreibtisch die Lösung des Rätsels um den Leichnam aus dem Brunnen befand, sie frösteln ließ. Entsprechend nervös verfolgte sie Pinnas weitere Ausführungen.

»Es tut mir leid, dass ich sie nicht früher kontaktiert habe, die Ermittlungen brauchen eben ihre Zeit. Noch immer fehlen uns wichtige Informationen sowie die Ergebnisse einiger Laboranalysen.«

»Wissen Sie wenigstens, wer der oder die Tote ist?«, fragte Milena angespannt.

Der Staatsanwalt griff nach dem Ordner und blätterte ihn durch. »Dazu dürfen wir bislang nichts sagen und haben zudem einige weiterführende Fragen an Ihren Großvater. Vorab so viel: Nach ersten Erkenntnissen gehen wir davon aus, dass das Skelett aus den frühen Sechzigerjahren stammt.«

Ein Schauer lief Milena über den Rücken. Ende der Fünfzigerjahre war ihre Mutter zur Welt gekommen, und ein paar Jahre danach dürfte ihre Großmutter verschwunden sein. Nein, Schluss mit diesen Gedankenspielen, ermahnte sie sich. Sie konnte es einfach nicht gewesen sein. Das war Unsinn.

»Seit wann gehören Ihnen Haus und Grundstück, Signor Loffredo?«, wollte Pinna in diesem Moment wissen.

Als Michele nicht antwortete, schaltete sich seine Enkelin ein und strich ihm über die Hand. »Wann hast du die Villa gekauft, Großvater?«

Er runzelte die Stirn, dachte nach und wandte sich an Milena.

»Nach dem Krieg, 1955. Das Haus und der Garten

gefielen mir, der ideale Ort, um Zitronenbäume zu züchten, und das Meer war ganz in der Nähe.« Er hielt inne, als würde er seine Gedanken ordnen. »Zudem wollte ich mir eine Werkstatt einrichten. Das Haus war ziemlich heruntergekommen, nach und nach habe ich es renoviert. Die Spiegel gab es damals schon. Sie stammen nicht von mir. Habe ich dir jemals erzählt, dass ich sie während der Umbauarbeiten im Keller gefunden habe, mein Schatz?«

Sie nickte. »Ja, das weiß ich. Du hast dann die Rahmen neu gestaltet, nicht wahr?«

»Ja, und nach dem Umbau habe ich das Gewächshaus angelegt und später die ersten dort gezogenen Zitronenbäumchen im Garten angepflanzt.«

Der Staatsanwalt hörte nachdenklich zu. »Lebte damals außer Ihnen und dem Personal noch jemand dort?«

»Erst mal nicht, später kamen meine Mutter, meine Frau und meine Tochter hinzu.«

Pinna machte eine Notiz in der Akte. »Hier steht, dass Signora Marina seit Langem tot ist.«

»Meine Mutter starb, als ich ganz klein war«, schaltete Milena sich ein, der das Verhör langsam unbehaglich wurde, weil sie nicht wusste, worauf es hinauslief.

»Signora Eva Anderson, Ihre Frau, verschwand irgendwann, wie ich der Akte entnehme. Dazu kommen wir später.«

Es war keine Frage, sondern eine Feststellung, als wüsste die Staatsanwaltschaft einiges über ihre Großmutter. Oder sollte ihr Großvater provoziert werden?

48

Vergeblich hoffte sie auf weitere Informationen, denn Pinna wechselte das Thema.

»Können Sie mir etwas zu der Mauer sagen?«

Micheles Gesichtsausdruck verdüsterte sich. »Das Grundstück reicht bis ans Meer, und der Weg dahin ist steil, trotz der im Garten angelegten Terrassen. Wegen meiner kleinen Tochter wollte ich kein Risiko eingehen und habe eine Mauer zur Sicherung des Geländes gebaut.«

»Verstehe, von welchem Zeitraum sprechen wir? Wann wurde die Mauer errichtet?«

Angestrengt dachte Michele nach. »Marina muss damals drei oder vier gewesen sein, sie wurde 1958 geboren.«

Pinna nahm ein Foto aus der Akte, betrachtete es und zeigte es ihm. »Haben Sie diese Armbanduhr bereits einmal gesehen?«

Milena starrte ebenfalls auf die Schwarz-Weiß-Aufnahme. Es war keine gewöhnliche Uhr, und das Goldarmband wies eine Gravur auf, die ihr bekannt vorkam.

»Ohne Brille kann er schlecht sehen«, sagte sie. »Hier Großvater, setz sie auf.«

»Danke, meine Liebe.«

Lange betrachtete er das Foto. Sein Gesichtsausdruck veränderte sich, er presste die Lippen aufeinander, und sein Körper begann zu zittern.

»Vielleicht hilft Ihnen das, sich zu erinnern«, hakte der Staatsanwalt nach und zog ein zweites Foto aus der

Akte, das eine Brille mit Goldrahmen zeigte, der ein Glas fehlte.

»Wo haben Sie die gefunden?«, erkundigte sich Michele.

»Im Brunnen, erkennen Sie die Brille wieder?«

Der Großvater öffnete den Mund, ohne einen Ton herauszubringen.

»Können Sie mir sagen, wem sie gehört?«

Flehentlich blickte Michele zu seiner Enkelin hinüber. »Ich möchte nach Hause, das weiß ich nämlich nicht.«

Milena zerriss es das Herz, ihn so armselig zu erleben. Was ging in ihrem Großvater vor? Was wusste er und was nicht? Warum gab er nicht ehrlich Auskunft?

»Wir müssen das Gespräch verschieben, meinem Großvater geht es sichtlich nicht gut«, sagte sie zu Pinna und dachte selbst über die Situation nach, die kein gutes Licht auf Michele warf.

Hatte er die Uhr und die Brille womöglich erkannt? Warum hatte er so bestürzt reagiert? Wusste er etwas? Darüber wollte sie jetzt lieber nicht nachdenken.

»Ich möchte meinen Großvater nach Hause bringen, er kann nicht mehr«, erklärte sie.

Der Staatsanwalt nickte. »Natürlich, die Gesundheit geht vor. Wir haben keine Eile, Signorina Alfieri, und können das Gespräch gerne verschieben, bis es dem alten Herrn wieder besser geht.«

Milena half Michele hoch und verabschiedete sich mit den Worten: »Muss es nicht irgendeine logische Erklärung geben für das, was passiert ist?«

Luigi Pinna räusperte sich. »Solange wir nicht wissen, wer dieser Mann ist, das Opfer meine ich, ist jede vage Aussage verfrüht.«

Ein Mann. Offenbar stand wenigstens das fest. Eigentlich hätte sie erleichtert sein müssen, aber die Zweifel ließen sie nicht wirklich los.

»Eine letzte Frage, Signor Loffredo«, hörte sie den Staatsanwalt. »Wissen Sie, wo wir eventuell Ihre Frau finden könnten?« Als Michele teilnahmslos auf den Boden sah und ganz woanders zu sein schien, fügte er hinzu: »Denken Sie in Ruhe darüber nach.«

Da keine Reaktion erfolgte, seufzte er resigniert, wandte sich an Milena und reichte ihr seine Visitenkarte. »Bringen Sie ihn nach Hause. Falls ihm noch etwas einfallen sollte, können Sie mich unter dieser Nummer erreichen. Jederzeit.«

Wider Erwarten schaute Michele ihn plötzlich an und wirkte weniger apathisch.

»Leider habe ich seit vielen Jahren nichts mehr von meiner Frau gehört. Ich weiß nicht einmal, ob sie noch lebt geschweige denn wo.«

»Verstehe, dann werden wir nach ihr suchen. Es wird sich alles klären, seien Sie unbesorgt«, erwiderte Pinna und geleitete sie zur Tür.

Obwohl Federico Marra angeboten hatte, sie nach dem Treffen mit dem Staatsanwalt wieder nach Hause zu bringen, rief Milena ihn nicht an. Sie musste das Ganze erst sacken lassen, das ihr wie ein grausames Spiel vorkam. Der einzige Lichtblick war Pinnas versehentliche Erwähnung, dass es sich bei dem Skelett um einen Mann handele. Warum hatte er dann sein Interesse an ihrer Großmutter nicht verloren? Was hatte sie mit dem Toten im Brunnen zu tun? Fragen über Fragen, ohne dass eine sinnvolle Erklärung auftauchte.

Sie überquerten den Parkplatz und gingen zu einer Bank unter einem ausladenden Olivenbaum, um dort auf ein Taxi zu warten.

Er griff nach ihrer Hand. »Ich habe dir Schlimmes unterstellt und dir nicht geglaubt. Es tut mir sehr, sehr leid«, stammelte er. »Kannst du mir verzeihen? Was habe ich bloß getan, mein Gott, was habe ich getan …«

Milena war wie vor den Kopf geschlagen. »Großvater, was redest du da? Auf was spielst du an?«

Michele schlang die Arme um den Brustkorb und schaukelte vor und zurück. »Es tut mir leid, mein Liebling, es tut mir unendlich leid, Eva.«

Auch das noch, er glaubte mit seiner Frau zu sprechen, ohne dass der Grund für seine Verzweiflung zu erkennen war. Warum also bat er Eva um Verzeihung?

»Großvater, sei ganz ruhig, mach dir keine Sorgen. Alles wird gut«, sagte Milena und strich ihm sanft über die Schultern.

Er schien sie nicht zu hören, und erneut fragte sie sich, ob er überhaupt noch wusste, wer sie war.

Als das Taxi kam, verfrachtete sie ihn mit Unterstützung des Fahrers auf die Rückbank, wo er leise vor sich hin weinte. Ihre Gedanken drehten sich wie ein Karussell. Weswegen sollte Eva ihm verzeihen? Was hatte er getan? Dann sah sie, wie er zusammensackte und die Augen schloss.

»Ins Krankenhaus San Francesco, schnell«, rief sie entsetzt aus.

5

Eva, Venedig 1956

Der Sonnenuntergang in Venedig war anders als überall sonst auf der Welt, dachte Eva Anderson und legte sich schützend die Hand über die Augen. Dieses Gold, dieses Purpur und dieses Violett, all diese Farben, die sich über den blauen Himmel legten, waren unvergleichlich. Genauso einzigartig wie die altehrwürdigen Palazzi rechts und links der Kanäle, auf denen schwarze Boote schwammen. Gondeln, was für ein seltsamer Name. Gemeinsam mit ihren Freundinnen Edith und Lauren war sie vor einigen Tagen in der Lagunenstadt angekommen.

Sie schaute sich nach den beiden um, konnte sie aber nicht finden, kein Wunder bei dem Gewimmel. Auf dem Weg zum Filmpalast hatten sie sich aus den Augen verloren. Heute war der erste Abend der Filmfestspiele. Mit Hunderten anderer Besucher war sie auf dem Lido angekommen und stand jetzt vor dem eindrucksvollen Gebäude mit dem roten Teppich. Sie schloss die Augen und tauchte in Gedanken tief in die fast unwirkliche Stimmung ein.

In ihrer weiß behandschuhten Hand hielt sie einen grünen Sonnenschirm. Mit ihren hüftlangen Haaren, die sie an diesem Tag aus Zeitmangel offen trug, bot sie einen so spektakulären Anblick, dass einer der Fotografen sogar ein Bild von ihr gemacht hatte.

Von allen Schaulustigen wurde sie angestarrt, offenbar hielt man sie für eine Filmdiva. Für eine der Größen, auf deren Ankunft alle mit klopfendem Herzen warteten. Auf Stars und Sternchen einer magischen Welt, Aushängeschilder der Traumfabrik Kino.

Eva jedoch wollte keine Autogramme der Berühmtheiten sammeln, die schon bald über den roten Teppich schreiten würden. Sie erwartete mehr.

Wie eine Diebin beabsichtigte sie, in das Leben der Diven einzutauchen, zu denken und zu fühlen wie sie. Sie war nicht neidisch oder wollte ihren Platz einnehmen, sondern unbedingt die Erfahrung machen, wie es sich anfühlte, all die wichtigen Rollen zu spielen. Die Welt des Films zog sie unwiderstehlich an, seit sie in Amerika kleine Nebenrollen bekommen hatte. Eine Erfahrung, die sie motiviert und ihren Ehrgeiz angestachelt hatte. Anders als im richtigen Leben wollte sie eine Rolle spielen und nicht einfach funktionieren. Deshalb war sie nach Venedig gekommen. Dass es daneben noch einen anderen, weniger schönen Grund gegeben hatte, verdrängte sie.

Wenn man es schaffte, über den roten Teppich des Filmpalasts schreiten zu dürfen, dann war man am Ziel, und das strebte sie an. Das Internationale Filmfest war das Nonplusultra, der absolute Höhepunkt in der Karriere eines jeden Schauspielers.

Es wurde lauter, die Aufregung der Wartenden wuchs und entlud sich in Jubelrufen.

»Da ist sie, sie ist da!«

Die Fotografen drängten nach vorne. Einige, die es nicht in die erste Reihe geschafft hatten, hoben die Kameras über die Köpfe ihrer Kollegen. Ein Blitzlichtgewitter setzte ein, ein Name lief durch die Reihen.

»Anna, du Göttliche, schau her! Nannarè, schenk mir ein Lächeln!«

Es war Anna Magnani. Eva erkannte die Frau mit dem scharfen Blick sofort. Sie hatte das Interview von Joe Hyams in der *New York Herald Tribune* aufmerksam gelesen. Darin ging es um den Oscar für die beste Hauptdarstellerin in dem Film *Die tätowierte Rose*. Ihre Direktheit hatte sie fasziniert, war ein leuchtendes Vorbild gewesen, dass man Schauspielerin sein konnte, ohne die eigene Identität aufzugeben. Überdies strahlte die Diva eine geradezu rätselhafte, fesselnde Mischung aus sanfter Melancholie und entschlossener Strenge aus. Sie war nicht im klassischen Sinne schön, aber sie hatte Charisma, das von innen heraus leuchtete.

Nach ihr fuhr Silvana Mangano vor. Sie trug ein weißes Chiffonkleid und ein Perlencollier, das ihr Dekolleté dezent zur Geltung brachte. Die schwarzen Haare waren kurz geschnitten. Ihre Anmut und Zartheit stellten einen krassen, Gegensatz zur dominanten Präsenz von Anna Magnani da. Zwei einzigartige Künstlerinnen, grandios, dabei grundverschieden.

Dann ging es Schlag auf Schlag: Henry Fonda, Ruth

Roman und Lea Massari schritten über den roten Teppich, lächelten in die Kameras und gaben Autogramme. Während die Menge jubelte, war Eva vollkommen in diese Traumwelt versunken und fest entschlossen, alles dafür zu geben, um irgendwann dazuzugehören.

Sie blieb, bis die letzten Schauspieler hinter den großen Glastüren verschwunden waren. Der Filmpalast schien nach wie vor Versprechungen auszustrahlen, die ihr Leben ändern würden und die zu dem Grün ihres Kleides passten, ihrer Lieblingsfarbe, die Hoffnung und Zukunft verhieß. In diesem Augenblick begriff Eva, dass am Lido von Venedig ihre Träume wahr werden konnten.

Versonnen schlenderte sie zu der nahen Haltestelle des Vaporetto, wo sie wieder auf ihre Freundinnen traf, die ebenfalls vom Zauber der Lagunenstadt begeistert waren und sich eine Veränderung ihres Lebens erhofften. Aus diesem Wunsch heraus hatten sie ebenfalls die USA verlassen, denn Italien als Hochburg der europäischen Filmindustrie galt als ein vielversprechendes Tor zu dieser Glitzerwelt.

Am nächsten Morgen stand Eva im Morgengrauen auf und las neugierig beim Frühstück in den ausliegenden Zeitungen die Berichte über das Festival. Meist waren es belanglose Artikel über Skandale, Klatsch und Tratsch, die sie nicht interessierten. Sie suchte nach Informationen über Pressetermine mit den Filmleuten, die sie zu ihrem Zweck nutzen wollte.

Venedig, die Stadt des Wassers und des Lichts. Und

der Geschichte, die aus jeder Mauerritze drang und von der jede Kirchenkuppel zeugte. Eine atemberaubende Mischung aus Intrigen, Leidenschaft, Liebe und Hass. Eva wusste nicht, wo es so etwas auf der Welt sonst noch gab, eine Stadt mit so vielen Gesichtern, Traditionen und Geheimnissen, die die Fantasie eines jeden Besuchers anfeuerten.

Nachdem sie das Hotel verlassen hatte, bummelte sie einen Kanal entlang und dachte an ihre Vergangenheit. Wenn sie ehrlich war, hatte sie die USA nicht ganz freiwillig und nicht allein wegen ihrer Karriere verlassen, so schlecht nämlich hatte es im Grunde gar nicht ausgesehen. Nein, da war noch etwas anderes gewesen, das sie bewogen hatte, ihr Glück in Europa zu suchen, woran sie aber lieber nicht denken wollte.

Plötzlich erfasste sie Trübsinn, der sich verstärkte, als sich passend dazu der eben noch heitere Himmel mit grauen Wolken bezog und der Wind auffrischte, sodass Eva in ihrem dünnen weißen Leinenkleid fröstelte. Sehnsucht nach ihrer Mutter packte sie.

»Du wirst dich in Gefahr begeben, und der Tag, an dem du das vergisst, wird dein letzter sein«, hatte Kalisa ihr beim Abschied gesagt und sie lange und fest an sich gedrückt, als würde sie ihre Tochter nie wiedersehen.

Schnell schob Eva die dunkle Erinnerung beiseite. Damit wollte sie sich nicht belasten, nicht jetzt, wo die Sonne wieder herauskam und sich verlockend im Wasser der Lagune spiegelte. Ein unbeschreiblich schöner Anblick.

Sie schlug die Richtung zur Piazza San Marco ein, dem

größten und schönsten Platz der Stadt, wo sie bereits gestern kurz gewesen war. Der Markusdom, der Dogenpalast, von dem aus Venedig früher regiert worden war, der berühmte Uhrenturm, es gab nichts Vergleichbareres auf der Welt, fand Eva.

Sie selbst war in Frogmore House geboren worden, einem Landsitz im englischen Berkshire, wo eine Gruppe von russischen Adligen Unterschlupf gefunden hatte, die vor den Bolschewiken geflohen waren, darunter ihre Eltern Dimitri und Kalisa. Obwohl sie in der neuen Heimat ihr Auskommen fanden, trauerte vor allem ihre Mutter der ruhmreichen Vergangenheit des Zarenreichs nach und vermochte die prunkvolle Welt, in die sie hineingeboren worden war, einfach nicht zu vergessen. Sie schwärmte von schneeglitzernden Palästen, von mächtigen Bergen und zugefrorenen Seen, auf denen sie stundenlang Schlittschuh gelaufen war, oder schwelgte in Erinnerungen an die luxuriösen Bälle, an Schmuck und Juwelen, an prächtige Pferdekutschen und Männer mit Pelzmützen auf dem Kutschbock.

Als kleines Mädchen war Eva fasziniert gewesen von den alten Geschichten, die ihre Mutter abends vor dem knisternden Kaminfeuer erzählte, und begriff zunächst nicht, dass Kalisa komplett in die Vergangenheit verstrickt war und vor der Zukunft die Augen verschloss.

Das ging so, bis ein neuer Krieg vor der Tür stand und die Familie aus Angst Europa verließ und in Amerika auf eine bessere Zukunft hoffte, was sich dann nicht erfüllte.

Was würde Italien bringen?

Als sie über den Markusplatz schlenderte, empfand sie große Ehrfurcht. Wie klein und unbedeutend war sie doch gegenüber dieser stolzen Erhabenheit und Schönheit, die sie sprachlos machte.

Da war der prachtvolle Dom mit seinen fünf byzantinischen Kuppeln und den Portalen mit mosaikverzierten Bögen. Marmor und Stuck glänzten in der Sonne. Zu ihrer Rechten erhob sich der Dogenpalast, der trotz seiner Monumentalität nur von reich verzierten schlanken Säulen gehalten zu werden schien. Der Führer einer Touristengruppe erklärte gerade, dass es sich beim Palazzo Ducale um ein Meisterwerk venezianischer Baukunst handle. Für sie war es ein Juwel.

Als ihr Blick den Campanile hochwanderte, der bis in den Himmel zu reichen schien, wurde ihr schwindlig, und sie setzte sich auf eine schattige Bank und aß ein Brötchen, das sie sich mitgenommen hatte, den Rest erhielten die berühmten Tauben von Venedig.

Was sollte sie tun, fragte sie sich. Bislang wusste sie nicht, wie sie an die erhofften Kontakte zu Insidern der Branche oder Presseleuten kommen sollte. Ob es bei ihren Freundinnen anders aussah? Sie hatten auf nächtliche Partybesuche gesetzt, von denen sie erst im Morgengrauen zurückgekehrt waren, ohne noch groß zu reden. Anders als sie machten sie sich keine Sorgen, dass ihnen das Geld ausgehen könnte. Eva hingegen tat das und wollte aus diesem Grund so schnell wie möglich weiter nach Rom, der Metropole des italienischen Kinowunders, wo der Einstieg ins Filmgeschäft vermutlich leichter war.

Sie mochte Edith und Lauren, die sie in New York kennengelernt hatte, aber sie konnte ihnen nicht alles anvertrauen, und schon gar nichts, was mit ihrer Vergangenheit zu tun hatte, die sie abschütteln musste, wenn sie ein erfolgreiches neues Leben starten wollte.

Eines, in dem sie nicht unter Druck gesetzt und ausgenutzt wurde, sondern in dem sie sich sorglos dem Hier und Jetzt widmen durfte: dem Sommer, dem strahlend blauen Himmel und den galanten Italienern. Wohlige Wärme umhüllte sie bei dieser Vorstellung und vertrieb vorübergehend alle Ängste. Eva beschloss, sich am Nachmittag etwas hinzulegen und am Abend ausgeruht zu einer der zahllosen Partys zu gehen, die es während der Filmfestspiele überall gab und in die man sich mit Geschick und Charme einschmuggeln konnte.

Dass dem so war, wusste sie von Edith, die in Amerika auf diese Weise die Bekanntschaft einiger Regisseure gemacht hatte, jedenfalls behauptete sie das. Eva wusste nicht recht, was sie davon halten sollte. Die Welt des Kinos war schnelllebig, das Blatt konnte sich von einem Moment auf den anderen zum Guten oder zum Schlechten wenden.

Um sie herum wurde es lebhaft, typisch italienisch. Diese laute, herzliche Art hatte sie zum ersten Mal bei ihrem Italienischlehrer kennengelernt, der selbstbewusst darauf bestand, Maestro genannt zu werden. Ob er wohl noch in den Staaten lebte oder längst in seine Heimatstadt Bologna zurückgekehrt war?

Auf dem Weg zurück ins Hotel drehte sich in der Calle de la Canonica ein Mann zu ihr um, der lediglich zwei Schritte vor ihr ging. Sie stolperte und verlor einen Schuh, doch eine hilfreiche Hand streckte sich ihr entgegen und bewahrte sie davor zu fallen.

»Du lieber Himmel!«

»Tut mir leid, hoffentlich haben Sie sich nicht wehgetan.«

Eva schüttelte den Kopf und suchte nach ihrem Schuh.

»Hier, bitte. Erlauben Sie?«, sagte der Mann und kniete sich vor ihr hin, umfasste mit seinen warmen Fingern ihren Knöchel und half ihr in den Schuh.

»Danke.«

Der Unbekannte erhob sich wieder und lächelte sie an. Seine Augen waren so blau wie das Meer und so tief, dass sie darin eintauchen konnte.

»Es tut mir leid, Signorina, normalerweise passe ich besser auf, bevor ich stehen bleibe.«

Verlegen verlagerte er das Gewicht von einem Fuß auf den anderen, seine Unsicherheit war ihm deutlich anzumerken. Er war hochgewachsen und elegant gekleidet, weißes Seidenhemd, maßgeschneidertes Jackett. Seine dunklen Haare trug er ziemlich lang. Neben ihm stand ein Koffer. Ein Schauspieler war er nicht, da war sich Eva sicher. Und richtig wohl in seiner Haut schien er sich ebenfalls nicht zu fühlen, sonst hätte er sie vielleicht zu einem Kaffee eingeladen. Sie seufzte.

»Nun ja, ganz alleine schuld sind Sie ja nicht, Signor…?«

»Michele Loffredo.«

»Eva Anderson.«

Als er ihr die Hand küsste, begann ihr Herz zu pochen. An Galanterie war sie aus Amerika nicht gerade gewöhnt, der warme Atem auf ihrer Haut verwirrte sie und verursachte ihr weiche Knie. Wer war dieser faszinierende Mann?

»Darf ich Sie zu einem Kaffee einladen?«, fragte sie unvermittelt.

Der Satz war ihr einfach herausgerutscht, ihre Mutter wäre entsetzt gewesen.

Rasch fügte sie hinzu: »Das gehört sich natürlich nicht, denken Sie bitte nicht zu schlecht von mir. Ich weiß selbst nicht, was in mich gefahren ist. Entschuldigen Sie. Bestimmt haben Sie es eilig, und ich will Sie nicht aufhalten.«

Sie nickte ihm kurz zu und entfernte sich.

Nach einer Weile hörte sie hinter sich seine Stimme. »Signorina, bitte warten Sie.«

Entschlossen ging sie weiter, eine widerspenstige Locke hatte sich aus den hochgesteckten Haaren gelöst und fiel ihr ins Gesicht.

»Ich möchte nicht, dass Sie wegen mir Ihren Termin verpassen«, sagte sie und deutete auf den Koffer in seiner Hand.

»Verflixt, ja. Der Termin ist wichtig. Trotzdem würde ich alles dafür tun, noch etwas Zeit mit Ihnen verbringen zu können, glauben Sie mir.«

Eva verschlug es kurz die Sprache, bevor ihre Koketterie zurückkehrte. »Sie schulden mir keine Erklärung, aber danke, das Kompliment tut mir gut. Ich bin nämlich ziemlich eitel, müssen Sie wissen.«

Michele lächelte. »Würden Sie mir eventuell die Freude machen, mich zu begleiten?«

»Wie bitte?«, fragte sie, da sie glaubte, sich verhört zu haben.

Er schaute ihr tief in die Augen. »Ich habe einen Termin im Hotel Excelsior. Kommst du mit, Eva Anderson?«

Der Ort machte sie hellhörig, und es gefiel ihr, dass er sie geduzt hatte, das machte alles unkomplizierter.

»Bist du Schauspieler, Michele Loffredo?«

Überrascht riss er die Augen auf und erwiderte lachend: »O nein!«

»Was ist so merkwürdig an dieser Vermutung?«

»Mein Talent liegt hier«, sagt er und streckte ihr die Hände entgegen.

Seine Finger waren feingliedrig und kräftig zugleich, die kurzen Fingernägel sorgfältig gefeilt, die Fingerkuppen vernarbt, die Handteller zerfurcht. Eva griff danach.

»Mein Vater sagte immer, dass die Hände viel über einen Menschen erzählen.«

»Wenn du mitkommst, zeige ich dir, was ich mache«, versprach er mit einem geheimnisvollen Lächeln.

Vielleicht war es unvorsichtig, doch das Leben hatte sie eines gelehrt: dass man eine günstige Gelegenheit beim Schopf packen musste. Jetzt war sie da, und ohne zu wissen, was dieser Tag bringen würde, traf Eva ihre Entscheidung.

»Und dann zeigst du mir auch, was da drin ist«, bat sie und deutete auf den Koffer.

Sein Gesicht hellte sich auf. »Versprochen. Willst du mir helfen? Du wärst perfekt dafür«, sagte er und strich ihr die Haare aus dem Gesicht.

»Perfekt? Jetzt übertreibst du ganz schön.«

»Das sollte kein billiges Kompliment sein. Ich meine es wirklich so, denn ich sage immer, was ich denke.«

Eva war beeindruckt. Was für ein Mann, schoss es ihr durch den Kopf.

»Wenn das so ist, begleite ich dich gerne«, versicherte sie lächelnd.

Michele schaute sie prüfend an. »Danke, du glaubst nicht, was das für eine Hilfe für mich ist.« Ohne Näheres zu erklären, reichte er ihr seinen Arm. »Gehen wir.«

Er führte sie zu einer Jolle, die an der Mauer eines nahen Kanals vertäut war. Ein eigenes Boot. Eva kam sich sogleich wie eine Filmdiva vor und genoss es, darin gesehen zu werden, das Gesicht in den Wind gestreckt und sichtlich bewundert von Michele, der sein Glück nicht zu fassen schien.

»Du bist nicht aus Venedig, oder?«, erkundigte sie sich

»Nein, nein. Ich komme aus dem Süden, von der Amalfiküste unterhalb von Neapel. Und du?«

Was sollte sie antworten? Sie hatte an so vielen Orten gelebt, sodass sie nicht wirklich wusste, was sie als Zuhause bezeichnen sollte. England, wo sie geboren war, aber bloß wenige Jahre gelebt hatte? Eher New York, wo nach wie vor ihre Mutter wohnte und wo ihr Vater bei

65

einem Unfall auf seiner Arbeitsstelle, einer Werft, gestorben war. Dann war da noch Los Angeles, wo sie allerdings nicht übermäßig lange gewesen war.

»Ich bin Amerikanerin.«

»So wie du das sagst, scheint das in deinen Augen nicht gerade etwas Positives zu sein.«

Ohne näher darauf einzugehen, schenkte sie ihm ein strahlendes Lächeln. »Du kannst offenbar in den Herzen der Menschen lesen, Michele.«

»Ausschließlich in dem von Personen, die wie du etwas ganz Besonderes sind.«

Eva stutzte. Bisher hatte sie sich fast immer mit starken, dominanten Männern umgeben, die wenig auf sie eingegangen waren. Bei diesem jungen Mann war das anders, sie hatte das Gefühl, ernst genommen zu werden und wichtig zu sein.

»Das geht mir bei dir genauso«, sprudelte es spontan aus ihr heraus.

Eigentlich war sie niemand, der voreilig seine Gefühle preisgab, war eher vorsichtig und abwartend gewesen. Dabei hatte sie sich tief in ihrem Herzen danach gesehnt, sich einfach fallen zu lassen. Jetzt hatte sie es getan. Erwartungsvoll schaute sie auf das Grand Hotel Excelsior am Lido, dem sie sich langsam näherten. Ach, könnte das Leben immer so sein. Aus Angst, den Zauber zu zerstören, wagte sie kaum zu atmen.

Das prächtige Bauwerk, bei dem sie anlegten, kam ihr wie ein weiteres Märchenschloss vor mit den Kuppeln und Türmchen, den Säulengängen und Rundbogenfenstern, über denen sich ein rosa angehauchter Himmel wölbte.

Ein atemberaubendes Bild.

Wenn das Hotel innen hielt, was es von außen versprach, war sein legendärer Ruf gerechtfertigt, überlegte Eva, als sie Michele erst zur Rezeption begleitete und ihm anschließend durch einen nicht enden wollenden Flur folgte, an dessen altrosa tapezierten Wänden Kunstwerke hingen, die durch ihre Zugehörigkeit zu verschiedenen Epochen ein kontrastreiches Ambiente schufen. In seinem Zimmer waren die Türen zur Terrasse geöffnet, die weißen Vorhänge bauschten sich im Wind, und draußen im Garten plätscherte ein Brunnen, dessen silbrig glänzendes Wasser in ein cremefarbenes Marmorbecken floss, das umrahmt war von Schmetterlingsorchideen in allen Farben des Regenbogens.

Andächtig blieb Eva stehen und sah sich um, während Michele den komplizierten Schließmechanismus des Koffers betätigte.

»Fertig, schau her.«

»O mein Gott, das ist ja hinreißend!«

»Jetzt siehst du, was ich mache.«

»Du bist Goldschmied?«

Dass er ein kreativ tätiger Mensch war, hatte sie beim ersten Blick in seine Augen gesehen, nicht hingegen, dass sie es mit einem begnadeten Künstler zu tun hatte.

Ihre Blicke verschmolzen miteinander, alles um sie herum verschwand, bis Michele den Zauber durchbrach.

»Komm näher«, flüsterte er und legte ihr eine mehrgliedrige Kette aus massiven Goldplättchen um den Hals, die von feinen Goldfäden zusammengehalten wurden und einer filigranen Häkelarbeit ähnelten. Ihr stockte vollends der Atem, als er sie zusätzlich mit wunderschönen Goldohrringen und einem Perlendiadem versorgte.

Eva fühlte sich in eine andere Welt, eine andere Zeit versetzt. Sie war eine Hofdame, und der Mann, der sie mit Gold und Perlen überhäufte, ihr Liebhaber. Eine Weile geschah gar nichts. Bis er vor ihr niederkniete.

Der Zauber wurde durchbrochen, als eine markante Stimme sie zusammenzucken ließ.

»Hoffentlich habe ich Sie nicht zu lange warten lassen«, sagte ein überaus eleganter Mann um die sechzig, der lächelnd auf sie zukam.

Es war Claude Rivette, ein berühmter Regisseur. Eva traute ihren Augen nicht und ermahnte sich, nichts zu überstürzen, den richtigen Moment abzuwarten und die Gunst der Stunde zu nutzen.

Michele streckte dem Besucher die Hand entgegen. »Monsieur Rivette, das hier sind die Stücke, die Sie bestellt haben.«

Der Regisseur grinste anzüglich. »Wirklich? Ich habe den Eindruck, mehr als Goldschmuck und Perlen zu sehen.« Und als ein Sonnenstrahl die Halskette glitzern ließ, fügte er hinzu: »Ich habe etwas bestellt, das einer Prinzessin würdig ist, dieses Collier hingegen gebührt einer Königin.«

Irritiert musterte Michele seinen Besucher und wusste

nicht, worauf er hinauswollte. Kurz darauf wurde es ihm klar, als Rivette neugierig Eva umkreiste.

»Wie heißen Sie, wenn ich fragen darf?«

»Mein Name ist Eva Anderson.«

»Kompliment, Ihr Italienisch ist nahezu perfekt, wobei der leichte Akzent Ihre Stimme unwiderstehlich macht. Amerikanerin? Ich glaube nicht, dass wir uns irgendwann einmal begegnet sind.«

Bestimmt nicht. Sie konnte sich nicht vorstellen, dass dieser Star unter den Regisseuren einen der unbedeutenden Filme kannte, in denen sie eine winzige Rolle gehabt hatte.

»Nein, das glaube ich genauso wenig. Ich komme aus den USA und habe in Los Angeles mit Herbert Biberman gearbeitet«, stellte sie sich vor und wartete gespannt auf seine Reaktion.

Sein Gesichtsausdruck veränderte sich nicht, der Name des jüdischstämmigen US-Regisseurs schien ihn nicht zu beeindrucken.

»Sie sind Schauspielerin?«

»Ja.« Mehr gab sie wohlweislich nicht von sich, blieb lieber geheimnisvoll auf Distanz. Mit Erfolg.

»Die noch unbesetzte Rolle in meinem nächsten Film sollte eigentlich blond sein, aber jetzt bekomme ich Zweifel. Auf Wiedersehen in Cinecittà? Was meinen Sie?«

»Sehr gerne, es wäre mir eine Ehre.«

Ihre Worte klangen beherrscht, ihr Auftreten wirkte sicher, sodass niemand außer ihr selbst den inneren Aufruhr bemerkte. Das durfte sie nicht vermasseln. Nicht, wenn das launische Schicksal es diesmal gut mit ihr meinte und einen lang gehegten Wunsch vielleicht erfüllte.

»Au revoir, mon ange«, verabschiedete sich Claude Rivette von ihr, bevor er sich an Michele wandte. »Ich rufe Sie nächste Woche an, Loffredo. Wegen eines neuen Auftrags. Und die hier«, er deutete auf die Kette, »übergeben Sie bitte meinem Sekretär.«

Michele erledigte den Wunsch seines Auftraggebers sofort und bat Eva, in der Bar auf ihn zu warten. Sie strahlte vor Glück, die Zukunft schien rosig, und träumerisch nippte sie an ihrem Cocktail oder beobachtete verstohlen all die Stars, die hier versammelt waren. Rossellini, Antonioni, Anna Magnani, Silvana Mangano. Außerdem Ruth Roman, eine Frau mit faszinierender Ausstrahlung, von der zugleich etwas Unnahbares ausging.

Bis jetzt hatte sie die Berühmtheiten höchstens von ferne gesehen, nun saß sie mittendrin. Ein unglaubliches Gefühl, sich plötzlich als Teil einer Welt zu fühlen, die ihr bislang verschlossen gewesen war und in der sie am liebsten bleiben würde. Eines Tages würde sie es schaffen, endgültig dazuzugehören, schwor sie sich.

Zunächst jedoch begab sie sich in den mit antiken Möbeln eingerichteten und mit prächtigen Blumenbouquets dekorierten Salon, wo sie Michele wiedertraf.

»Ich wusste sofort, dass du etwas ganz Besonderes bist«, sagte er, und Bewunderung lag in seinem Blick.

»Nein. Ich bin eine ganz normale Frau, mehr nicht«, widersprach sie.

Ein Schwindel, denn sie wusste selbst genau, dass das nicht stimmte. Immerhin war sie Spross einer russischen Adelsfamilie, die Verwandte in allen Fürstenhäusern Europas hatte. Nur interessierte das niemanden außer Kalisa, ihrer Mutter.

»Bist du fertig mit deinem Termin?«, fragte sie.

»Ja, ich würde dir gerne die Stadt zeigen. Hast du Lust?«

Als sie nickte, griff Michele nach ihrer Hand und verschränkte seine Finger mit ihren.

Dieses Mal gehörte die Zeit allein ihnen. Sie bummelten durch die Gassen, bis die Sonne unterging und der Himmel sich rot und golden färbte. Als Eva den Kopf hob, küsste er sie. Es war ein gehauchter, zärtlicher Kuss. Ein Versprechen, das sie voller Leidenschaft erwiderte.

6

Als Milena nach Hause kam, war es schon spät. Rosaria hatte ihr etwas zu essen vorbereitet, das auf dem Küchentisch stand. Obwohl sie todmüde war, musste sie die Haushälterin anrufen und ihr alles erzählen, was heute passiert war.

Sofort nach dem ersten Klingeln wurde der Hörer abgenommen, und ohne eine Begrüßung abzuwarten, platzte sie gleich mit den Neuigkeiten raus.

»Der Arzt möchte ihn zur Beobachtung mindestens eine Nacht im Krankenhaus behalten. Er hat mich Eva genannt, stell dir das vor, offenbar hielt er mich für meine Großmutter. Ich weiß nicht, was ich noch machen soll. Wenn ich wenigstens mehr über sie wüsste. Aber so... Kannst du mir vielleicht helfen? Hast du eine Erklärung?«

Rosaria ließ sich Zeit mit der Antwort. »Ich weiß kaum etwas von der Zeit mit Signora Eva. Damals hat meine Tante sich um den Haushalt gekümmert, ich war noch ein Kind und so gut wie nie in der Villa.«

Milena gab nicht auf, selbst die kleinste Information konnte wichtig sein.

»Das weiß ich, hoffte jedoch, dass dir deine Tante etwas erzählt hat.«

»Nein, nichts. Außer dass die beiden sehr glücklich gewesen seien. Ihr Mann und ihre Tochter waren angeblich Evas Ein und Alles. Sie habe sie regelrecht vergöttert, genauso wie Michele sie, seine große Liebe.«

»Warum hat er dann nie über sie gesprochen?«

»Kannst du dir das nicht denken? Die Erinnerungen schmerzten einfach zu sehr.«

»Sicher, dennoch verstehe ich es nicht. Wenn sie so glücklich waren, warum ist Eva dann verschwunden? Warum hat sie ihr Kind zurückgelassen?«

Rosaria seufzte. »Niemand weiß, was im Kopf eines anderen Menschen vorgeht, Milena. Es gibt Dinge, die kann man nicht erklären.«

War das wirklich so?

Sie wollte diesen Gedanken nicht akzeptieren. Natürlich wusste sie, dass jeder Mensch seine Schattenseiten hatte, aber sie glaubte immer an eine Möglichkeit, etwas zu verändern oder rückgängig zu machen.

»Ich muss mehr über sie erfahren«, beharrte sie, weil sie sich seltsamerweise zu dieser Frau hingezogen fühlte. »Irgendwas über sie muss es schließlich geben.«

»Leider kann ich dir nicht helfen, über persönliche Dinge hat Michele nie mit mir gesprochen. Das habe ich akzeptiert, verstehst du?«

Milena vergrub ihr Gesicht erschöpft in den Händen. »Ja, selbst mit mir hat er so gut wie nie über sie geredet und kein einziges Mal versucht, sie mir nahezubringen. Und dann heute diese Anrede. Glaub mir, Rosaria, es war schrecklich, ihn so verwirrt zu erleben.«

»Lass den Kopf nicht hängen. Bestimmt wird er sich erholen, und als positiver Mensch, der er immer war, wird er auch wieder neuen Lebensmut finden, da bin ich sicher. Ein Kämpfer wie er wird nie aufgeben.« Ihre Stimme stockte. »Das hat er nie getan, bis auf ein einziges Mal.«

»Was ist da passiert?«

»Ach, nichts Besonderes.«

»Rosaria, ich bitte dich. Wenn du irgendetwas weißt, sag es mir, egal, wie unbedeutend es dir erscheint.«

»Na gut, allerdings hatte es nichts mit deiner Großmutter zu tun. Es ging um deinen Vater. Er war mit einem Brief von seinem Anwalt zu ihm nach Positano gekommen, um dich zu sich nach Rom zu holen, nachdem deine Mutter gestorben war, die nicht lange nach deiner Geburt wieder zu ihrem Vater gezogen war.«

»Was?« Milena glaubte sich verhört zu haben. »Das klingt ja nach einem Rechtsstreit. Davon weiß ich absolut nichts und habe nie danach gefragt, warum die beiden sich besonders in meiner Kindheit geflissentlich gemieden haben.«

»Wende dich an deinen Papa«, wich die Haushälterin aus. »Ich habe bereits zu viel verraten. Iss die Suppe, die auf dem Tisch steht und versuch dich auszuruhen. Ich komme morgen früh vorbei.«

Milena legte auf und starrte ins Leere. Sie musste eine Strategie finden, wenn sie all die Geheimnisse ihrer Familie lüften wollte, von denen sie bislang kaum etwas gewusst hatte. Nachdenklich setzte sie sich an den Tisch und begann die Suppe zu essen, doch im Grunde war ihr der Appetit vergangen. Nach einer Weile goss sie den Rest weg und ging hinaus auf die Veranda.

Ihr Hals war vor Angst wie zugeschnürt, sie hatte das Gefühl, die ganze Zeit in einer Blase gelebt zu haben, in die nicht eindringen konnte, was in ihrer Familie geschehen war. Jetzt holte die Vergangenheit sie schlagartig ein und beraubte sie jeder Sicherheit. Selbst die Natur schien sich dem makabren Spiel anzuschließen und den Atem anzuhalten.

Sie sah hinauf zum Mond, der majestätisch und leuchtend hell am tiefschwarzen Himmel stand. Ein Gefühl unendlicher Einsamkeit überfiel sie bei seinem Anblick. In der Vergangenheit hatte es immer Menschen gegeben, die für sie da gewesen waren. Der Großvater, ihre Stiefmutter Teresa, ihr Vater Lorenzo, selbst wenn zwischen ihnen oft die Fetzen geflogen waren. Zur Not aber konnte sie sich auf ihn verlassen. Dass sie ihn jetzt nicht anrief, lag daran, weil sie seine Reaktion fürchtete. Beim letzten Telefongespräch hatte er ziemlichen Druck auf sie ausgeübt, um sie zur Rückkehr nach Rom zu bewegen, und das wollte sie nicht schon wieder hören. Zum einen verspürte sie keine Lust auf ein solches Theater, zum anderen wäre es für ihren Großvater nicht gut, allein gelassen zu werden.

Nein, als erwachsene Frau musste sie sich der Situation stellen und Verantwortung übernehmen.

Erneut schaute sie zum Himmel und verlor sich in der Konstellation der Sterne. Es war eine besondere Nacht, wie aus einem der Märchen, die Großvater ihr als kleinem Mädchen erzählt hatte. Damals als sie mit ihrer Mutter bei ihm gewohnt hatte.

Ihre Lieblingsgeschichte handelte von Vulkan, dem römischen Gott des Feuers und der Schmiede, der prachtvolle Geschmeide für seine Frau, die schöne Venus, herstellte. Leider liebte sie ihn nicht, da man sie zu dieser Hochzeit gezwungen hatte, und verließ ihn. Mit gebrochenem Herzen zog sich Vulkan daraufhin in seine Werkstatt im Inneren eines Berges zurück, wo er mit mechanischen Gehilfen arbeitete, die er selbst erschaffen hatte.

Was für eine traurige Geschichte, dachte Milena und fragte sich, ob es Michele genauso ergangen war. Hatte er womöglich wie Vulkan eine Frau geliebt, die nicht die gleichen Gefühle für ihn hegte? Was war daraufhin zwischen den beiden geschehen? Und was hatte das mit dem Skelett im Brunnen zu tun?

»Großvater, was hast du getan?«, flüsterte sie.

Die quälende Frage schwebte in der Stille der Nacht. Einerseits wünschte Milena sich den Status quo zurück, andererseits wollte sie wissen, was in der Vergangenheit vorgefallen war. Alles war so undurchsichtig. Was beispielsweise war es, das Michele dem Staatsanwalt nicht sagen wollte. Falls er die Identität des Toten kannte, musste er sie ja nicht unbedingt verschweigen. Warum also machte er ein Geheimnis daraus? Erschwerend kam hinzu, dass sie ihren Großvater derzeit nicht darauf ansprechen durfte. Das musste warten, bis sich sein Zustand gebessert hatte. Falls das überhaupt geschah.

Es wurde kühler, die Luft kam inzwischen vom Meer. Salzige Tränen liefen ihr über das Gesicht. Die Angst war kein guter Ratgeber, erkannte sie. Wie also sollte sie je neuen Mut fassen?

Es gab immer einen Strohhalm, an den man sich klammern konnte, redete sie sich ein. Einen Lichtblick, der einem Hoffnung gab. Wieder richtete sie ihren Blick hinauf zum Sternenhimmel, der sie daran erinnerte, dass man schöne Dinge, die einem halfen, nur wahrnehmen musste.

Etwas gefasst kehrte sie ins Haus zurück und überlegte sich einen Plan für den nächsten Tag. Sie würde ihren Vater anrufen und ihn über sein Verhältnis zu Michele befragen, über Streitigkeiten und Rivalitäten zwischen ihnen. Hoffentlich würden diesem Schritt weitere folgen, die ihr halfen, die Puzzleteile zu einem Gesamtbild zusammenzusetzen.

Die Villa war nicht riesig und bot trotzdem eine Menge Platz, mehr, als eine kleine Familie brauchte. Im Souterrain befand sich unter anderem Micheles Werkstatt, in der er früher die Metalle geschmolzen und zu Kunstwerken verarbeitet hatte. Milena war lange nicht mehr dort gewesen und dachte mit Wehmut an die vielen Tage, die sie gemeinsam dort verbracht hatten. Eine glückliche Zeit.

Im Erdgeschoss lagen die Eingangshalle mit den Spiegeln, die geräumige Küche und Ess- und Wohnzimmer, die alle auf die große Terrasse mit den Arkaden hinausgingen. Im ersten Stock gab es mehrere Schlaf- und Gästezimmer und ganz oben einen Dachboden.

Sie ging die Treppen hinauf und blieb vor Micheles Schlafzimmer stehen, fuhr mit den Fingerspitzen über das Holz der Tür. Was sie vorhatte, war nicht richtig, denn ihr Großvater hätte ihr nie erlaubt, in seinen Sachen herumzuwühlen, doch sie musste es tun, wenn sie Licht ins Dunkel seiner Vergangenheit bringen wollte. Sein Krankenhausaufenthalt bot ihr eine Chance, ohne sein Wissen das Haus auf den Kopf zu stellen, selbst wenn es sie große Überwindung kostete. Aber es hatte zumindest den Vorteil, dass sie ihn nicht durch dauerndes Fragen belasten musste. Michele brauchte Ruhe, das Ganze war zu viel für ihn gewesen. Der Leichnam im Brunnen, die aus der Vergangenheit hervorgekrochene Erinnerung an seine Frau, das alles drohte ihn in einem Meer von Schmerz und Trauer versinken zu lassen. Und davor musste sie ihn bewahren.

Zögernd und gleichzeitig voller Erwartung öffnete sie die Tür und schaltete das Licht an. Sie ging durchs Schlafzimmer in einen Nebenraum, wo ein massiver Holztisch und eine Vitrine standen. An den Wänden hingen Diplome und Urkunden für herausragende Leistungen, dazu Fotos mit Berühmtheiten, die seine Schmuckstücke trugen. Darunter schöne Frauen in eleganten Kleidern berühmter Modehäuser wie Audrey Hepburn, die er besonders verehrt hatte, und die wunderbare Elizabeth Taylor sowie viele andere.

Alle trugen Colliers, Ringe, Armbänder, ja sogar Diademe, die er entworfen hatte. Mittlerweile war diese glitzernde Welt ein eigenes, fernes Universum geworden, das man als etwas Fremdes betrachtete, als Rückblick auf einen alten Film, der einen kaum noch berührte. Die Zeit schaffte eben Distanz.

Milena allerdings gewann den Fotos noch einen Sinn ab: Sie erinnerten daran, dass die Gegenwart das Einzige war, was zählte, selbst wenn viele sich mit dem brüsteten, was gewesen war, oder auf das setzten, was kommen würde.

Sie fand die Dokumente ihres Großvaters fein säuberlich in Aktenordnern abgeheftet. Rechnungen, Expertisen, Zertifikate, Kontoauszüge. Da sie nichts Interessantes fand, keine Spur, die sie weiterverfolgen konnte, setzte sie sich hin und dachte nach, wo sie noch suchen sollte. Würde Federico Marra, der leitende Ermittler, ihr eventuell einen Tipp geben? Sie griff nach dem Handy und wollte gerade seine Nummer wählen, als ihr auffiel, dass es zu spät war und sie bis morgen warten musste.

Enttäuscht begab sie sich in ihr Zimmer, machte sich fertig für die Nacht und legte sich ins Bett, starrte an die bemalte Zimmerdecke, auf die Ranken aus Weinreben, üppig blühenden Rosen und anderen Pflanzen, die ein Bild der Bucht von Positano einrahmten.

Erneut wanderten ihre Gedanken zu Eva. Was für ein Mensch war sie wohl gewesen? Ihr einen guten Charakter zuzubilligen fiel ihr nicht leicht. Immerhin hatte sie Mann und Tochter im Stich gelassen und war einfach verschwunden, was kein gutes Licht auf sie warf.

Es wirkte, als wäre das Leben für sie nichts als ein Spiel gewesen.

Sie dachte an Rosarias häufig benutzte Worte, dass manchmal Dinge im Leben der Menschen geschahen, die ihre Welt auf den Kopf stellten.

Durchaus möglich. Wer wusste denn, was damals hinter diesen Mauern vorgefallen und erst durch das Skelett im Brunnen wieder ins Bewusstsein gedrungen war? Milena kam es vor, als würde diese Entdeckung die Büchse der Pandora öffnen und nach und nach die Vergangenheit heraufbeschwören.

Bilder ihrer Mutter, die mit ihr im Zitronenhain spielte, tauchten auf, Purzelbäume vor den Spiegeln, lautes Lachen, das Gefühl von Unbeschwertheit und Glück. Und bevor sie in den Schlaf glitt, war das Letzte, was sie spürte, ein Streicheln und ein sanfter Kuss auf der Stirn.

Als sie erwachte, fiel das rosarote Licht der aufgehenden Sonne durch die Fensterscheiben, eine Farbe wie im Innern der Muscheln, die sie als Kind gesammelt und zu einer Kette aufgezogen hatte. Versonnen strich sie über das Bettlaken und erinnerte sich vage an einen Traum, der mit den Spiegeln und ihrer Mutter zu tun gehabt hatte. Sie verließ ihr Zimmer und blieb vor einem der Fotos im Flur stehen, die sie gemeinsam zeigten. Marinas Haare waren etwas heller als ihre, die mandelförmigen Augen hingegen genau gleich, ebenso die hohen Wangenknochen und die schmale Nase.

Unten in der Halle, wo sie einer dunklen Erinnerung

nach oft mit ihrer Mama herumgetobt war, betrachtete sie sich in allen zwölf Spiegeln, drehte sich dabei um sich selbst, strich respektvoll über die kunstvollen Rahmen, schloss die Augen und versuchte sich genauer an den Traum zu erinnern. Irgendwann blieb ihr Blick an einem der Spiegel hängen, und verschwommen tauchte ein Bild aus dem Traum auf, das Marina zeigte, wie sie durch diesen Spiegel hindurchging. Verständnislos stand sie da, wusste nicht, ob es überhaupt etwas zu bedeuten hatte und auf ein vergessenes Kindheitserlebnis zurückging oder ein reines Fantasieprodukt war. Erst als sie sich auf den Boden kniete und den Rahmen Zentimeter für Zentimeter abtastete, kam sie hinter das Rätsel.

»Ich wusste es!«, rief sie.

Aufgeregt drückte sie einen verborgenen Schalter nach unten, wodurch ein Mechanismus in Gang gesetzt wurde und der Spiegel vor ihr sich öffnete.

7

Es war dunkel in dem Raum, den sie betrat, nur aus der Halle fiel spärliches Licht herein, und ihre Augen mussten sich an die schummrige Umgebung gewöhnen.

Behutsam setzte sie einen Fuß vor den anderen, tastete sich an der Wand mit Filmplakaten aus den Fünfzigerjahren entlang und kniff die Augen zusammen, um besser sehen zu können. Ihr Herz schlug schneller, sie glaubte sich zu täuschen. War das dort etwa ein Bild von ihr? In Schwarz-Weiß?

Nein, die lächelnde Frau auf dem Plakat war nicht sie, erkannte sie beim Näherkommen. Sie sah ihr ähnlich, keine Frage, doch bei genauem Hinsehen gab es deutliche Unterschiede wie dichte Augenbrauen und einen skeptischen Blick. Milena fuhr mit dem Zeigefinger die Umrisse des Gesichts nach und betrachtete die Haare. Die Farbe war identisch, die Frisur nicht, denn sie selbst trug die Haare offen und nicht hochgesteckt.

Am unteren Rand stand in Großbuchstaben ein Name. EVA ANDERSON, der ihrer Großmutter.

Ungläubig und fasziniert zugleich betrachtete sie das Plakat. Sie ähnelten einander nicht bloß äußerlich, sondern waren beide Schauspielerinnen. Ein überwältigendes Gefühl, das Stolz in ihr aufsteigen ließ. Weil zwischen ihnen zweifellos eine Seelenverwandtschaft bestand, wie Evas lächelndes Porträt ihr bewies. Endlich hatte sie ihre Großmutter gefunden und betrachtete es als Wink des Schicksals.

Mit einem Mal fühlte sie sich leicht und beschwingt. Sie hatte eine Schatzkammer entdeckt, einen Hort der Erinnerungen. Wie elektrisiert suchten ihre Augen nach weiteren Beweisen für die Existenz ihrer Großmutter. Das Erste, was sie fand, waren Bücher und Schallplatten.

»O mein Gott!«, stöhnte sie und fuhr mit den Fingerspitzen über den Plattenstapel. Obenauf lag *Only you* von den legendären Platters. Als sie zudem einen Plattenspieler sah, konnte sie nicht widerstehen, steckte das Kabel in eine Steckdose und hielt den Atem an, ob das Gerät noch funktionierte. Als nach einer Weile ein Licht aufleuchtete, legte sie die Platte auf, und nach ein paar kratzigen Tönen erfüllte die Stimme von Tony Williams den Raum. Fasziniert hörte sie zu und musterte den alten Apparat. Damals hatte Musik etwas viel Sinnlicheres gehabt, dachte sie. Heutzutage war alles Hightech, perfekt, aber ohne jeden Zauber.

Die Melodie verklang, und sie wählte eine neue Platte aus. Elvis Presley. Ein ganz anderer Rhythmus, doch genauso einschmeichelnd. Während sie zuhörte, öffnete sie den großen Kleiderschrank und traute ihren Augen nicht: Dior, Balenciaga, Givenchy. Seide, Wolle, Samt. Abendkleider und Tageskleider. Taschen und Schuhe. Sie schlüpfte in ein Paar rote Stöckelschuhe, die ihr wundersamerweise wie angegossen passten.

Milena kam sich vor wie im Märchen, war eins mit der Frau auf dem Filmplakat, machte eine ganz neue Erfahrung, die nichts zu tun hatte mit dem Rollenspiel als Schauspielerin. Hier ging es um sie selbst und um die Suche nach ihren Wurzeln. Dahinter trat alles andere zurück, sogar ihr Ehrgeiz, auf der Bühne oder beim Film berühmt zu werden, den sie seit ihrer Kindheit verfolgte. Das alles schien in diesem Moment ganz weit weg zu sein.

Sie schaute sich weiter um und fand einen Koffer voller Schmuckstücke: Achat, Jade, Perlmutt und Rosenquarz, alles in Gold gefasst. Die Handschrift ihres Großvaters war unverkennbar. Außerdem waren da Hüte, praktische und elegante, aus Stroh und aus Stoff, mit und ohne Schleier. Sie probierte einige auf, drehte und wendete sich vor dem Spiegel, war überwältigt von Glücksgefühlen.

Erschöpft ließ sie sich schließlich in einen Samtsessel fallen und bewunderte die Pracht, die sich ihren Augen bot. Was auf den ersten Blick wie völliges Durcheinander ausgesehen hatte, war chronologisch geordnet: Die älteren Dinge lagen hinten, die neueren weiter vorne.

Ihr Blick wanderte zu einem Massivholzschreibtisch, auf dem vergilbte Fotos, Postkarten und Füllfederhalter lagen. Daneben Bücher und Manuskripte, die mit Kommentaren in einer gestochen scharfen Handschrift versehen waren.

In einer der Schubladen fand sie ein Tagebuch mit

schwarzem Ledereinband, das von einem Gummiband zusammengehalten wurde. Sie nahm es heraus und schlug es auf. Der mit schwarzer Tinte geschriebene Name auf der ersten Seite beseitigte den letzten Zweifel. Eva Anderson.

Das Tagebuch hatte ihrer Großmutter gehört.

Alle Eintragungen spiegelten die gleichen Interessen wider und passten zu einer Schauspielerin. Wenigstens wies auf den ersten Blick nichts auf die Frau an Micheles Seite hin, nichts auf die Mutter von Marina.

Sie setzte sich auf den Teppich in der Zimmermitte, um das Tagebuch gründlicher zu prüfen und vielleicht eine andere Sichtweise zu finden. Beim Durchblättern entdeckte sie plötzlich das Foto eines jungen Mannes mit zurückgekämmtem ziemlich langem, dunklem Haar, so wie Künstler es gerne trugen. Michele. Wie gut er als junger Mann ausgesehen hatte. Außerdem gehörten dazu Theaterkarten, eine gepresste Blume, ein Stück Stoff. Ein zusammengefaltetes Blatt Papier, auf dem stand: *Meine sanfte Seele, mein süßes Herz* und am Ende *Dein Michele*.

Ein Brief ihres Großvaters, der ihr Tränen in die Augen trieb. Liebevoll fuhr sie mit der Spitze ihres Zeigefingers über die Unterschrift.

»Was ist nur passiert, Großvater?«

Sie las das Blatt ein zweites Mal, bevor sie weiterblätterte und eine andere Entdeckung machte, die ebenfalls sehr persönlich war. Eine Bleistiftzeichnung, die ein wenige Monate altes Mädchen mit Pausbacken zeigte.

»Mama«, flüsterte Milena tief bewegt, weil sie ein

weiteres Mal die Frau entdeckt hatte und nicht allein die Schauspielerin.

Als sie Rosaria in der Küche mit Töpfen klappern hörte, legte sie das Tagebuch an seinen Platz zurück und schickte sich an, das Geheimzimmer hinter dem Spiegel zu verlassen, von dem ihr bis auf ihre Mutter offensichtlich nie jemand erzählt hatte. Natürlich nicht, wenn ihre Großmutter so gut wie totgeschwiegen wurde.

Sie wusste ja nicht einmal, ob Michele den Raum noch aufsuchte, in dem alles, was ihr gehört hatte, aufbewahrt wurde und den vermutlich er als einen Ort der Erinnerung hergerichtet hatte. Zumindest erschien ihr das als einzig logische Erklärung. Ob womöglich Rosaria etwas davon mitgekriegt hatte, überlegte sie. Nein, das könnte nur sein, wenn ihr Großvater das erst nach Jahren gemacht hatte und nicht sofort nach Evas Verschwinden, was sie eher nicht glaubte.

Noch immer aufgewühlt, ging sie in die Küche, wo sie von einem intensivem Zitronenduft empfangen wurde.

»Guten Morgen, meine Liebe, geht es dir besser?«, wollte die Haushälterin wissen, die gerade Zitrusfrüchte schälte.

»Ja, danke, viel besser.«

»Hilfst du mir ein bisschen bei der Marmelade?«

»Warum nicht.«

Milena wusste, was zu tun war. Zunächst mussten die Zitronen in feine Scheiben geschnitten und in einem großen Topf mit Wasser über Nacht eingeweicht werden, danach nahm man sie zum Abtropfen heraus. Unterdessen wurde das Wasser ein paar Minuten aufgekocht, bevor man die Früchte wieder hineingab und das Ganze eine weitere Nacht und einen Tag stehen ließ. Erst dann wurden die Zitronen mit Zucker eingekocht und ergaben nach Milenas Ansicht die beste Marmelade der Welt, weil ausschließlich Früchte von der Amalfiküste verwendet wurden, am liebsten die aus Sorrent.

Sie wollte gerade nach dem Zimmer hinter dem Spiegel fragen, als Rosaria hinaus in den Garten deutete.

»Du hast Besuch.«

»Wirklich? Wer kommt denn da in aller Herrgottsfrühe?«

»Federico Marra. Geh nur, setzt euch auf die Terrasse, der Kaffee ist in ein paar Minuten fertig, ich schneide schnell noch Brot und bringe euch ein Frühstück raus.«

Der Maresciallo? Milena fuhr sich nervös mit den Fingern durchs Haar. Was konnte er wollen?

Draußen war es frisch, und ein Duft nach Zitronenblüten wehte in der Luft. Marras Blick war auf die Felsnase im Garten gerichtet, und Milena fragte sich, ob er gerade an den Toten im Brunnen dachte.

»Ciao, entschuldige die frühe Störung. Ich habe mit Staatsanwalt Pinna gesprochen und vom Zusammenbruch deines Großvaters erfahren. Das tut mir leid, geht es ihm inzwischen besser?«

Obwohl er locker und entspannt wirkte, war sie auf der Hut. Vielleicht war das ja lediglich seine Methode, die Leute zur Zusammenarbeit zu bewegen.

»Sein Zustand sei stabil, sagt der Arzt. Allerdings soll
er vorsorglich noch ein paar Tage in der Klinik bleiben.
Setz dich bitte. Rosaria bringt gleich den Kaffee.«

Er nickte, ging zum Tisch und rückte ihr zu ihrer
Überraschung den Stuhl zurecht, bevor er ihr gegenüber
Platz nahm.

Auf seine Art war Frederico Marra ein faszinierender
Mann, stellte sie nicht zum ersten Mal fest. Sogar perfekt, wenn er ein wenig öfter lächeln würde ... Etwas an
ihm zog sie an, etwas anderes stieß sie ab, was genau,
vermochte sie nicht zu sagen.

»Warum hast du mich eigentlich nach eurem Treffen
mit Pinna nicht angerufen?«

»Ich habe meinen Großvater in die Klinik gebracht,
und anschließend war es zu spät.«

»Warum ist er wohl zusammengebrochen, was meinst
du?«

Die Frage beunruhigte sie, weil sie ihr klarmachte,
dass das kein Freundschaftsbesuch war, sondern ein
dienstlicher. Und von seinen Pflichten würde Marra sich
nicht abbringen lassen als ein Ermittler, der seinen Beruf
mit Leib und Seele ausübte.

»Möchtest du das privat wissen oder als Polizeibeamter?«

»Ich frage dich das als Freund.«

Seine Antwort betrachtete sie als Ausweichmanöver
und fragte sich, ob er jetzt dauernd um den heißen Brei
herumreden würde. Dann wäre es vielleicht angebracht,
ihm auf den Kopf zuzusagen, dass es ihrer Meinung nach

mit dem Skelett im Brunnen zu tun hatte und dass er wusste, um wen es sich handelte. Spätestens dann musste er eigentlich das Versteckspiel aufgeben.

Milena seufzte. Alles wäre so einfach, wenn der Großvater offen kooperieren und den Namen nennen würde, falls er ihn tatsächlich wusste. Dass er sich in Schweigen hüllte, machte ihn für die Polizei verdächtig, und selbst seine Enkelin fragte sich inzwischen bang, ob er nicht doch mehr mit der Sache zu tun hatte, als er zuzugeben bereit war. Bis sie das herausfand, musste sie sich bedeckt halten.

»Ich denke, der Zusammenbruch war durch seine Krankheit bedingt. Es ist Alzheimer, wie die letzten Untersuchungen ergeben haben – eine Form von Demenz, die besonders verwirrt und die Patienten unsicher, verschlossen oder aggressiv macht. Jedenfalls reagieren sie immer seltener normal.«

»Das kann gut sein.«

Lag eine gewisse Enttäuschung in seiner Stimme, weil der clevere, routinierte Ermittler sich von einer Krankheit geschlagen geben musste? Begann er bereits zu fürchten, dass eine weitere Befragung vom behandelnden Arzt untersagt werden könnte. Würde der Maresciallo das überhaupt akzeptieren, oder würde er dagegen vorgehen?

Als Rosaria mit einem Tablett aus der Küche kam, forderte Milena sie auf, sich zu ihnen zu setzen. Ihr Nein enttäuschte sie. Da sie Federico Marra gut kannte, hatte sie auf eine gewisse Entspannung des zu erwartenden Gesprächs gehofft.

Resigniert deutete sie auf den Kaffee. »Zucker oder Honig?«

»Schwarz, danke.«

»Warum überrascht mich das nicht?«, sprudelte es unbedacht aus ihr heraus – mit der Folge, dass sie sich am liebsten auf die Zunge gebissen hätte.

»Ich befürchte, du hast die Situation immer noch nicht ganz begriffen, Milena. Ein Mann, davon gehen wir mittlerweile aus, wurde im Garten deines Großvaters wahrscheinlich umgebracht. Und einen Mord kann man nicht wie einen kleinen Diebstahl behandeln.«

»Was willst du damit andeuten?«, rief sie aufgeregt.

»Du sagtest selbst *wahrscheinlich*? Das bedeutet noch gar nichts. Was ich hingegen mit Sicherheit weiß, ist, dass mein Großvater als kranker Mann einen weiteren Schock nicht übersteht. Und aus diesem Grund finde ich ihn ungerecht behandelt und mich missverstanden. Unterstell mir also bitte keine egoistischen Beweggründe.«

Schweigend und scheinbar unbeeindruckt trank Marra seinen Kaffee. Eine Weile herrschte Stille, einzig das Rauschen des Meeres, das Summen der Insekten und das Klappern der Töpfe in der Küche waren zu hören.

Plötzlich räusperte er sich: »Ich sollte dir etwas erklären, Milena. Wenn die DNA-Analyse der Knochen ergibt, dass ein Gewaltverbrechen vorliegt, müssen wir den Fall komplett neu aufrollen. Und dann kann es sein, dass Michele in den Kreis der Verdächtigen gerät.«

Sie meinte sich verhört zu haben. »Was willst du damit jetzt sagen?«

»Nichts Persönliches, so sind die Vorschriften.«

Erregt sprang sie auf. »Das könnt ihr nicht machen, ihr wisst ja gar nicht, was passiert ist.«

»Stimmt. Genau deshalb untersuchen wir die Sache ja weiter.«

»Und wie lange dauert das?«

»So etwas braucht Zeit, und ich möchte dir raten…«

»Behandle mich nicht wie eine Idiotin«, fauchte sie ihn an. »Entweder sprichst du Klartext oder kommst mit einem Haftbefehl wieder. Ich werde nicht zulassen, dass ihr meinen Großvater wegen irgendwelcher bürokratischer Mätzchen belästigt, und mit allen rechtlichen Mitteln dagegen einschreiten.«

»Soll das eine Drohung sein?«

»Nenn es, wie du willst.« Sie hielt kurz inne. »Nehmen wir mal an, es ginge um deinen Vater, und irgendjemand käme daher und würde ohne jeden Beweis behaupten, er stünde unter Verdacht. Einfach so. Würde dir das gefallen? Bestimmt nicht.«

»Hier geht es nicht um meinen Vater«, beschied er sie steif.

»Genau das ist das Problem. Immer schön Abstand halten, man ist ja nicht selbst betroffen. Dabei kann sich das Blatt rasch wenden. Heute ist es mein Großvater, morgen vielleicht jemand aus deiner Familie, den du liebst. Oder du bist es selbst. Würdest du dann genauso nüchtern und herzlos argumentieren?«

»Schwierig, man muss einfach die Vorschriften beachten, lediglich so kommt man voran, sachlich und distanziert. Du bist voreingenommen und hast keinen objektiven Blick, Milena. Wenn du Luftschlösser baust und nicht sehen willst, was wirklich passiert ist, schadest du der Ermittlung und dir selbst. Es ist nicht so, wie du denkst. Ich will dir und Michele gerne helfen, als Freund.«

»Kann ich dir tatsächlich vertrauen?«

»Das solltest du tun. Ich werde die Wahrheit herausfinden, das ist mein Beruf, und ich bin gut darin. Glaub mir.«

Sie warf ihm einen zweifelnden Blick zu. »Freunde verhalten sich anders.«

Marra, der keinen Sinn mehr darin sah, weiter mit ihr zu streiten, erhob sich und wandte sich zum Gehen.

»Bis dann, alles wird gut.«

Nach einer Weile kam Rosaria wieder auf die Terrasse. »Federico hat mir erzählt, was vorgefallen ist. Mach dir keine Sorgen, du kannst dich auf ihn verlassen, selbst wenn wir manches nicht verstehen.«

Milena schüttelte den Kopf, Tränen standen ihr in den Augen. »Sie ermitteln gegen Großvater, als wäre er ein Krimineller. Das ist schrecklich.«

»Nein, das darfst du nicht denken! Die Behörden verfahren nach Vorschrift. Und Federico wollte dich bloß über den Gang der Dinge informieren. Mehr nicht. Kein Grund zur Aufregung also.«

Vielleicht hatte sie recht, vielleicht auch nicht. Im Grunde hatte sie keine Ahnung.

»Meinst du wirklich, dass es so einfach ist?«

»Mal den Teufel nicht an die Wand, sondern bewahr Ruhe. In ein paar Tagen sieht bestimmt alles ganz anders aus, du wirst sehen.«

Zwar hoffte sie, dass Rosaria recht hatte, dass sich alles in Wohlgefallen auflösen würde, aber die Angst blieb.

»Wolltest du mir nicht in der Küche helfen?«, warf die Haushälterin ein, um sie abzulenken. »Es gibt viel Arbeit. Marmelade, Zitronenöl und Limoncello.«

Milena nickte schweigend und folgte ihr nach drinnen. Vielleicht hatte Federico Marra ja recht: Je früher die Wahrheit ans Licht kam, desto besser für alle. Doch warum hatte sie dann so große Angst? Und vor was? Vor der Wahrheit etwa?

8

Die nächsten Tage würden anstrengend werden, wusste Milena, während sie mit gleichmäßigen Bewegungen durch das Wasser der Bucht von Positano schwamm. Die Sonne stand hoch am Himmel, die Möwen kreischten.

Sie versuchte, ihre Sorgen zu verdrängen und positiv zu denken. Ihrem Großvater ging es weder besser noch schlechter. Immerhin. Nach zwei Tagen völliger Apathie hatte er erstmals reagiert und sie angelächelt, ein kleines Pflaster für ihren Seelenschmerz.

Wenig später hatten sie Dame gespielt, und sie ließ ihn unauffällig gewinnen, damit er nicht beleidigt war und sie ihn vorsichtig nach Eva und dem Zimmer hinter dem Spiegel fragen konnte. Am Ende tat sie es nicht, weil sie keinen Mut hatte, seine gute Stimmung zu zerstören, die ihn offenbar glücklich und zufrieden machte.

Das Meer war heute sanft und friedlich, keine noch so kleine Welle kräuselte die spiegelglatte Oberfläche. Es erlaubte ihr, sich in ihren Gedanken zu verlieren und Raum und Zeit zu vergessen. Dass sie dabei ihre körperlichen Kräfte überschätzte, merkte sie ziemlich spät, Gott sei Dank gerade noch rechtzeitig genug, um sicher zurück ans Ufer zu gelangen. Wohlbehalten stieg sie aus dem

Wasser, setzte sich auf einen Felsen und ließ das Salz auf der Haut trocknen.

Heute Abend würde sie nach Rom fliegen.

Nach langem Ringen hatte Milena sich entschieden, den Termin für das Vorsprechen wahrzunehmen. Dazu hatte die Entdeckung des Zimmers hinter dem Spiegel maßgeblich beigetragen, denn seitdem sah sie die Zukunft in einem anderen Licht. In gewisser Weise hatte es Milena gelehrt, dass es wichtig war, an sich selbst und die eigene Zukunft zu denken. Konkret hieß das für sie, die Schauspielerei nicht sträflich zu vernachlässigen. Die Tatsache, dass Michele ohnehin noch einige Tage in der Klinik bleiben musste, hatte ihr die letzten Bedenken genommen.

Natürlich bedeutete das keineswegs, dass sie sich nicht mehr um ihren Großvater und diesen Fall kümmern wollte. Falls sich die Verdachtsmomente gegen ihn erhärteten und das Geschehen nicht als Unfall, sondern als Mord behandelt werden sollte, würde sie einen Anwalt engagieren. Nach wie vor war sie davon überzeugt, dass ihren Großvater, einen Mann, der keiner Fliege etwas zuleide tun konnte, keine Schuld traf.

Mit einem Mal hörte sie Schritte hinter sich und eine Stimme, die sie etwas fragte.

»Du bist die Enkelin von Michele Loffredo, nicht wahr?«

Milena drehte sich um. Hinter ihr stand eine der Frauen aus dem Lebensmittelladen. Sie raffte die Haare zusammen und nickte.

»Ja, ich erinnere mich an Sie.«

Obwohl es sicher Leute gab, die sie lieber getroffen hätte, blieb sie freundlich.

»Ich habe gehört, dass es deinem Großvater nicht besonders gut geht, das tut mir leid. Hoffentlich erholt er sich bald wieder.« Die Frau sah sich um und winkte einigen Spaziergängern am Strand zu. »Ich habe gehört, dass das Skelett im Brunnen ein Mann gewesen sein soll.«

»Das scheint in der hiesigen Gerüchteküche der letzte Stand zu sein, ja. Offensichtlich ist es nicht die *Amerikanerin*.«

Die Frau errötete, als das Wort derart betont wurde, und das Ganze war ihr sichtlich peinlich.

»Geschieht mir ganz recht«, murmelte sie.

»Warum haben Sie das überhaupt erzählt? Kannten Sie meine Großmutter?«

»Sicher, alle im Ort kannten sie. Sie war immerhin mit einem der wichtigsten Männer hier verheiratet. Michele hat vielen Menschen geholfen, darunter meinem Mann. Ich hätte so etwas nicht behaupten sollen, tut mir leid«, sagte sie reumütig und schaute aufs Meer.

»Trotzdem mochten sie meine Großmutter nicht, wenn ich das richtig verstehe, oder?«

»Nein.«

»Und warum nicht?«

»Sie hat sich Michele gegenüber nicht korrekt verhalten. Von allem anderen abgesehen.«

Die Bemerkung irritierte Milena vollends. »Sie sprechen in Rätseln, und ich weiß nicht, was ich Ihnen glauben soll. Wer sind Sie eigentlich.«

»Alba. Ich heiße Alba Franchini und bin Michele… sehr verbunden. Er hat es nicht verdient, dass er wegen dieser Frau noch einmal leiden muss. Das Leben ist manchmal ungerecht zu manchen Menschen, verstehen Sie? Michele ist einer dieser Pechvögel, und dennoch bleibt er positiv und hat immer für jeden ein gutes Wort. Das ist nicht in Ordnung.«

Mit diesen Worten drehte sie sich um und ging.

Am liebsten wäre Milena hinterhergestürmt, sie hatte so viele Fragen. Von was sprach diese Frau? Was hatte Eva ihrem Mann angetan? Ihr kam es vor, als würde ihr noch etwas anderes vorgeworfen als das Verlassen der Familie, was eigentlich schlimm genug war. Micheles Brief, den sie im Tagebuch gefunden hatte, fiel ihr ein. Aus seinen Worten sprach eine tiefe Liebe. Was sollte da zwischen den beiden Schlimmes geschehen sein?

Nachdenklich kehrte sie zur Villa zurück. Wenn sie ihren Flug nicht verpassen wollte, musste sie sich beeilen.

Ihre Stiefmutter erwartete sie im Ankunftsterminal. Winkend eilte Milena ihr entgegen und umarmte sie.

Teresa war eine zurückhaltende Frau, groß, schlank, kurze blonde Haare. Mit ihren eisgrauen Augen wirkte sie auf den ersten Blick unnahbar und kühl, was ihrem Naturell aber nicht gerecht wurde. Nach außen spröde, besaß sie ein großes Herz. Von Haus aus war sie Engländerin, hatte in Italien moderne Musik studiert und war nach dem Examen dort geblieben. Wie es um die Ehe mit ihrem Vater stand, war Milena ein Rätsel. Lorenzo zeigte wenig Gefühle, man sah bei ihm praktisch keine Zärtlichkeiten und hörte keine liebevollen Worte. Er war genau so, wie man sich einen Steuer- und Unternehmensberater vorstellte.

Ihre Stiefmutter musterte sie. »Du hast abgenommen und bist sogar mal braun geworden, sehr schön.«

Milena war an ihre knappen Kommentare gewöhnt und lächelte. »Du siehst ebenfalls gut aus. Wie geht's Papa?«

»Du kennst ihn ja.«

»Vielleicht solltest du öfter mit mir ins Theater gehen, damit deine Sprache lebendiger wird.«

Teresa warf ihr einen strengen Blick zu. »Was bitte gibt es an meiner Ausdrucksweise auszusetzen? Und jetzt los, Fräulein Naseweis«, sagte sie und küsste sie auf die Stirn. »Wir müssen uns beeilen, sonst kommen wir in den Feierabendverkehr.«

Rom war am Abend besonders reizvoll, die unzähligen Lichter schufen eine fast magische Atmosphäre. Wie immer war Milena fasziniert von der Schönheit dieser alterslosen Stadt, die jedes Jahr Millionen von Touristen aus aller Welt anlockte.

Bis zum Stadtteil Monteverde, wo Milena ebenso wie Teresa und Lorenzo lebte, brauchten sie etwa eine Stunde. Zeit genug für Milena, sogleich ihr wichtigstes Thema anzusprechen.

»Habt ihr, du und Papa, irgendwann mal etwas von meiner Großmutter gehört?«

Teresa zog die Augenbrauen hoch. »Du meinst von Marinas Mutter?«

»Ja.«

»Ich dachte, sie hat Italien verlassen, als ihre Tochter noch ganz klein war.«

»Angeblich soll es so gewesen sein, nur bin ich irgendwie nicht sicher...«

Teresa schien keine große Hilfe bei der Suche nach der Wahrheit zu sein.

»Frag besser deinen Vater, wenn du mehr über seine Schwiegermutter erfahren willst«, riet sie ihm. »Warum fragst du?«

»Aus reiner Neugier. Meinst du, er könnte mir weiterhelfen?«

»Keine Ahnung, versuch es einfach. Wenn du nicht fragst, wirst du es nie herausfinden. Komm zum Abendessen, dein Vater würde sich bestimmt freuen. Und bei dieser Gelegenheit kannst du auch seine berühmten frittierten Artischocken probieren, nach denen das ganze Haus riecht.«

Die Vorstellung, ihn am Herd zu sehen, amüsierte Milena, die sehr darauf hoffte, ihn nach der Großmutter fragen zu können und nach den Differenzen, die zwischen ihm und seinem Schwiegervater bestanden. Vielleicht hing ja alles seltsam zusammen.

»Gut, ich komme«, versprach sie, »und schaue bloß kurz bei mir zu Hause vorbei.«

Milena war glücklich, ihre beiden Mitbewohner wiederzusehen, nahm sich jedoch keine Zeit, ihnen alles zu berichten, was in Positano passiert war.

»Ihr müsst euch gedulden, erst muss ich zu meinem
Vater, später erzähle ich euch alles klitzeklein. Ehrenwort.«

Bis zum väterlichen Haus war es nicht weit, und sie
wurde bereits erwartet.

»Endlich«, rief ihr Vater, der einen erschöpften Eindruck machte.

Sie umarmte ihn, legte ihren Kopf an seine Brust und
atmete seinen Duft ein, der ihr trotz gelegentlicher Strei-
tereien ein Gefühl von Geborgenheit vermittelte.

»Wie geht es dir?«, fragte sie mit besorgtem Unterton.

»Jetzt, wo du da bist, geht es mir gut«, erklärte er.
»Gibt es Neuigkeiten von Michele?«

»Er ist stabil.«

»Und wie geht es dir? Du wirkst nervös.«

Wie gut er sie kannte, dachte sie, ging aber nicht auf
seine Worte ein.

»Papa, ich muss dich etwas fragen.«

»Wir sprechen am Tisch darüber. Komm, das Essen ist
fertig«, mischte sich Teresa ein, die in der Küche gedeckt
hatte. Edelstahl und Glas, funktional und alles an seinem Platz. Welch ein Kontrast zu der rustikalen Einrich-
tung in Positano mit den blau gekachelten Wänden, den
schweren Holzmöbeln, der Kredenz mit dem rot-blauen
Geschirr, den sonnengelben Bodenfliesen und den von
der Decke herabhängenden Peperonizöpfen. Dort war

alles warm und gemütlich, hier dagegen herrschte Nüchternheit.

Lorenzo füllte die Teller mit der Präzision eines Chirurgen, während Milena nach den richtigen Worten suchte.

»Papa, hör mal…«

Ihr Vater hob den Blick und lächelte. Er war immer noch ein attraktiver Mann, durchaus sympathisch, wenn er wollte.

»Wenn du so anfängst, mache ich mir Sorgen«, sagte er und fügte hinzu, als seine Tochter seufzte: »Komm, rück endlich raus mit der Sprache!«

Herumzudrucksen nutzte nichts, merkte sie und wagte die Flucht nach vorn.

»Warum hast du nach Mamas Tod einen Anwalt eingeschaltet, um mich nach Rom zu holen?«

Eine Gabel fiel klirrend auf die Tischplatte, danach machte sich bleierne Stille breit, die einzig und allein von einem diskreten Räuspern ihrer Stiefmutter unterbrochen wurde.

Nach einer Weile sah er sie an. »Deine Mutter und ich hatten uns getrennt, danach ist sie mit dir zurück zu Michele nach Positano gezogen.«

»Wie bitte?«, unterbrach sie ihn. »Das höre ich zum ersten Mal!«

»Warum hätte ich dir das erzählen sollen? Wir hatten uns auseinandergelebt. Dann wurde Marina krank und starb. Ich wollte dich zurückhaben, dein Großvater wollte dich behalten, so war das. Leider konnten wir die

Sache nicht gütlich regeln…« Er hielt inne und suchte nach den richtigen Worten. »Ich war der Meinung, dass diese Lösung die beste sei. Für dich und alle anderen. Nachdem Michele und ich uns darauf geeinigt hatten, dass du alle Ferien bei ihm verbringst, wollte ich die Geschichte einfach auf sich beruhen lassen.«

»Hier geht es um meine Vergangenheit, Papa, ich will wissen, was passiert ist, egal wie schlimm es war. Das ist mein gutes Recht.«

»Nichts sonst. Es ist alles so weit gut gelaufen, was du ja selbst bemerkt haben dürftest«, sagte er und wechselte das Thema. »Wie läuft es in der Trattoria?«

»Ich denke gut. Noch hatte ich keine Gelegenheit, Olimpia und Mirko danach zu fragen.«

»Dann erzähl mir von Positano, vor allem, wie es Michele geht.«

»Rosaria und Giulio kümmern sich während meiner Abwesenheit um alles. Großvater ist teilweise verwirrt, teilweise hat er lichte Momente. Es geht hin und her. Einmal hat er mich sogar mit meiner Großmutter verwechselt.«

Dass sie befürchtete, er könnte den Toten im Brunnen kennen, verschwieg sie lieber.

»Eine seltsame Geschichte.« Lorenzo zog die Augenbrauen hoch. »Warum hältst du dich nicht raus, und ich kümmere mich darum?«

»Das werde ich nicht tun, und das weißt du genau.« Milena erhob sich und brachte einen Teil des Geschirrs in die Spülmaschine. »Noch etwas anderes möchte ich von dir wissen: Was kannst du mir über meine Großmutter erzählen?«

Ihr Vater runzelte die Stirn. »Nichts, deine Mutter sprach nie über sie. Wie kommst du gerade jetzt darauf?«

Sie zuckte mit den Schultern. »Niemand weiß angeblich etwas über sie, alle tun so, als hätte es sie nie gegeben. Dabei war sie ein Teil von Micheles Leben, aber es kommt einem vor, als hätte man jede Spur von ihr beseitigt.« Dass sie ein Zimmer mit ihren Sachen entdeckt hatte, behielt sie vorerst lieber für sich. »Inzwischen befürchte ich, dass Großvater zum Kreis der Verdächtigen zählt, wenngleich die zuständigen Beamten ständig von Routine schwadronieren. Damit will man mich vermutlich beruhigen.«

»Ich denke, als Erstes braucht er einen Anwalt«, erwiderte Lorenzo. »Außerdem schlage ich vor, ihn hier in einem Heim unterzubringen. Dann kannst du dich um ihn kümmern, ohne deine beruflichen Interessen zu vernachlässigen.«

Daran hatte sie auch schon gedacht, glaubte jedoch nicht, dass der Großvater das akzeptieren würde. Andererseits: Wie lange würde er noch unter ihnen sein, wenn sein Geist sich mehr und mehr verabschiedete?

»Vielleicht hast du recht«, gab sie deprimiert zu.

Damit war dieses Thema erledigt, und Lorenzo und Teresa redeten über andere Dinge, die Milena letztlich nicht interessierten. Deshalb zog sie sich zunehmend in sich zurück und dachte über das nach, was sie erfahren hatte und was vielleicht Licht ins Dunkel ihrer Kindheit zu bringen vermochte.

Erst spätabends, als ihr Vater sie nach Hause begleitete, erwähnte sie noch einmal ihr eigentliches Anliegen.

»Eines Tages wirst du mir von dir und Mama erzählen, du musst mir meine Geschichte zurückgeben, Papa.«

Lorenzo antwortete nicht, umarmte stattdessen seine
Tochter und küsste sie auf die Stirn. »Sehen wir uns morgen?«

»Nein, da bin ich im Theater zur Probe.« Als sie sah,
wie er das Gesicht verzog, fügte sie hinzu: »Weshalb
immer diese Flappe?«

Er lächelte matt. »Weil du vom Theater nicht leben
kannst. Du hättest bei uns im Büro anfangen sollen. In
unserem Job verdient man hervorragend.«

»Ich mag nicht daran denken, wie das ausgegangen
wäre.« Sie küsste ihn lachend auf die Wange. »Ich und
Zahlen, das ging noch nie gut.«

»Warum hast du dann überhaupt einen Abschluss in
Wirtschaftswissenschaften gemacht?«

Um dir zu gefallen, hätte sie am liebsten geantwortet,
was nicht ganz stimmte, weil er trotz seiner ständigen
Versuche, Einfluss auf sie zu nehmen, sie nie wirklich zu
etwas gezwungen hatte.

»Du bist eine erwachsene Frau, Milena, und kannst
nicht ewig Luftschlösser bauen. Entweder du setzt alles
daran, berühmt zu werden, oder du lässt es mit dem Theater.«

Aus seiner Sicht mochte er ja recht haben, nur wollte
sie ihm ihren Standpunkt unbedingt klarmachen und
suchte nach den richtigen Worten.

»Auf der Bühne zu stehen erlaubt mir, eine Rolle zu spielen und gleichzeitig ich selbst zu sein. Es erlaubt mir, meine Grenzen auszuloten und meine Gefühle auszudrücken. Mit vorgegebenen Worten, zu denen ich stehen kann, ohne dafür verantwortlich gemacht zu werden. Ich kann alles aus mir herausschreien, meine Freude, meine Wut und meine Trauer. Allein darum geht es mir und nicht um Ruhm und Geld. Ich habe mich mit dem Vorsprechen immer schwergetan aus Angst vor Kritik. Das habe ich inzwischen überwunden.«

Lorenzo lächelte. »Mein mutiges Mädchen, du hast etwas ganz Besonderes – eine Gabe, in allem das Schöne und Gute zu sehen. Versuch deinen Weg zu gehen. Und falls es nicht klappen sollte, fängst du eben bei uns an.«

Dankbar umarmte sie ihn. Warum nicht? Man sollte niemals nie sagen. Das Leben steckte voller Überraschungen, niemand wusste, was ihn alles erwartete.

»Versprich mir wenigstens, dass du darüber nachdenken wirst.«

»Versprochen, Papa, das werde ich.«

9

Als sie zum ersten Mal das Theater betreten hatte, das später so wichtig für sie werden sollte, hatte Milena ehrfürchtig gestaunt. Es war ein kleines, feines Gebäude in ihrem Stadtviertel, das 1850 von einem englischen Unternehmer errichtet worden war.

Der in klassischer Hufeisenform geplante Zuschauerraum war im Laufe der Jahre zu einem Oval umgestaltet worden. Es gab knapp hundert Plätze, dazu einige Logen. Die Bühne war von schweren Vorhängen eingerahmt. Alles strahlte Würde und Erhabenheit aus: rote Samtsessel, exquisite Holzvertäfelungen und vergoldete Stuckornamente an den Wänden. Besonders auffällig war die Gewölbedecke mit ihren kunstvollen Fresken, die eine blühende Wiese zeigten, Vögel mit buntem Federkleid, Engel, einen prächtigen Sternenhimmel.

Selbst nach so vielen Jahren und trotz der häufig wechselnden Besitzer war das Gebäude noch in gutem Zustand. Derzeit gehörte es zwei Schwestern, die es unentgeltlich der Stadt Rom zur Nutzung überlassen hatten unter der Bedingung, dass sie sich um Erhalt und Pflege kümmerte. Wegen begrenzter Platzkapazität gastierten hier überwiegend kleine, meist anspruchsvolle Ensembles.

Für Milena war das Teatrino, wie es alle nannten, eine Liebe auf den ersten Blick gewesen, ein verzauberter Ort, wo ihre Träume ein Gesicht bekamen und Realität wurden.

Sie erinnerte sich noch gut an den Tag, als sie die Schule geschwänzt hatte, um sich das Theater anzusehen. Teresa war ihr auf die Schliche gekommen und hatte im Auto kein einziges Wort mit ihr gewechselt, so sauer war sie gewesen. Kurz vor der Wohnung hatte ihre Stieftochter es nicht mehr ausgehalten und gefragt, was ihre Strafe sein würde.

»Du wirst nicht bestraft, aber künftig sagst du Bescheid, wo du hinwillst, und ich werde dich begleiten«, hatte sie knapp geantwortet

»Erzählst du es Papa?«

»Natürlich.«

»Er wird wütend sein.«

»Und zwar mit Recht, wie du sicher bereits vorher gewusst hast.«

Natürlich stimmte das. Allerdings hatte sie das Ganze nicht geplant, es war einfach so passiert, als hätte eine übersinnliche Kraft sie in ihren Bann gezogen und willenlos in das Theater geführt. Erst im Auto hatte sie über die Konsequenzen nachzudenken begonnen.

»Warum macht es dich wütend, wenn ich glücklich bin?«

Teresas Antwort war überraschend verständnisvoll gewesen. »Weil wir die Dinge aus unterschiedlichen Perspektiven betrachten. Doch das heißt nicht, dass du auf dein Glück verzichten sollst. Du musst lediglich den richtigen Weg finden, ohne die Menschen zu verletzen, die du liebst.«

»Ich wollte dich ja gar nicht verletzen.«

»Das weiß ich«, hatte Teresa mit weichem Lächeln erwidert. »Papa wird womöglich strenger sein und erst mal ein bisschen schreien, das ist seine Art, Gefühle auszudrücken. Danach wird er dir zuhören, wir werden uns aussprechen und eine Lösung finden, die für alle passt. Einverstanden?«

Es war ihr erstes Jahr im Gymnasium gewesen. Lorenzo, der immer das Beste für seine Tochter wollte, hatte sie auf einer exklusiven Privatschule angemeldet, wo Milena sich zwischen all den rot-schwarzen Uniformen wie ein Fremdkörper fühlte und noch keine Freundin gefunden hatte, mit der sie ihre Probleme teilen konnte.

Deshalb vielleicht war sie eines Morgens nicht in die Klasse gegangen, sondern hatte sich unbemerkt durch die Büsche vom Schulgelände geschlichen und war dem Ruf des Theaters gefolgt, der sie wie im Schlaf durch die Straßen leitete. Die vielen Sehenswürdigkeiten, an denen sie vorbeikam, hatte sie nicht wahrgenommen. Weder die antiken Ruinen noch die Rosengärten an den Hängen des Aventinhügels nahe des Circus Maximus. Nicht einmal den Trevibrunnen, den sie so liebte und an dem sie normalerweise immer stehen blieb.

Seit dem Tag, als Teresa sie beim Schuleschwänzen erwischt hatte, waren viele Jahre vergangen, aber dieses

Erlebnis hatte Milena gelehrt, wie wichtig es war, Verantwortung für das eigene Handeln zu übernehmen. Und ihre Stiefmutter hatte begriffen, dass Milena nicht der sanfte, in sich gekehrte Mensch war, für den sie sie gehalten hatte. Sie liebte dieses Mädchen wie eine eigene Tochter und war dem Schicksal dankbar, ihr einen Mann mit einem wunderbaren Kind geschenkt zu haben.

Schnell hatte sie nach dem Vorfall außerdem eingesehen, dass es Milena eindeutig zum Theatermilieu zog, es akzeptiert und später sogar unterstützt. Bei ihrem Vater hingegen hatte es länger gedauert, und im Grunde hoffte er bis heute, dass sie sich einem seriösen Beruf zuwandte, was sie letztlich mit ihrem Studium sogar versucht hatte. Vergeblich, wie sich zeigte.

Nach ihrem Examen in Wirtschaftswissenschaften hatte sie Gelegenheitsjobs angenommen, um sich die Schauspielschule leisten zu können. Jetzt ein paar Jahre später, als sie endlich zum Vorsprechen auf der Bühne stand, fielen ihr all diese bittersüßen Erinnerungen wieder ein. Sie schaute sich um. Die meisten Kandidaten kannte sie, doch sie sah auch neue Gesichter. Alle waren hoch konzentriert und darauf fixiert, eine Rolle in Oscar Wildes Komödie *Ernst sein ist alles oder Bunbury* zu ergattern.

Milena blätterte durch ihr Skript, hatte wie ihre Konkurrentinnen Angst, etwas zu vergessen, nicht gut genug zu sein. Obwohl sie ihren Part seit Monaten auswendig konnte, trug sie das Rollenheft immer bei sich. In ihrer Tasche befanden sich außerdem eine Flasche Wasser, ein

Notizbuch sowie ein Schminkset, das sie noch nie benutzt hatte. Aber man konnte ja nie wissen.

Sie setzte sich auf den Boden und lehnte sich mit dem Rücken gegen die Wand, beobachtete dabei die anderen. Ihre Gedanken rasten. Würde es dieses Mal klappen?

Eine Lebensweisheit von Oscar Wilde fiel ihr ein, der einmal gesagt hatte: *Ein Gegenstand, der aus sich heraus schön ist, interessiert den Künstler nicht, ihm fehlt das Unperfekte.*

Sie liebte die Direktheit des großartigen Schriftstellers, seine Fähigkeit, die Menschlichkeit seiner Charaktere zu zeigen. Bevor sie sich erhob, atmete sie mit geschlossenen Augen tief durch. Nach wie vor war sie nervös, tigerte hin und her.

»Ich dachte nicht, dass das so schwierig sein würde«, murmelte sie und blickte um sich. Als sie Olimpia und Mirko im Zuschauerraum erkannte, ging sie schnell noch einmal auf die beiden zu. »Was macht ihr denn hier?«

»Wir sind deine Fans, spiel sie an die Wand«, sagte Mirko und drückte Milena ihre Glücksbringerkette in die Hand. »Du hast sie im Bad vergessen. Komm, ich helf dir beim Anlegen.«

Mit der Kette ihres Großvaters um den Hals fühlte sie sich gleich besser und zuversichtlicher, dass alles gut gehen werde. Sie glaubte an die Kraft dieser Kette, und eine tiefe Ruhe überkam sie.

Auf dem Rückweg zur Bühne kam sie an Paolo vorbei, dem Theaterinspizienten, einem freundlichen älteren Herrn.

»Viel Glück, Signorina Milena. Konzentrieren Sie sich, die schenken Ihnen hier nichts«, sagte er und deutete auf den Regisseur und seine Assistenten.

»Danke, ich bin bereit.«

Ob das wirklich stimmte, wusste sie nicht genau, sie hoffte es einfach. Nachdem sie die halbe Nacht nicht geschlafen hatte, hin- und hergerissen, ob sie es wagen oder lieber sein lassen sollte, wollte sie jetzt kein Zurück mehr. Vielleicht würde sie die Rolle nicht bekommen, damit musste sie rechnen, aber sie würde es probieren. Chancen nahm man einfach wahr, sonst würde man immer bedauern, es nicht gewagt zu haben. Jetzt oder nie hieß das.

»Milena Alfieri?«, hörte sie eine Stimme, und es traf sie wie ein Blitz.

Paolo packte sie am Arm. »Du bist dran, gib alles, sei die perfekte Cecily. Du schaffst das. Und mach Oscar Wilde keine Schande, das hat er nicht verdient. Schließlich hatte er es in seinem Leben schwer genug. Sorg dafür, dass er in Frieden ruhen kann und sich nicht im Grab umdrehen muss.«

Sie lachte. »Alles klar, versprochen.«

Ein letztes Mal atmete sie tief durch und schloss kurz die Augen. Jetzt war sie eine andere Milena, nicht mehr die an sich zweifelnde, verunsicherte junge Frau. Selbstsicher bewegte sie sich zur Bühnenmitte und stellte sich vor, ihre Großmutter säße im Zuschauerraum, mit der sie durch die Liebe zur Schauspielerei verbunden war.

»Guten Abend, ich heiße Milena Alfieri, bin dreiundzwanzig und bewerbe mich für die Rolle der Cecily Cardew.«

10

Eva, 1956

Der Zug von Venedig nach Rom war nicht sehr komfortabel, doch Eva war so fasziniert von der Aussicht, dass ihr das nichts ausmachte. Während ihre Freundinnen schliefen, notierte sie ihre Eindrücke in ihrem Tagebuch. Sie liebte es, alles, was ihr durch den Kopf ging, schriftlich festzuhalten, damit es ihr nicht verloren ging und sie sich später daran erinnern konnte.

Michele war eine solche Erinnerung.

Sie waren mit dem Versprechen auseinandergegangen, sich in Rom wiederzusehen, wo er weitere Schmuckstücke präsentieren würde. Insofern war Eva gespannt auf das Wiedersehen.

Und auf Rom insgesamt. Schließlich wollte sie in Cinecittà, dem Hollywood Europas, wie es genannt wurde, ihr Glück versuchen. Deshalb hatte sie eine Liste wichtiger Leute aus der Filmbranche bei sich, von Produzenten und Regisseuren ebenso wie von Agenten.

Gemeinsam mit ihren Freundinnen würde sie eine Einzimmerwohnung für die Dauer ihres Aufenthalts mieten. Nach anfänglichen Schwierigkeiten hatten sie sich zusammengerauft und kamen gut miteinander aus.

Edith war extrovertiert und stets gut gelaunt, Lauren dagegen eher zurückhaltend und in sich gekehrt. Zwei gegensätzliche Frauen, die für Eva immer wichtiger wurden, weil sie im Grunde sonst niemanden hatte.

Von Michele waren beide begeistert, bewunderten ihn wegen der seltenen Gabe, seinen Charakter und seine Gefühle in Schmuck zu verwandeln, ohne gleichzeitig einen arroganten Höhenflug zu unternehmen. Gerade seine Bescheidenheit und seine Fähigkeit, sich auch an den kleinen Dingen des Lebens zu freuen, machten ihn in ihren Augen zu einem einzigartigen Menschen, einem Künstler, unter dessen Händen sich Gold, Silber und edle Steine in filigrane Kostbarkeiten verwandelten.

Genau wie ihre Freundinnen dachte Eva, der er viel von seinem Leben erzählt hatte. Von Positano, dem kleinen Ort auf dem steilen Hang über dem Meer, wo seine Freunde und seine Familie wohnten. Von dem Haus, das er dort gekauft hatte und das er renovieren und mit einem Garten umgeben wollte, in dem er unter anderem ein Gewächshaus für Zitronenbäume plante.

Was bedeutete für ihn das Leben, fragte sie sich. Wie verbrachte er seinen Tag? Lächelte er, wenn er morgens aufwachte? Oder musste er als Erstes zum Himmel hochsehen wie sie?

Nein, er war nicht wie sie. Michele war erdverbunden und trotz seiner leidenschaftlichen Ader, die er bei manchen Dingen auslebte, geduldig und schicksalsergeben. Er war fest davon überzeugt, dass man von einer höheren Macht geführt wurde. Ganz anders sie selbst, sie glaubte an keine Form der Vorherbestimmung, sondern an den eigenen Willen und die eigenen Träume.

Über Letztere redete sie kaum. Ihre Träume gehörten allein ihr, und die hatte sie wie alles Gefühlsmäßige im hintersten Winkel ihrer Seele versteckt, dort wo nur sie Zutritt hatte. Nicht einmal Michele, den sie sehr mochte, gewährte sie den kleinsten Einblick.

Mit der Spitze ihres Zeigefingers fuhr sie zärtlich über seinen Namen, den sie gerade in ihr Tagebuch geschrieben hatte: Michele. Wie der Erzengel. Ja, er war ein Geschenk des Himmels. Hoffentlich würde sie ihn in Rom wirklich wiedersehen.

Erneut sah sie aus dem Fenster. Die Ebene hatte nach sanften Hügeln inzwischen einer Gebirgskette Platz gemacht. Dazwischen lagen pittoreske Dörfchen mit weißen Kirchtürmen, Burgruinen und zinnenbewehrten Stadtmauern, Kleinode einer lebendigen Region.

Natürlich genoss Eva die Fahrt, mehr noch beschäftigte sie allerdings, woran sie voller Euphorie dachte. Claude Rivette hatte Wort gehalten und sich nach der Premiere seines Films bei ihr gemeldet, um sie zu einem Arbeitsfrühstück einzuladen. Am Ende hatte er ihr die zuvor erwähnte kleine Rolle in seinem nächsten Film angeboten, sofern sie bei den Probeaufnahmen in Rom überzeugte. Mehr hatte sie nicht erwartet, zunächst genügte eine Nebenrolle voll und ganz. Schließlich hatte sie in ihrem jungen Alter noch eine Menge Zeit. Sie schloss die Augen und gab sich ihren Gedanken hin. Den hoffnungsvollen Zukunftsplänen, nicht den quälenden Ängsten, die sie aus Amerika vertrieben hatten und jetzt immer mehr in die Ferne rückten.

»Das muss es sein.«

Vor einigen Stunden waren sie in Rom angekommen und hatten ihre Unterkunft bislang nicht gefunden Die Sonne ging gerade unter, bald würde die Nacht hereinbrechen. Eva kniff die Augen zusammen und betrachtete ein Straßenschild, das in der Dämmerung kaum zu entziffern war.

»Via Veneto, stimmt das?«

Edith schaute auf den Stadtplan in ihrer Hand. »Ja, es muss das nächste Haus sein.«

Sie deutete auf ein dreistöckiges Gebäude, das etwas heruntergekommen wirkte. Der Putz blätterte an einigen Stellen ab. Doch die Rundbogenfenster und die schmiedeeisernen Balkongeländer, hinter denen Blumenkübel mit rosa Geranien standen, zeugten von besseren Tagen.

»Hoffentlich sieht es innen gepflegt aus«, murmelte Edith und klingelte.

Kurz darauf wurde die Tür geöffnet, vor ihnen stand ein glatzköpfiger Mann mit kleinen grünen Augen.

»Guten Abend, wir sind wegen der Anzeige da.«

»O natürlich! Kommen Sie bitte herein. Ich bin der Hausbesitzer.«

Sie folgten ihm eine Treppe hinauf in den Flur einer Wohnung, dessen Wände mit Fotos übersät waren.

»Das Appartement ist geräumig, wie Sie sehen, und hat sogar eine Terrasse.«

Erstaunt sahen sie sich an, und wieder ergriff Edith das Wort. »Das muss ein Irrtum sein, wir brauchen lediglich eine kleine Wohnung, unser Budget ist begrenzt.«

»Das ist mir klar, leider ist das Einzimmerappartement bereits vermietet. An einen Amerikaner, einen Landsmann von Ihnen. Deshalb gebe ich Ihnen diese Wohnung hier zu den gleichen Konditionen.«

Welch ein Wunder. Die Freundinnen vermochten es nicht zu fassen. Als der Vermieter fort war, hopsten sie ausgelassen auf den Betten herum.

»Beeilt euch, wir duschen und gehen groß aus. Eva, zieh dein Goldlamékleid an, die Leute sollen sich nach uns umdrehen, oder?«

»Geht ihr beiden bitte alleine, ich bin zu müde.«

»Wie du meinst, wir erzählen dir morgen alles«, erhielt sie Ediths Segen.

Als die Freundinnen gegangen waren, packte Eva ihren Koffer aus. Sie brauchte dringend ein Bügeleisen, sonst würde sie die Falten aus ihren Kleidern nicht mehr herausbekommen. Und sie musste nach neuen Sachen Ausschau halten. Man hatte ihr von den Schwestern Fontana vorgeschwärmt, bei denen sich die High Society die Klinke in die Hand gab. Eva seufzte. Ob sie sich das jemals würde leisten können? Warum eigentlich nicht? Alles zu seiner Zeit. Wenn sie genug Geduld hatte, würde es bestimmt klappen.

Durch das geöffnete Fenster drang *Tutti Frutti* von Little Richard in ihr Zimmer, dann folgte Big Joe Turners

Flip, Flop and Fly. Sie spähte nach unten. Auf der Straße war ein Laufsteg aufgebaut, auf dem Models auf und ab staksten. Es interessierte sie nicht, war ihr zu gewöhnlich. Einen Moment sah sie zu, dann ging sie ins Bett.

Am nächsten Morgen stand sie früh auf und schlich sich aus dem Haus, um die Gegend zu erkunden. Rom gefiel ihr auf Anhieb gut, deshalb setzte sie ihre Streifzüge die folgenden Tage fort, sodass sie sich schon nach kurzer Zeit gut zurechtfand. Der Schauspielerclique Klein-Amerika, die sich abends in der Via Veneto und der Via Condotti traf, schloss sie sich anders als ihre Freundinnen Edith und Lauren hingegen nicht an.

Nach einem Monat fand für sie endlich das vereinbarte Vorsprechen bei Rivette statt. Es war höchste Zeit, denn ihr ohnehin knappes Budget war fast völlig aufgebraucht. Kein Wunder, das Leben in Italien war teuer, und die Zeit verging wie im Flug. Wenn sie nicht durch die Stadt lief, schrieb Eva lange Briefe an Kalisa, die zwar nie abgeschickt wurden, ihr jedoch ein Gefühl der Verbundenheit gaben. Ihre Mutter fehlte ihr sehr. Immer öfter fragte sie sich, wie es ihr wohl ging, wer bei ihr war und sich ihre Geschichten anhörte, jetzt, wo sie in Europa war. Gleichzeitig war sie froh, Abstand zu ihr zu haben und nicht die Zwangsvorstellungen, Hirngespinste und Verfolgungsängste ertragen zu müssen, die sie nie verloren hatte, seitdem sie aus Russland geflohen war. Im Grunde waren die Seelen ihrer Eltern dort geblieben, zerstört von der bolschewistischen Revolution.

Außerdem dachte Eva oft an Michele, den sie sehnlich

zu sehen wünschte. Sie hatten einmal miteinander telefoniert und sich für den Abend nach dem Vorsprechen verabredet. Falls sie die Rolle bekam, konnten sie zusammen feiern, wenn nicht, würde Michele sie trösten.

An jenem schicksalhaften Tag, der strahlend schön zu werden versprach, verließ Eva das Haus sehr früh, um sich durch einen langen Spaziergang abzulenken. Auf der Piazza di Spagna bemerkte sie ein Pärchen, das Hand in Hand über den Platz schlenderte und offenbar nicht bemerkte, dass sie von einem Mann verfolgt wurden, der trotz der Hitze einen langen Regenmantel trug. Er beschleunigte den Schritt, überholte die beiden, blieb vor ihnen stehen und schoss ein Foto. Die Frau stolperte, der Mann stürzte sich auf den Fotografen, der daraufhin die Flucht ergriff.

Eva ging auf die weinende junge Frau zu. Sie erkannte sie sofort, es handelte sich um eines der vielen hoffnungsvollen Schauspieltalente dieser Zeit, sehr schön und sehr jung, das jetzt reglos und sichtlich erschrocken verloren mitten auf dem Platz stand.

»Kommen Sie, ich bringe Sie zu der Bank dort.«

Die Nachwuchsschauspielerin ließ sich zwar am Arm nehmen, schwieg aber und schaute weiter in Richtung der Straße, in der ihr Begleiter verschwunden war.

»Das ist das Ende«, flüsterte sie plötzlich.

Eva verstand nicht, was sie meinte, doch sie spürte, wie unangenehm der jungen Frau das alles war. Nach einer Weile endlich begann sie zu sprechen.

»Ich bin Lucia. Vielen Dank, dass Sie mir geholfen haben. Wenn man entdeckt, dass ich hier bin…«

Ihre Stimme stockte, und sie brach in Tränen aus.

»Was ist los? Ich behalte es für mich, Ehrenwort. Und vielleicht schafft es Ihr Begleiter ja, die Kamera in die Hand zu bekommen.«

»Alles in Ordnung?«, fragte jemand hinter ihnen.

Sie hatten nicht bemerkt, dass der Mann zurückgekommen war. Er atmete schwer und wirkte zerknirscht. Nachdem sie ihn erkannt hatte, war Eva alles klar. Walter Chiari, ein bekannter Schauspieler, war als Don Juan verschrien, und die sanfte Lucia wollte nicht öffentlich als eine seiner vielen Eroberungen entlarvt werden.

»Ihre Freundin hat sich erschrocken, sonst geht es ihr gut«, erklärte Eva, stand auf und wollte gehen.

»Und jetzt?«, stammelte Lucia.

»Ich weiß es nicht.« Chiari fuhr sich mit den Fingern durchs Haar. »Leider habe ich den Mistkerl nicht mehr erwischt.« Wütend tigerte er auf und ab. »Verdammt, er ist einer von denen, die für eine lukrative Story das Leben anderer Leute ruinieren.«

Eva kam eine Idee. »Wenn Sie ihn kennen, könnten Sie eventuell zur Redaktion gehen und die Herausgabe der Filmrolle verlangen.«

»Sie haben recht.« Chiari küsste Lucia und drückte Eva die Hand. »Ich schulde Ihnen einen Gefallen.«

Mit diesen Worten verschwand er und mischte sich unter die Touristen.

»Ich gehe besser ebenfalls«, sagte Lucia und entfernte sich mit schleppenden Schritten.

Kaum waren beide außer Sichtweite, fiel Eva siedend heiß ein, dass sie langsam zum Vorsprechen musste. Energisch winkte sie nach einem Taxi.

Der Fahrer, ein typischer Italiener, bekam sogleich spitz, warum sie zu der angegebenen Adresse wollte, und überhäufte sie mit Ratschlägen.

»Vergessen Sie nicht, was ich gesagt habe, mein schönes Kind«, sagte er, als sie das Ziel erreicht hatten.

»Danke für die Ratschläge, Antonio.«

Sie gab ihm ihre letzten Münzen als Trinkgeld und hoffte, dass sie für ihre Großzügigkeit entschädigt wurde und die Rolle erhielt.

Am Eingang der Filmstadt zeigte sie ihre Einladung und bahnte sich ihren Weg durch eine Menschenmenge. Cinecittà war riesig, ein Studio reihte sich an das andere. Das Herz schlug ihr bis zum Hals, weil sie so etwas noch nie aus der Nähe gesehen hatte. Sie passierte eine mittelalterliche Ritterburg, einen Westernsaloon, einen römischen Tempel, Neros Palast und die Reste der Kulisse von *Quo vadis*. Eva schwor sich, dass an diesem faszinierenden Ort ihr Leben eine Wendung nehmen sollte und sie Teil einer Welt wurde, die auf Träumen und Fantasien beruhte und mit der rauen Wirklichkeit nichts zu tun haben wollte.

Das Studio von Claude Rivette lag abseits der großen Hallen. Eva wurde in einen großzügigen Wartebereich gebeten, in dem ein Sofa, ein niedriger Tisch mit Zeitschriften, eine mobile Bar und ein Plattenspieler standen. Durch das Fenster blickte man auf eine Terrasse, in der Ferne waren Dreharbeiten zu erkennen. Nicht lange, und der Regisseur betrat den Raum, mit ihm ein etwas jüngerer Mann, vermutlich sein Assistent.

»Guten Tag, meine Liebe.«

»Monsieur Rivette, schön, Sie wiederzusehen.«

Der Regisseur reichte ihr einen Umschlag und setzte sich aufs Sofa.

»Schluss mit den Förmlichkeiten. Wenn wir zusammen arbeiten wollen, müssen wir uns vertrauen, nicht wahr?«

»Das kommt darauf an«, erwiderte sie und sah ihn misstrauisch an.

Rivette lachte. »Dieser Blick! Der lässt einen richtig zusammenzucken, nicht wahr, Douglas? Vidor wird begeistert sein.«

Der unbekannte Mann kam näher und musterte sie. »In gewissem Sinne hast du recht. Kannst du mir zeigen, was du draufhast?«

»Was soll das, Douglas? Warum diese Skepsis? Hol uns was zu trinken, viel Zeit haben wir nicht.«

Eva fühlte sich unbehaglich. Zu viel Vertraulichkeit hatte meist Folgen, und sie wusste genau, welche. Deshalb hatte sie sich geschworen, diesen Weg nicht zu gehen. Mit zitternden Händen öffnete sie den Umschlag. Als sie die ersten Sätze las, atmete sie erleichtert auf. Der Text war ihr vertraut: *Krieg und Frieden.*

Sie schaute zu Douglas. »*Nichts ist so wichtig für einen jungen Mann wie die Gesellschaft intelligenter Frauen.*«

Er lächelte. »Ein Zitat aus dem Roman, im Drehbuch fehlt der Satz.«

»Schade«, sagte sie und hielt ihm das Skript hin.

Douglas reagierte nicht, sondern fragte: »Einen Drink?«

»Gerne ein Wasser mit Eis bitte.«

»Kennen Sie die Figur der Sonja Rostova?«

»O ja«, bekräftigte Eva und begann vorzulesen, ihre prägnante Stimme erfüllte den Raum.

Rivette lächelte. »Sie sind die perfekte Besetzung für diese Rolle, meine Liebe.«

Nachdem Silvana Mangano die Hauptrolle der Natascha Rostova abgelehnt hatte, würde Audrey Hepburn sie übernehmen. Eva wäre ihre Cousine, eine wichtige Nebenrolle.

Sie war so glücklich, dass sie am liebsten aufgesprungen und herumgehüpft wäre. Grundgütiger, sie hatte die Rolle.

Endlich. Eva war im siebten Himmel.

»Morgen ist der Vertrag unterschriftsbereit. Wir sehen uns am Set, dort erhalten Sie weitere Informationen.«

»Danke«, hauchte Eva und konnte sich nicht mehr länger beherrschen, ging tänzelnd zum Ausgang. Sie war am Ziel, würde bald in einem bedeutenden Film zu sehen sein.

Und morgen würde sie Michele treffen, was die Freude noch größer machte. Ihr Herz pochte. Die Strapazen hatten sich gelohnt, alles erschien in rosarotem Licht. Eine glückliche Zukunft lag vor ihr.

Am nächsten Morgen zog sie ein elegantes, eng anliegendes blaues Kleid an, und frisierte ihre langen Haare zu einem Knoten, was sie stilvoll und seriös aussehen ließ. Manchmal war Zurückhaltung besser als allzu forsches Auftreten.

»Ich gehe jetzt den Vertrag unterschreiben«, erklärte sie ihren Freundinnen, die gerade erst aufgestanden waren und ihr Glück wünschten.

Sie fuhr das größte Stück mit dem Bus, stieg dann eine Station vor Cinecittà aus, um das letzte Stück zu Fuß zu gehen und sich noch ein wenig umzusehen. Zeit blieb ihr genug, und sie liebte diese fiktive Welt, die Gebäude, die Dekorationen, die herrlichen Farben. Alles nur Schein, der dennoch so wirklichkeitsnah war. Eva bekam nicht genug davon, es war wie im Märchen, die Luft duftete nach Sommer und Freiheit. Vor allem hatte sie das Gefühl, künftig sein zu können, wer sie wollte, machen zu dürfen, wonach ihr der Sinn stand: zu lieben, zu genießen, zu lachen… oder zu hassen. Hier war alles erlaubt. Weg mit Disziplin und Selbstkontrolle, das Leben war wunderbar.

Die Zeit verging wie im Flug, sie glaubte über dem Boden zu schweben, spürte ihre Füße kaum noch. Plötzlich blieb sie wie angewurzelt stehen. War das nicht Michele? Er saß auf einer Steinbank, neben sich seinen Koffer, auf dem Schoß einen Skizzenblock, in der rechten Hand einen Bleistift. Zufall oder glückliche Fügung?

Er trug den gleichen eleganten Anzug wie in Venedig, die Haare fielen ihm ins Gesicht, und als hätte er ihre Nähe gefühlt, blickte er auf. Lange schauten sie sich schweigend an, bis seine Lippen sich zu einem glückseligen Lächeln verzogen.

»Eva!«

Michele erhob sich und eilte ihr entgegen, die Zeichnungen fielen auf den Boden und drohten vom Wind weggeweht zu werden.

Als sie sich umarmten, merkte sie, wie sehr sie diesen Mann liebte, egal, dass sie sich kaum kannten. Liebe auf den ersten Blick, fast wie im Film. Was davor war und was kommen würde, vorerst ging es allein um das Hier und Jetzt. Um ihn und sie, alles andere war zweitrangig.

Er hakte sie unter und führte sie zur Bank, wo Eva seine Skizzen vom Boden aufsammelte.

»Ein neues Schmuckstück?«

»Ja, eine ganz besondere Kette.«

Im Grunde waren es zwei Ketten, die von einem Herzamulett zusammengehalten wurden.

»Wunderschön.«

»Ich hatte gehofft, dass sie dir gefallen würde.«

»Warum sollte sie mir nicht gefallen?«

Sie plauderten ein Weilchen, dann musste Michele sich verabschieden. Er hatte ebenfalls einen Termin in der Filmstadt. Rasch vereinbarten sie noch, am Abend gemeinsam in die Innenstadt zurückzufahren.

Das taten sie auch, nachdem er seine Besprechung beendet und sie ihren Vertrag unterschrieben hatte. Bei dieser Gelegenheit hatte sie am Filmset zwei Schauspieler kennengelernt, mit denen sie in *Krieg und Frieden* zusammenarbeiten würde: Vittorio Gassman, einen gut aussehenden, charmanten Mann, und Anita Ekberg, ein Sinnbild von Weiblichkeit und strahlend schön.

Den ganzen Tag über fühlte Eva sich wie im siebten Himmel, und als Michele nach ihrer Hand griff und sie in die Gärten der Villa Borghese führte, schob sie alle mütterlichen Ermahnungen, stets auf Distanz zu gehen, beiseite. In diesem Moment zählten allein seine Zärtlichkeit und Nähe, ließen ihre Träume in Erfüllung gehen, öffneten ihr das Leben, nach dem sie sich immer gesehnt hatte.

Monate vergingen, und wann immer Michele in der Stadt war, zog Eva zu ihm ins Hotel. Diese Zeit war zu wertvoll, um sie ohne ihn zu verbringen. Jede Sekunde zählte.

Desgleichen verliefen die Dreharbeiten zu *Krieg und Frieden* zufriedenstellend, und gegen Ende wurde bereits von einem Oscar geredet, und die Kritiker der Vorpremiere bezeichneten Eva als großes Talent. Schnell wurde sie bekannter, galt als interessantes neues Gesicht, das man verpflichten wollte. Man schien regelrecht auf sie gewartet zu haben, selbst im Kollegenkreis respektierte man sie zunehmend. Endlich wurde sie eine von ihnen. Auf Festen und Bällen knüpfte sie weitere Verbindungen, man sprach über neue Projekte, genoss gute Musik, delikates Essen und viel Champagner.

Eva war am Ziel, niemand kontrollierte, was sie sagte, was sie trug, was sie tat. Die Schatten der Vergangenheit lösten sich auf und verschwanden schließlich ganz.

In diesen Kreisen war sogar das Skandalöse von Vorteil, denn es brachte einen ins Gespräch.

»Kannst du nicht noch ein paar Tage bleiben?«, fragte Eva eines Abends, als sie erschöpft nach einem der rauschenden Feste Hand in Hand mit Michele, der den ganzen Abend schweigsam gewesen war, durch die Nacht ging.

»Warum kommst du nicht einfach mit mir?«, antwortete er mit einer Gegenfrage.

Sie schüttelte den Kopf. »Darüber haben wir schon gesprochen. Was soll ich in Positano? Das ist nichts für mich.«

»Wer weiß, lass dich überraschen!«

Trotzig schüttelte sie den Kopf. Positano war sicher sehr hübsch, doch was sollte sie dort? Bei den vielen Plänen und einem vielversprechenden Angebot für eine verlockende Rolle in einem Monumentalfilm.

»Es gibt Chancen, die ich mir nicht entgehen lassen darf, verstehst du?«

»Sind Erfolg und Ruhm für dich wirklich wichtiger als alles andere?«

»Meinst du allen Ernstes, dass es mir ausschließlich darum geht?«

Eva löste ihre Hand aus seiner. Wusste der Mann, den sie über alles liebte, tatsächlich so wenig über sie? Ein Gedanke schoss ihr durch den Kopf.

Lag es vielleicht daran, dass er sie nicht verstand, weil er von ihrer Herkunft keine Ahnung hatte, denn ihre wahre Identität hatte sie ihm nie verraten. Für ihn war sie eine ganz normale Amerikanerin. Von ihrer Familie und ihrer Vergangenheit hatte er nie etwas gehört, und insofern schätzte er sie, ihr Denken, ihre Wünsche und ihre Gefühle vermutlich falsch ein.

»Entschuldige bitte meine brüske Antwort«, bat er und küsste ihre Hand.

Es war für sie der letzte Anstoß, sich ihm zu offenbaren.

»Im Grunde weißt du gar nichts von mir«, begann sie.

»Das ist mir egal, verstehst du?«, unterbrach Michele sie. »Es interessiert mich nicht, wer du gewesen bist vor meiner Zeit. Das echte Leben liegt vor uns, das ist das Einzige, was zählt.«

Irgendwie hatte er recht, fand Eva. Er würde sie lieben, egal, was gewesen war. Ihm konnte sie alles anvertrauen. Die Herkunft der Eltern, ihre Flucht und ihr Verfolgungswahn, den die Mutter auf sie übertragen hatte. Sie wollte sich endlich von dieser Last befreien. Hier und jetzt, der Moment war gekommen.

»Michele, ich …«

Er ließ sie nicht zu Wort kommen. »Heirate mich. Ich liebe dich, Eva, und will jeden Tag meines restlichen Lebens mit dir zusammen sein.«

Ihre Gedanken rasten, sie brachte kein Wort heraus. Ihre größte Angst und ihr sehnlichster Wunsch schienen sich gegenseitig auszuschließen. Wie sollte sie sich da entscheiden?

Nein, sie konnte nicht Ja sagen, bevor er alles wusste,

und so tun, als hätte es das alles nicht gegeben. Oder doch? Zweifel krochen in ihr hoch und die Angst, mit der Wahrheit alles zu zerstören. Spontan warf sie mit einem Mal ihre Bedenken über Bord, redete sich ein, dass man in Italien, in ihrer Traumstadt Rom, eher unbekümmert und voller Optimismus handelte. Niemand schlug sich hier grundlos mit Horrorvorstellungen, Gewissensbissen und Schuldgefühlen herum. Was sollte ihrem Glück überhaupt im Wege stehen? Ihre Furcht war mehr als albern, sagte sie sich.

»Ja, ja, tausendmal ja, mein Liebster.«

Michele seufzte, umarmte sie und flüsterte: »Ich werde dich glücklich machen, das verspreche ich dir.«

Dann hob er sie hoch und wirbelte sie durch die Luft. Eva ließ sich mitreißen und beschloss, das leidige Gespräch auf später zu verschieben. Das musste warten. Und zur Besiegelung dieses Entschlusses liebte sie ihn in dieser Nacht besonders ungestüm und leidenschaftlich, wie sie es noch nie getan hatte. Am Morgen reichte Michele ihr ein Kästchen.

»Eigentlich sollte ich dir einen Ring schenken, aber ich habe mich für das hier entschieden. Ich hoffe, es gefällt dir. Die Idee hatte ich schon lange.«

Mit zitternden Händen nahm sie die Schatulle und klappte den Deckel auf. Sie traute ihren Augen nicht. Auf einem Samtkissen lag eine Kette aus massivem Gold mit einem Anhänger in Form eines Herzens. Als Michele auf einen Knopf an der Seite des Medaillons drückte, klappte es auf.

»Hier kannst du alles verwahren, was dir lieb und teuer ist.«

»Da gibt es bloß eines: dich.«

Mit unendlicher Zärtlichkeit küsste er ihr die Tränen von den Wangen und umarmte sie so fest, als wollte er sie nie wieder loslassen.

»Wie du weißt, habe ich in Positano ein Haus gekauft, das dir gefallen wird. Es liegt auf einem Felsen, und von seiner Terrasse aus sieht man das Meer, das an schönen Tagen so strahlend blau ist, als wäre es mit dem Himmel vereint. Inzwischen ist der Garten mit dem kleinen Zitronenhain ebenfalls fertig. Und im Haus gibt es einen Raum, der ganz zu dir passt: Es ist die Eingangshalle, in der lauter Spiegel hängen, vor denen du üben kannst.«

»Spiegel?«, fragte Eva erstaunt.

»Ja, zwölf. Ich habe sie im Keller gefunden und restauriert, nun sind sie wie neu und wunderschön.«

»Wem haben sie vorher gehört?«

»Keine Ahnung, jetzt gehören sie dir wie mein Herz und meine Seele. Und wie diese Kette.« Er hielt kurz inne. »Eigentlich sind es zwei Ketten, die mit hauchfeinen Goldfäden verbunden sind. Wenn du willst, kannst du sie voneinander trennen, die eine bist du, die andere bin ich«, sagte er und zeigte ihr wie von Zauberhand plötzlich zwei Ketten.

»Vorher gefiel sie mir besser«, flüsterte Eva.

Michele lächelte und fügte die Ketten zusammen. »Damit sind wir wieder vereint.«

»Für immer.«

130

Am nächsten Tag beschlossen sie, im Juni zu heiraten, wenn es an der Amalfiküste besonders schön war. Während Michele zurück nach Positano fuhr, um sich um die Vorbereitungen zu kümmern, blieb Eva in Rom und beschaffte für sich aus Amerika die notwendigen Dokumente. Ein Telegramm an ihre Mutter blieb leider ohne Antwort. Vermutlich nahm sie es der Tochter übel, sie nicht um Rat gefragt zu haben. Eva versuchte, diese Zurückweisung zu verdrängen und nahm gerne die Hilfe ihrer Freundinnen an, die sogar ein Fest in einer Trattoria organisierten. Dessen einziger Wermutstropfen bestand darin, dass Michele nicht dabei sein konnte. Zwar wollte er das und war eigens nach Rom gekommen, doch ein plötzlicher wichtiger Termin warf seine Pläne über den Haufen.

Als Eva etwas früher als Edith und Lauren nach Hause ging, hörte sie hinter sich eine Stimme und drehte sich um.

»Hallo, Eva.«

Instinktiv wich sie zurück, die Augen schreckgeweitet, als hätte sie ein Gespenst gesehen. Schlimmer noch, es war der Mann, der schuld daran war, dass sie Amerika verlassen hatte. Einer von denen, die ihr die Freude am Leben vergällt hatten.

»Mr. Frost.«

»Lassen wir die Höflichkeiten, ich habe dir oft genug gesagt, dass du mich Markus nennen sollst.«

Was machte er hier in Rom? Sie war wie vor den Kopf geschlagen. Das konnte nicht sein. Eine längst überwunden geglaubte Angst ergriff wieder Besitz von ihr, die sie allerdings sogleich zu bekämpfen suchte. Immerhin war sie in Italien, wo Frost ihr nichts antun konnte. Hier war er ein Nichts.

»Es ist spät, wenn Sie mich entschuldigen wollen«, beschied sie ihm von oben herab, aber er versperrte ihr den Weg.

»Nicht so schnell.«

Sie warf ihm einen eisigen Blick zu. »Lassen Sie mich durch. Ich habe keine Lust, mit Ihnen zu sprechen.«

Ein widerliches Grinsen erschien auf seinem Gesicht. »Du heiratest? Wie schön für dich.«

Eva wurde es ganz anders. Wie zum Teufel hatte er das herausgefunden. Trotzdem gab sie sich weiter selbstbewusst.

»Das geht Sie nichts an.«

»Nein, das tut es nicht, in der Tat. Wie das Leben so spielt. Ich war in der Botschaft und habe durch Zufall davon erfahren.« Er lächelte zynisch. »Du kannst dir meine Überraschung sicher vorstellen. Jedenfalls habe ich beschlossen, dir persönlich meine allerherzlichsten Glückwünsche zu überbringen. Und das tue ich gerade.«

Er hielt ihr einen Umschlag hin.

Eva zögerte einen Moment, bevor sie danach griff. »Was wollen Sie von mir?«

Frost zuckte mit den Schultern. »Warum so misstrauisch, meine Liebe?«

»Hören Sie auf mit Ihren hinterhältigen Spielchen, ich

132

weiß genau, wer Sie sind. Warum lassen Sie mich nicht in Frieden?«

Wieder dieses hämische, gemeine Lächeln, das ihr einen kalten Schauer über den Rücken jagte.

»Ich bin in bester Absicht hier und bringe dir die Dokumente für die Hochzeit. Sonst hättest du sie dir morgen abholen müssen. Dann habe ich dich in dem Lokal gesehen, und da ich zufällig die Dokumente dabeihatte, dachte ich mir, ich gebe sie dir gleich.«

Sie glaubte ihm kein Wort. »Und jetzt?«

»*Spokojnoj noc'i sladost.* Gute Nacht, meine Süße«, sagte er süffisant, und sein Gesicht verzog sich zu einer höhnischen Grimasse.

Eva eilte davon, war erfüllt von einer inneren Leere. Man hatte sie gefunden.

11

Das Terminal wimmelte von Reisenden, die auf Informationen zu ihrem Flug warteten. Milena hatte ihren Rucksack auf dem Rücken und ihre Tasche über der Schulter und suchte nach einem Eckchen, wo es ein bisschen ruhiger war. Seit Stunden regnete es in Strömen. Am liebsten hätte sie ihren Flug verschoben, aber Rosaria war am Telefon ziemlich zurückhaltend gewesen, als sie sie nach Micheles Zustand fragte. Deshalb hatte sie beschlossen, umgehend nach Positano zurückzukehren, um sich selbst ein Bild zu machen, wie es ihm ging. Sie saß wie auf glühenden Kohlen und betete, dass ihre Angst unbegründet war.

Tief durchatmen, ermahnte sie sich.

In den wenigen Tagen in Rom hatte sie eigentlich versucht, die Sorge um ihren Großvater ein wenig zu verdrängen und ihrer Familie neue Erkenntnisse über ihre Großmutter zu entlocken, was ziemlich ergebnislos verlaufen war. Eigentlich hatte sie gehofft, dass ihr Vater irgendwann freiwillig etwas erzählen würde, doch entweder wusste er tatsächlich so gut wie nichts, oder er wollte nicht darüber reden.

Jetzt musste sie auf Positano und ihren Großvater

selbst setzen, der so viel mehr zu wissen schien, als er bislang zugegeben hatte. Und vielleicht würde sie ja selbst noch Geheimnisse in dem Zimmer hinter dem Spiegel finden, das sie ungehindert aufsuchen konnte, solange Michele im Krankenhaus lag. Allein von dem Tagebuch versprach sie sich bei ganz gründlicher Sichtung noch etwas, sogar die Handschrift, der Stil und die Wortwahl verrieten schließlich eine Menge. Und man wusste nie, was sonst alles auf einen wartete.

Als sie am Gate ankam, blieb ihr noch eine halbe Stunde bis zum Einchecken. Sie setzte sich auf einen der freien Stühle beim Fenster und beobachtete die ab- und anfliegenden Flugzeuge. Nach einer Weile schloss sie müde die Augen und schrak zusammen, als jemand sie ansprach.

»Ist der Platz neben ihnen zufällig frei?«

»Natürlich, entschuldigen Sie«, erklärte sie verlegen und nahm ihren Rucksack von dem Stuhl.

Vor ihr stand ein junger Mann in Jeans und weißem Hemd, groß, mit blauen Augen und blonden Haaren, der sie freundlich anlächelte.

»Fliegst du auch nach Neapel?«, fragte er in gutem Italienisch mit einem schwer zuzuordnenden Akzent.

»Ich habe es zumindest vor«, antwortete sie und deutete nach draußen. »Sofern das Unwetter es erlaubt.«

»Keine Sorge, es kann nur besser werden«, erhielt sie zur Antwort.

Sie lächelte, denn es gefiel ihr, wenn ein Mensch positiv dachte und Zuversicht ausstrahlte.

»Ach übrigens, ich heiße Gabriel.«

»Und ich Milena.«

»Seltsam, du siehst jemandem unglaublich ähnlich, den ich kenne.«

»Ist das deine Tour, Bekanntschaft zu schließen?«, spottete sie.

Der junge Mann wurde rot. »Ich, nein… Entschuldige, es ist eigentlich nicht meine Art, eine Frau so anzusprechen, doch als ich dich vorhin sah, hatte ich wirklich den Eindruck, dich zu kennen.« Er deutete auf den Rucksack. »Machst du Urlaub?«

»Nein, ich bin auf dem Weg zu meinem Großvater. Und du?«

»Teilweise beruflich, teilweise privat. Ich würde gerne einen Abstecher an die Amalfiküste machen. Dort war ich noch nie.«

»Wenn das so ist, hast du bislang kein richtiges Blau gesehen.«

»Bitte?«

»Der Himmel ist dort von so unglaublich tiefem Blau, dass es dir den Atem nimmt, und bildet einen unbeschreiblichen Kontrast zum satten Grün der bewaldeten Hügel, die bis zur Küste reichen, zum leuchtenden Violett der Bougainvilleen zwischen den Villen und dem satten Gelb der eng aneinandergeschmiegten Häuser an den Berghängen. Dazu das leuchtende Rot der Tomaten und Peperoni, das mit dem Braunrot der sonnenverbrannten Ziegel auf den Dächern wetteifert, die weißen Blüten der Kapernsträucher auf den Felsen ringsum und das Gelb der Zitronenhaine bei den Häusern.«

»Milena, was machst du beruflich?«

»Wieso fragst du das?«

»Bist du eine Zauberkünstlerin oder etwas Ähnliches?«

Es gefiel ihr, wie er das sagte, wie er sie ansah, wie er lächelte – alles an ihm gefiel ihr einfach.

»Ganz falsche Richtung, tut mir leid, dich enttäuschen zu müssen.«

»Sehe ich etwa enttäuscht aus? Weil du so in Farben geschwelgt hast, lag die Vermutung nahe. Jedes Mal, wenn ich künftig zum Himmel sehe, werde ich an deine Beschreibung denken, da kannst du sicher sein. Erzählst du mir mehr von dir?«

»Da gibt's nicht viel zu erzählen. Obwohl ich einen Abschluss in Wirtschaftswissenschaften habe, hasse ich Zahlen und übe diesen Beruf nicht aus. Ich jobbe als Kellnerin, liebe das Meer, Zitroneneis und Pizza Margherita. Ich spiele gern Theater und möchte Schauspielerin werden, weil es mir gefällt, in andere Rollen zu schlüpfen. Auf der Bühne fühle ich mich frei und erfüllt, ohne alle Zwänge. Ja, erfüllt ist das richtige Wort, glaube ich.«

»Für nicht viel ist das eine ganze Menge.«

»Woher willst du wissen, ob das alles stimmt?« Milena schob sich eine Haarsträhne hinter das Ohr. »Ich könnte mir das schließlich alles ausgedacht haben, vielleicht bin ich ja Taschendiebin, eine Lügnerin, der du besser nicht trauen solltest.«

»Nun, ich weiß das, weil es mein Job ist, die Wahrheit von der Lüge zu unterscheiden.«

»Du bist Polizeibeamter?«

»Nein, Anwalt.«

»Strafrecht?«

»Nicht direkt. Ich bin gerade dabei, mich auf Daten-sicherheit im Internet zu spezialisieren.«

»Spannend, das wird heutzutage immer wichtiger, und es besteht viel Nachholbedarf.«

»So könnte man das sagen.«

»Gefällt dir deine Arbeit?«

»Ja, sehr.«

Seine Augen strahlten, hatten das gleiche Leuchten wie die ihres Großvaters, wenn er über Gold und Juwelen sprach. In diesem Moment wurde ihr Gespräch durch eine Durchsage unterbrochen, die verkündete, dass der Flug nach Neapel wegen schlechter Witterung gestrichen worden sei.

Während Milena ratlos wirkte, fragte Gabriel so-gleich: »Und wenn wir mit dem Zug fahren?«

»Meinetwegen. Hauptsache, ich schaffe es heute noch nach Neapel.«

»Fein. Also worauf warten wir?«

Während sie zum Bahnhof Termini fuhren, entlud sich das Unwetter gerade in voller Stärke über Rom. Raben-schwarze Wolken bedeckten den Himmel, grelle Blitze zuckten, ein sintflutartiger Regen sorgte für ein richtiges Inferno.

Das einzig Gute war dieser junge Mann, der ihr gefiel. Warum, vermochte sie sich nicht zu erklären. Sie hatte lediglich wenige Sätze mit ihm gewechselt und wusste rein gar nichts über diesen Mann, trotzdem war ein seltsames Gefühl da. Ein Prickeln, eine unerklärliche Anziehung, ein Wunsch, von ihm berührt zu werden. So etwas war ihr noch nie passiert.

Als sie im Zug saßen, erkundigte sie sich nach seinen Plänen: »Wie lange bleibst du in Neapel?«

»Ein paar Tage, dann möchte ich an die Küste. Jemand hat mir gesagt, das Blau des Himmels dort sei unvergleichlich«, fügte Gabriel zwinkernd hinzu, und Milena fühlte sich so leicht wie lange nicht mehr.

»Du wirst es genießen«, versicherte sie. »Ich fahre so oft an die Amalfiküste, wie ich eben kann. Wenn es nach mir ginge, würde ich das ganze Jahr dort sein.«

»Und was hindert dich daran?«

Was sollte sie darauf antworten, ohne all die Probleme zu erwähnen, die sich aufgetan hatten.

»Ich suche nach etwas und glaube nicht, dass ich es dort finden werde.«

»Oft suchen wir außerhalb von uns etwas, das längst in uns ist.«

Zögernd schaute sie ihn an, als würde sie in seiner Miene eine Antwort finden. »Hast *du* denn gefunden, nach was du gesucht hast?«

»Ja, habe ich. Und es ist mir nicht schwergefallen. Ich wusste von Anfang an, was ich wollte. Warum hast du mich vorhin eigentlich gefragt, ob ich bei der Polizei bin?«

»Weil ich einen Maresciallo von den Carabinieri kenne,

der einmal zu mir gesagt hat, dass es sein Beruf sei, die Wahrheit zu finden, und daran hast du mich erinnert.«

»Dein Verlobter vielleicht?«

Entsetzt sah Milena ihn an. »Nein, um Gottes willen.«

Sie verdrängte das vor ihrem inneren Auge aufgetauchte Bild von Federico Marra und holte die belegten Brote aus der Tasche, die sie am Flughafen gekauft hatte, und fragte ihn, ob er Schinken oder Zucchini wolle.

»Was magst du denn lieber? Ich lasse dir den Vortritt. Immerhin ist das unser erstes Treffen, da muss ich mich von meiner besten Seite zeigen.«

»Treffen?« Milena zog die Augenbrauen hoch.

»Da, wo ich herkomme, würde man selbst unsere Zufallsbegegnung so nennen.«

»Und wo ist das?«

Der Schaffner, der die Fahrkarten kontrollierte, verhinderte eine Antwort, und anschließend wechselte Gabriel das Thema.

»Holt dich jemand vom Bahnhof ab?«

»Ich bleibe nicht in Neapel, sondern fahre gleich weiter nach Positano.«

»Ich nehme mir einen Mietwagen, wenn du magst, bringe ich dich hin.«

Gabriels Handy vibrierte. Er zog es hervor, betrachtete das Display und verließ mit einer kurzen Entschuldigung das Abteil. Als er nach einer Weile zurückkam, wirkte er verstimmt.

»Probleme?«

»Ach, Ärger wegen eines Termins, nichts Schlimmes«,

erwiderte er knapp, schien allerdings mit den Gedanken ganz woanders zu sein und starrte aus dem Fenster.

Ihre lockere Unterhaltung war versiegt, und meist schwiegen sie ganz. Erst als Neapel in Sicht kam, ergriff Milena noch einmal das Wort.

»Wir sind fast da. Unglaublich, wie schnell die Zeit vergangen ist.«

»Soll ich dich nun mitnehmen?«, erneuerte er sein Angebot.

»Nein danke, ich komme klar.«

Inzwischen war Gabriel fast wieder wie vor seinem Telefongespräch. »Habe ich etwas Falsches gesagt?«

»Nein, überhaupt nicht. Es ist ziemlich weit bis dorthin, und du sollst wegen mir keine Zeit verschwenden.«

»Das ist kein Problem, wirklich.«

Milena war kurz davor, sein Angebot anzunehmen. Selbst wenn die Spritztour unvernünftig und ein bisschen verrückt war, neigte sie gefühlmäßig dazu, Ja zu sagen. Gewaltsam zwang sie sich dazu, es nicht zu tun.

»Hast du andere Pläne?«, hakte Gabriel nach und brachte sie in eine Zwickmühle.

Wenn sie jetzt Ja sagte, wäre alles vorbei, und selbst die Erinnerung an die zufällige Begegnung und ein paar schöne Stunden würde bald verblassen. Deshalb schwieg sie, strich ihm über die Wange und legte die andere Hand auf seine. So blieben sie einen Moment stehen und lächelten sich an, als würden sie sich ewig kennen.

»Ciao, Milena.«

»Ciao, Gabriel.«

Er beugte sich zu ihr herunter und küsste sie auf den Mund, nur eine flüchtige Berührung, und dennoch drang dieser Kuss ihr bis ins Herz. Als Gabriel sich schließlich von ihr löste und sich entfernte, sah sie ihm nach, bis er ihren Blicken entschwand, und ging in die entgegengesetzte Richtung davon.

12

Das Erste, was Milena wahrnahm, als sie die Villa betrat, war der Duft nach Zitronen und Wachs. Und nach Heimat. Hier war sie mindestens genauso zu Hause wie in Rom, wenn nicht noch mehr. Als ihr das in diesem Moment bewusst wurde, verflog die Melancholie, die sie seit dem Abschied von Gabriel gepackt hatte.

Sie ging in die Küche und begrüßte Lola. »Ciao bellissima, wie geht's? Habe ich dir genauso gefehlt wie du mir?«

Dann öffnete sie das Türchen am Käfig, und als der Papagei auf ihre Schulter flog, streichelte sie ihm mit den Fingerspitzen über die Federn.

Ein gutes Gefühl, wieder in Positano zu sein, dachte sie und nahm sich etwas von dem frischen Brot, das Rosaria ihr hingestellt hatte, und ging damit auf die Terrasse. Die Luft war kühl und feucht, anscheinend hatte es auch hier stark geregnet. Das Meer weit unter ihr war aufgewühlt, die Wellen brachen sich donnernd an den Felsen, die Gischt spritzte meterhoch.

Sie war bloß wenige Tage weg gewesen, aber es kam ihr wie eine Ewigkeit vor. Vielleicht lag es daran, dass sie auf der Fahrt von Neapel nach Positano über vieles intensiv nachgedacht und überlegt hatte, wie sie ihre Nachforschungen zu ihrer Großmutter und dem Verhalten ihres Großvaters fortsetzen sollte. Und ob es klug wäre, sich eventuell an Marra und Pinna, den Ermittler und den Staatsanwalt, zu wenden. Sie hoffte, dass die beiden inzwischen ihre Meinung über ihren Großvater geändert hatten und langsam begriffen, dass Michele nichts mit alldem zu tun haben konnte. Doch selbst wenn, fand sie es zum Verzweifeln, dass sie selbst nicht weiterkam.

Ob sie ihre Vorgehensweise ändern musste?

Wenn ja, wie bitte schön? Immerhin lag das Ganze lange zurück, und der Einzige, der Auskunft geben könnte, verweigerte das. Entweder weil er es nicht wollte oder weil er infolge seiner Krankheit die Erinnerungen weitgehend verloren hatte. Nicht einmal das wusste sie.

Deshalb musste sie sich jetzt mit der Frage herumschlagen, aus welchen Gründen Eva damals weggegangen war. Sie dachte an ihre Zeichnungen und an den rührenden Brief, den Michele ihr geschrieben hatte und der wie ein kostbarer Schatz aufbewahrt worden war, gut versteckt zwischen den Seiten ihres Tagebuchs.

»Warum bist du gegangen, Großmutter? Warst du unglücklich?«, flüsterte sie und begab sich nach drinnen in die Halle zu dem Spiegel, der das Tor zu einem rätselhaften Geheimnis war.

Milena würde ein weiteres Mal hindurchgehen. Nachdem sie den Mechanismus betätigt hatte, knipste sie das Licht an und holte aus der Schreibtischschublade das Tagebuch, das genauso dalag wie vor ihrer Abreise. Ein deutliches Zeichen, dass niemand heimlich in dem Versteck herumgestöbert hatte. Als sie es in der Hand hielt, dachte sie an ihren Traum, der bei ihr die dunkle Erinnerung heraufbeschworen hatte, dass sie schon als kleines Mädchen das Geheimzimmer hinter dem Spiegel gekannt hatte. Durch ihre Mutter.

»Mama, du fehlst mir so sehr«, seufzte sie und wünschte sich, Marina würde noch leben. Bestimmt wäre sie nicht so verschlossen gewesen wie die anderen.

Sie verließ das Zimmer, schloss die Spiegeltür hinter sich und stieg nach oben. Ihren Großvater zu besuchen, dazu war es zu spät, und außerdem war sie müde von der Reise. Stattdessen nahm sie sich für eine Weile noch Evas Tagebuch vor, Seite für Seite. Leider wurde mit jedem Umblättern ihre Hoffnung geringer. Außer den bereits bekannten Sachen wie Großvaters Brief und ein paar Andenken fand sie nichts Persönliches. Das Einzige, was ihr noch auffiel, war die Entdeckung, dass ihre Großmutter Sterne geliebt haben musste, vor allem einen ganz bestimmten, der auf vielen Seiten zu sehen war. Und immer wenn er auftauchte, standen die beiden Buchstaben MF am unteren Rand der Seite. Was hatte das zu bedeuten? Es kam ihr vor wie eine Geheimsprache, wie ein Hinweis auf einen Menschen, den man nicht offen erwähnen durfte.

War das ein gutes oder ein schlechtes Zeichen.

Und vor allem: Wer war dieser MF?

Nichts in dem Tagebuch verriet es ihr, dafür glaubte sie beim nochmaligen Durchblättern etwas anderes zu

145

erkennen. Ihre Großmutter hatte diesen Menschen nicht gemocht. Sie spürte es einfach. Immer wenn Eva den Stern und die beiden Buchstaben gemalt hatte, schien sie es mit Wut getan zu haben. Sie fuhr mit der Fingerspitze über eine der Stellen.

»Was ist das, Großmama?«

Sie suchte weiter, fand Notizen, die ihr nichts sagten, Dazwischen immer wieder Micheles Name mit einem Herzen daneben. Nichts Ungewöhnliches. Einen zerknitterten Zeitungsausschnitt, der offenbar zusammengeknüllt und wieder glatt gestrichen worden war und zwischen den letzten Seiten lag, hätte sie fast übersehen. Milena las ihn. Es ging um einen Autounfall, bei dem ein Mann, eine Frau und ein Kind ums Leben gekommen waren. Wer war diese Familie? Warum hatte Großmutter diesen Artikel aufgehoben?

Dann die Überraschung, als sie ihn umdrehte und las, was auf der Rückseite stand:

Zwing mich nicht dazu, etwas zu tun, das wir beide bereuen würden. MF

Eine eindeutige Warnung, daran gab es keinen Zweifel. Und es hörte sich so an, als wäre es eine Drohung an eine ganze Familie. An ihre eigene? An sie selbst sowie an Mann und Kind? Wie mochte Eva darauf reagiert haben? Unwillkürlich kam ihr das Skelett im Brunnen in den Sinn, und sie fragte sich, ob die Drohung irgendetwas damit zu tun gehabt hatte, vielleicht sogar Auslöser der Tragödie gewesen war.

Eine schreckliche Vorstellung.

Um das Ganze zumindest ein bisschen zu begreifen, müsste man wissen, warum Eva überhaupt erpresst worden war. Und das brachte erneut Michele ins Spiel und die Hoffnung, dass er endlich sein Schweigen brach.

Sosehr sie ihn zu schonen wünschte, sie musste ihn nach der Geschichte fragen. Das konnte sie ihm einfach nicht länger ersparen.

Am nächsten Morgen wachte sie ganz früh auf, frühstückte und machte sich auf den Weg ins Krankenhaus. Nach wie vor stand sie zu der Überzeugung vom gestrigen Abend, dass der Großvater Licht ins Dunkel bringen musste. Zur Not unter einem gewissen Druck, denn lange genug hatte er sie hingehalten und ihr mit Erfolg weisgemacht, dass er nichts wisse.

Als sie in der Klinik ankam, bot das Anwesen mit seinem Park, durch dessen Bäume sanft der Wind fuhr, ein friedliches Bild, das Zuversicht vermittelte.

»Signorina Alfieri, wir haben Sie schon erwartet«, begrüßte Dottor D'Amico, der behandelnde Neurologe, sie am Empfang.

»Wie geht es meinem Großvater?«

»Besser.«

»Kann ich ihn sehen?«

»Natürlich, ich bringe Sie zu ihm.«

Schweigend gingen sie über den Flur in einen Gemeinschaftsraum, wo reges Treiben herrschte. Michele saß am Fenster, ein alter Mann in einem gestreiften, zu groß gewordenen Pyjama. Seinen Bademantel hatte man ihm über die Schulter gelegt. Er schaute ins Leere, wo nichts seine selbst gewählte Einsamkeit störte.

Die Augen seiner Enkelin füllten sich mit Tränen. Aus Mitleid und weil ihre Hoffnungen und Pläne vielleicht gar nicht mehr realisierbar waren.

»Machen Sie sich keine Sorgen, lächeln Sie.« Der Arzt klopfte ihr begütigend auf die Schulter. »Das ist eine vorübergehende Absenz, die wieder vergeht.«

»Er ist so dünn geworden.«

»Das ist ganz typisch für dieses Stadium. Erinnern Sie sich, wir haben irgendwann darüber gesprochen.«

Ja, das stimmte. Nur war es ein großer Unterschied, etwas zu sehen, als darüber informiert zu werden. Der Arzt sprach weiter, ohne dass Milena zuhörte. Fieberhaft dachte sie darüber nach, ob sie Michele nicht mit nach Hause nehmen sollte, selbst wenn er hier gut untergebracht war. Aber er fühlte sich sichtlich fremd in der Klinik, das merkte man ihm an. Was, wenn er nachts aufwachte und seine Zitronenbäume oder das Meer sehen wollte?

»Ist es möglich, ihn in seine vertraute Umgebung, in seine Villa, zu entlassen, die sein Lieblingsort ist?«

Der Neurologe wiegte nachdenklich den Kopf. »Der emotionale Stress der letzten Tage hat der Krankheit einen Schub gegeben und den Umgang mit ihm schwieriger gemacht. Sich in dieser Situation um ihn zu kümmern wird Ihnen einiges abverlangen.«

»Er braucht mich und die heimische Umgebung.«

»Nun, da ich ebenfalls den Eindruck habe, dass sein

Zuhause ihm guttut, akzeptiere ich Ihren Wunsch. Allerdings muss auf jeden Fall eine Pflegekraft her, die regelmäßig vorbeischaut und sich um die Medikation und die Kontrolle der Geräte kümmert. Ich kann Ihnen eine Liste geeigneter Fachkräfte geben.«

»Das würde mir sehr helfen.«

»Was halten Sie davon, ein paar Tage abzuwarten, dann können wir in Ruhe alles in die Wege leiten. Und wenn ich Ihnen einen Rat geben darf, ruhen Sie sich vorher etwas aus. Auf Sie warten anstrengende Zeiten.«

»Danke für Ihr Verständnis, ich bin einverstanden mit Ihrem Vorschlag.« Nachdem das geklärt war, wandte sie sich an Michele. »Hallo, Großvater, wie geht es dir?«

Er hob den Kopf ganz langsam, als würde es ihn große Anstrengung kosten, und starrte sie an. Plötzlich jedoch geschah ein Wunder, ein Lächeln trat auf seine Lippen, und er brachte einen leisen Satz heraus.

»Ich habe dich bereits erwartet.«

Zärtlich strich sie ihm über die Wange, bis sich sein Gesichtsausdruck veränderte, die Lippen zu zittern begannen und seine Augen feucht wurden. Ein Anflug seiner Krankheit, wie die folgenden Worte bewiesen.

»Du hast mir gefehlt, Eva. Du hast mir so gefehlt, dass ich es gar nicht ausdrücken kann. Du hättest uns nicht verlassen dürfen…«

Milena war schockiert, begriff, dass er sie von Anfang an für Eva gehalten hatte. Trotzdem beschloss sie mitzuspielen, da sie ihn in seiner gegenwärtigen Situation kaum davon abbringen konnte.

»Jetzt bin ich wieder da, ich bin zurück.«

Mühsam hob er die Hand und strich mit den Fingerspitzen über ihr Gesicht. »Du hast mir gesagt, du würdest nicht zurückkommen.«

Milena zwang sich zu einem Lächeln und überlegte, was sie darauf am besten antwortete.

»Ich fürchte, dass ich mich nicht richtig ausgedrückt habe. Das passiert manchmal, nicht wahr? Man ist felsenfest von etwas überzeugt, und dann ändert man seine Meinung mit einem Mal wieder.«

Michele nickte schwach. »Ja, das kann passieren.«

Sie kniete sich vor ihm auf den Boden und legte den Kopf auf die Decke, die man über seine Beine gebreitet hatte, spürte, wie eine Hand ihr übers Haar streichelte.

»Willst du nach Hause?«

»Ich habe gehofft, dass du das fragst. Mir gefällt es hier nicht.«

»Hat dir jemand wehgetan?«

Er schüttelte den Kopf. »Seit du mich verlassen hast, ist viel geschehen. Ich habe alle deine Sachen aufgehoben, sie sind in dem Versteck hinter dem Spiegel, in dem Zimmer, das damals dein Lieblingsplatz war.«

Dass er darüber zu sprechen begann, weil er sie für Eva hielt, damit hätte sie im Leben nicht gerechnet, ein Grund mehr, selbst wie seine Frau zu tun. Ein bizarres Gespräch, das sie an ihre Grenzen brachte.

Als er sie ansah, holte sie tief Luft und stellte die Frage, die sie besonders quälte. »Du weißt, wer der Mann ist, den sie im Brunnen gefunden haben, nicht wahr? Du hast die Uhr erkannt.«

Michele zögerte. »Ich will nicht darüber reden. Er hat uns nichts als Unglück gebracht, Eva. Wenn er nicht gewesen wäre ...«

»Wer war er, verrat es mir bitte.«

Sie erfuhr nichts mehr. Weiter nachzubohren hatte keinen Sinn. Ihr Großvater war am Ende seiner Kräfte und versank wieder in seiner Welt, in seinem Gedankengefängnis. Zudem hatte ihn ihre letzte Frage offenbar irritiert, weil Eva sie nie gestellt hätte, nie hätte stellen müssen, weil sie im Gegensatz zu ihm die Hintergründe gekannt hatte.

Wie sollte das weitergehen?

Deprimiert und ratlos fuhr sie nach Hause und sah, dass das Tor zum Garten geöffnet war. Sie ging auf die Terrasse und entdeckte hinter dem Absperrband einen Mann im Kapuzenpulli gefährlich nah beim Brunnen. Es war Federico Marra, wie sie beim näheren Hinsehen erkannte. Als er sie anlächelte, nahm sie das als gutes Zeichen und hoffte, der Albtraum werde bald ein Ende haben.

»Ciao, Milena, willkommen zurück. Ich freue mich, dich wiederzusehen. Wie geht es dir?«

Sie dachte einen Moment nach, fand aber keine wirkliche Antwort und äußerte sich vage. »Das hängt ganz davon ab.«

»Von was?«

»Vom Stand der Dinge, davon, ob Großvater mittlerweile raus aus dem Schneider ist oder offiziell zum Kreis der Verdächtigen gehört.«

»Nein, da kannst du ganz beruhigt sein.«

»Gut«, seufzte sie erleichtert und dachte darüber nach, ihm jetzt offen vom Tagebuch der Großmutter und dem Zettel mit der Drohung zu berichten. Dann kam er vielleicht selbst darauf, dass da irgendwo ein Zusammenhang mit dem Toten im Brunnen bestand.

»Wie gehen eure Ermittlungen voran?«

»Du weißt, dass ich darüber nicht sprechen darf, erst recht nicht mit Familienangehörigen eines möglicherweise Involvierten.«

»Gerade hast du mir versichert, dass Michele nichts damit zu tun hat.«

Marra legte den Kopf schief und seufzte. »Lassen wir es gut sein, heute war ein anstrengender Tag, und ich habe mich nicht präzise genug ausgedrückt.«

»Passiert dir das öfter?«

»Glaubst du ernstlich, dass ich machen kann, was ich will? Jeder bei der Polizei ist ausnahmslos zur Objektivität verpflichtet.«

Als er näher kam, wirkte er fast gefährlich, und Milena fragte sich, warum er so schroff reagiert hatte. Gleich darauf erfuhr sie es.

»Hör zu, du bist eine junge Frau und solltest nicht allein in diesem Haus wohnen, das ist zu riskant. Jeder kommt irgendwie ins Haus oder zumindest in den Garten. Schließt ihr nie alles ab?«

»Warum denn? Hier fühle ich mich sicher trotz allem, was geschehen ist.«

Der Gesichtsausdruck des Maresciallo verfinsterte sich. »Ich bitte dich, Milena, fahr zurück nach Rom und lass uns hier unsere Arbeit machen. Wenn alles vorbei ist, kommst du wieder, gehst an den Strand, schwimmst und spielst mit deinen Freunden Volleyball. Sachen eben, die junge Frauen wie du so machen.«

Junge Frauen wie du.

Wie er das gesagt hatte, missfiel ihr gewaltig. Warum behandelte er sie so von oben herab? Sie musterte ihn und bemerkte plötzlich, dass ihn kein Ärger leitete, sondern dass ihn Verzweiflung plagte, ein Gefühl, das sie selbst genau kannte. Spontan streichelte sie seine Wange, die sich weich und glatt anfühlte.

»Pass auf, was du tust«, flüsterte er und griff nach ihrem Handgelenk.

Beide waren wie gelähmt, keiner tat etwas, um die Situation zu beenden, bis ihm irgendwann bewusst wurde, dass er gerade gewaltig gegen seine Vorschriften verstieß, und er sie abrupt losließ.

»Komm mir bitte nicht zu nahe, fahr nach Hause zurück, geh tanzen, amüsier dich. Finde einen Freund, einen, der dir die Sterne vom Himmel holt. Wenn ich hier fertig bin, sage ich dir Bescheid, das verspreche ich«, sagte er mit Bitterkeit in der Stimme.

»Weißt du, ich schrecke nach wie vor nachts hoch und sehe ihn vor mir, wie er da unten im Brunnen liegt. Doch dann denke ich an all das Gute, das ich mit diesem Ort verbinde, an die glücklichen Stunden und an den unvergleichlich blauen Himmel. Aus diesem Grund werde ich nicht so einfach fortgehen, Federico.«

Sein Gesicht war wie versteinert. »Du weißt nicht, von was du sprichst.«

Gruß los drehte er sich um und entfernte sich.

Sie schaute ihm nach, bis er verschwunden war, und kehrte wie benommen ins Haus zurück. Ein erregender Schauer überlief sie, und unwillkürlich verglich sie ihn mit Gabriel.

Die beiden waren so verschieden.

Der eine war Dunkelheit, der andere Licht.

Milena wusste nicht, für wen sie sich eher entscheiden würde. Falls sie in Positano bleiben würde, ein Gedanke, mit dem sie ja hin und wieder spielte, wäre Federico vermutlich der geeignetere Partner, da er zum einen aus der Gegend stammte und zum anderen ähnliche Gefühle für sie aufzubringen schien wie sie für ihn. Was bedeutete, dass sie einander ähnlich waren, dass zwischen ihnen eine Art Seelenverwandtschaft bestand.

Aber war das von Vorteil?

Konnte das gegen Gabriels unverwüstlichen Optimismus, der sie zum Lachen brachte, konkurrieren? Sie wusste es nicht und war froh, dass die Entscheidung nicht bei ihr lag.

Den einen würde sie nie wiedersehen, der andere wollte sie nie wiedersehen. So hatte es das Schicksal entschieden.

13

Milena hatte kaum ein Auge zugetan, war früh aufgestanden und trank ihren Kaffee auf der Terrasse, um den Sonnenaufgang zu beobachten. Inzwischen hatte sich das Licht des Himmels auf die Meeresoberfläche zu ergießen begonnen, erst blass, dann in immer kräftigeren Farben.

Gleichzeitig zerbrach sie sich erneut den Kopf, was wirklich in der Spiegelvilla geschehen sein mochte. Was war die Wahrheit? Eine Frage, die sie sich bei jeder Seite des Tagebuchs gestellt hatte. Bei jeder Zeile, jeder Notiz und jeder Skizze.

»Was ist passiert, Großmutter?«

Eindeutig war sie bedroht und erpresst worden, aber wann und warum? Über einen längeren Zeitraum oder erst, als sie mit Michele verheiratet war? Hatte sie deshalb Mann und Kind verlassen. Und was hatte man von ihr verlangt? Mit welchen Drohungen hatte man sie erpresst? Dem Zeitungsbericht über den Autounfall zufolge stand ihre Familie in Gefahr. War Michele darüber informiert gewesen? Sie war nicht sicher, ob sie das bei seinem Zustand je von ihm erfahren würde.

Sie seufzte. An diesem Wochenende würde sie ihn nach

Hause holen, dann würde sie sehen, ob das etwas bei ihm veränderte.

Sie ging ins Haus zurück und kochte in der Küche noch einmal Kaffee. Rosaria würde bald kommen und auch die Krankenschwester, die der Arzt organisiert hatte, um zu kontrollieren, ob alles in Ordnung war.

Anschließend begrüßte sie den Papagei und öffnete die Käfigtür. Lola flatterte erst auf ihre Schulter und schließlich auf das Aquarium. Ob die Fische ihre Freunde waren? Warum nicht, selbst wenn einer in der Luft und die anderen im Wasser lebten.

In diesem Moment kam Rosaria herein. »Guten Morgen, Milena, was wollen mir diese Augenringe sagen?«

Die Haushälterin küsste sie auf die Wange, musterte sie prüfend und stellte ein paar Tüten auf dem Küchentisch ab.

»Ich grübele zu viel, das ist alles.«

»Dann geh nach draußen und tank ein bisschen Sonne.«

»Hast du mit dem Neurologen gesprochen?«, scherzte Milena.

»Ich brauche niemanden, der mir sagt, wie ich mich um dich zu kümmern habe, mein Fräulein. Als ich dich zum ersten Mal im Arm gehalten habe, warst du gerade mal ein paar Wochen alt und mit deiner Mutter zu Besuch gekommen.«

»Wart ihr Freundinnen?«

»Wir sind praktisch zusammen aufgewachsen, meine Tante hat mich oft mit ins Haus genommen, damit Marina jemanden zum Spielen hatte und nicht so einsam war. Habe ich dir doch bestimmt erzählt.«

»Schon. Bloß weiß ich mittlerweile nicht mehr, was stimmt und was ich mir zusammengereimt habe.«

Rosaria wischte sich die Hände an der Schürze ab. »Was meinst du damit?«

»Ob meine Erinnerungen real oder teilweise einge-bildet sind. Immerhin war ich noch sehr klein, als sie starb.«

»Ist das so wichtig? Sie wird immer in dir weiterleben. Deine Mutter war eine wunderbare Frau und hat dich sehr geliebt, du warst ihr Ein und Alles. Jedes Mal, wenn du dich im Spiegel betrachtest, findest du sie. Du bist wie sie und gleichzeitig du selbst.«

Milena nickte, bohrte aber weiter. »War es sehr schlimm für sie, dass ihre Mutter weggegangen ist?«

»Ich glaube ja. In Ihrem Blick lag immer ein Schatten, und ich weiß nicht, ob sie wirklich richtig glücklich war. Einmal hat sie sogar geweint und gesagt, sie sei schuld, dass ihre Mama weggegangen ist. Michele hat das gehört und Marina mit in seine Werkstatt genommen. Als sie zurückkam, hatte sie die Kette um den Hals, die du jetzt trägst. Signora Eva hatte sie offenbar nicht mitgenom-men. Ich glaube, damals war ein Foto von ihr und Marina als Baby darin. Vermutlich hat dein Großvater ihr etwas anvertraut, das sehr wichtig für sie war. Seit diesem Mo-ment kam sie mir ruhiger und weniger traurig vor. Was er ihr gesagt hat, weiß ich nicht oder nicht mehr.«

»Schade, weißt du noch etwas Genaueres über die

Ehe meiner Eltern außer dem Anwaltsschreiben, mit dem mein Vater mich zu sich nach Rom geholt hat. Von Teresa habe ich übrigens erfahren, dass meine Eltern sich bereits getrennt hatten, als Mama krank wurde.«

»Ja, es war eine übereilte Ehe, die nicht lange gedauert hat. Trotz der großen Liebe. Sie waren einfach zu verschieden. Deshalb zog sie sehr früh mit dir nach Positano zurück. Belaste dich nicht mit den alten Geschichten, sondern konzentrier dich auf die Gegenwart.«

»Manchmal kommt etwas aus der Vergangenheit hoch, das man nicht beiseiteschieben kann.«

»Du bist zu sensibel und solltest dich mehr mit deinen Zukunftsplänen befassen, das ist wichtig.«

»Tue ich das nicht gerade? Ach ja, außerdem habe ich auf dem Weg hierher einen jungen Mann kennengelernt, einen Anwalt, der Karriere machen will«, erwiderte Milena und lächelte. »Darüber hinaus sah er verdammt gut aus.«

Rosaria fuchtelte mit den Händen in der Luft herum. »Hast du dir seine Telefonnummer geben lassen?«

»Nein.«

»Warum nicht?«

»Weil es besser so war.«

»Das musst du mir erklären, ich verstehe nicht, weshalb du oft so ängstlich bist.«

In gewissem Sinne hatte sie recht, wenngleich ihr Verzicht kein Ausdruck von Angst gewesen war. Ihre Zweifel an sich selbst, ihre Unsicherheit, was sie eigentlich wollte, hatten ihr zur Vorsicht geraten.

»Nun, ich wollte keinen Fehler machen.«

»Sei nicht dumm, Kind. Leben bedeutet Fehler zu begehen, das kannst du nicht vermeiden. Zum Glück, denn daraus lernt man.«

»Und wenn nicht?«

»Schluss. Hör auf, dir zu viele Gedanken zu machen. Geh ein bisschen an die frische Luft, ein Spaziergang wird dir guttun. Unterdessen backe ich frische Croissants und Brötchen.«

»Wie du meinst. Brauchst du mich nicht?«

»Nein, geh nur und versuch ein bisschen abzuschalten.«

Nachdem sie Lola, die gerade eine Serviette zerrupfte, wieder in den Käfig gesperrt hatte, holte sie sich eine Strickjacke und verließ das Haus.

Die Straße nach Positano ging so steil bergab, dass sie ihr Tempo bremsen musste. Ohne konkretes Ziel wanderte sie die Serpentinen hinunter und bedauerte ein wenig, nicht zum Strand gegangen zu sein, wo sie allein gewesen wäre. Im Ortszentrum würden sich bestimmt trotz der Nebensaison zahlreiche Touristen tummeln, die mit Bussen an die pittoreske Amalfiküste gekarrt wurden. Und Positano war das Highlight, von dem alle begeistert waren. Selbst sie, die den Anblick seit ihrer Kindheit gewohnt war.

Über die von Bougainvilleen gesäumte Straße schlenderte sie zur Piazza dei Mulini, kaufte sich ein Eis, setzte sich auf eine Treppenstufe und fühlte sich angesichts des hektischen Treibens in frühere Zeiten zurückversetzt. Damals, wenn sie ihre Schulferien beim Großvater verbrachte, hatte sie sich vorzustellen versucht, wer all die Leute sein mochten, wie sie lebten, woher sie kamen, was sie vorhatten. Diese Gedankenspiele faszinierten sie nach wie vor, doch plötzlich stutzte sie, als sie in einer Menschentraube ein bekanntes Gesicht zu sehen glaubte.

War er das wirklich?

Nein, sie hatte sich geirrt, merkte sie, als sie den blonden jungen Mann fast erreicht hatte. Enttäuscht machte sie kehrt, um sich auf den steilen Heimweg zu begeben.

Zwischendurch legte sie eine Verschnaufpause bei einer Feldsteinmauer ein, von der aus man einen wunderbaren Blick auf das Meer hatte. Wie gerne wäre sie jetzt in das auf der Haut prickelnde Wasser gesprungen, hätte sich davontragen lassen, um alles zu vergessen. Aber mit einem Mal tauchte eine betörend duftende weiße Rose vor ihren Augen auf.

»Ciao, Milena.«

Sie musste sich nicht umdrehen, um zu wissen, wer hinter ihr stand. Gabriel. Also war er ebenfalls unter den Touristen gewesen, nur hatte sie nicht ihn, sondern eine Art Doppelgänger gesehen. Sie griff nach der Rose, schnupperte daran und drehte sich um.

»Ciao, schön, dich wiederzusehen.«

Er war noch attraktiver, als sie ihn in Erinnerung hatte. Und seine vom Wind zerzausten Haare ließen ihn zudem jungenhafter wirken.

»Du bist nicht überrascht?«

»Doch, allerdings hatte ich kurz gedacht, dich unten auf der Piazza gesehen zu haben. Der Typ sah dir aus der Entfernung sehr ähnlich. Egal. Was machst du gerade hier?«

»Jemand hat mir mal gesagt, dass ich noch nie ein richtiges Blau gesehen hätte. Dem wollte ich auf den Grund gehen und bin durch Zufall in Positano gelandet. Wohnst du hier irgendwo?«

»Vorübergehend. Im Haus meines Großvaters, das dort oben steht.« Sie deutete auf das Felsplateau. »Ich bleibe hier, bis es ihm wieder besser geht.«

»Ist er krank?«

»Ja, sehr.« Da sie nicht darüber sprechen wollte, schob sie rasch eine Frage nach. »Und du bist wirklich zufällig in Positano?«

Er zwinkerte ihr zu. »Nun ja, mehr oder weniger, und natürlich wegen des blauen Himmels … Jedenfalls ist es schön, dich wiederzutreffen, Milena.« Er strich ihr über die Hand. »Zeig mir das magische Blau und alles, was man hier deiner Meinung nach sehen muss.«

Als Erstes schlug sie vor, umzukehren und ihm versteckte Ecken und Winkel von Positano zu zeigen, wo die Touristen nicht hinkamen. Dazu gehörten die steilen Treppen hinunter zum Meer ebenso wie mit Majolika geflieste Terrassen und die Ruinen der antiken römischen Villen. Während sie durch den malerischen Ort schlenderten, empfand sie großen Stolz, ihm all die Schönheiten ihrer zweiten Heimat zeigen zu können.

»Hast du eigentlich bereits erledigt, warum du in den italienischen Süden gekommen bist?«, erkundigte sich Milena irgendwann.

»Ich bin gerade dabei«, erwiderte Gabriel grinsend und machte eine ausholende Armbewegung.

»Indem du mit mir durch Positano spazierst?«, fragte sie verständnislos.

»Das ist das Angenehme an meiner Arbeit, dass ich nebenbei Zeit für die schönen Dinge habe. In ein paar Tagen muss ich wieder nach New York – da wäre es eine Sünde, Italien zu verlassen, ohne die Amalfiküste kennengelernt zu haben.«

»Du bist Amerikaner?«

»Geboren und aufgewachsen in New York, wo ich nach wie vor lebe. Während des Studiums war ich längere Zeit in Italien. Habe ich dir das nicht erzählt?«

Stumm schüttelte Milena, der das alles merkwürdig vorzukommen begann, den Kopf.

Er wurde ernst. »Mein Besuch in Positano und anderen Orten hat einen besonderen Grund. Vor langer Zeit habe ich einer alten Freundin versprochen, mir die Amalfiküste anzusehen. Sie hat ganz wehmütig davon geschwärmt.«

»Eine alte Freundin?«

»Ja, es handelt sich um die Adoptivmutter meines Vaters, die als junge Frau einige Zeit hier gelebt hat.«

»Das haben zeitweise viele Ausländer gemacht, soweit ich weiß. Einige der luxuriösen Villen gehörten ihnen.«

»Nachdem ich es mit eigenen Augen gesehen habe, weiß ich, warum sie so davon geschwärmt hat.«

Milena musterte ihn skeptisch. Obwohl seine Begeisterung nicht geheuchelt war, kam es ihr vor, als würde hinter seinem Besuch noch etwas anderes stecken, und das versetzte sie in eine gewisse Alarmbereitschaft nach all den verstörenden Ereignissen der letzten Wochen.

»Was hältst du davon, essen zu gehen?«, fragte er unvermittelt.

»Eine gute Idee, allerdings sind vermutlich alle Tische in den Restaurants belegt. Die Busunternehmer machen Vorreservierungen. Darf ich dich stattdessen zu mir einladen? Ich könnte den Tisch auf der Terrasse decken.«

Nach kurzem Zögern nickte Gabriel. »Sehr gerne. Spaghetti mit Tomatensoße?«

»Mal sehen, vielleicht fällt mir was Besseres ein. Du wirst sehen, das Leben steckt voller Überraschungen«, gab sie scherzhaft zurück, wenngleich sie nach wie vor unsicher war, ob es sich bei seinem Auftauchen wirklich um einen reinen Zufall handelte. Oder hatte er gezielt nach ihr gesucht? Irgendetwas irritierte sie bei der ganzen Geschichte, und sie wollte es herausfinden.

»Komm, ich zeige dir den Garten«, forderte sie ihn auf, als sie die Villa erreichten, und ging voran durch das Gartentor, vorbei an immergrünen Sträuchern und prächtig blühenden Blumen, die im Wind wogten, in der Ferne schimmerte das Meer. »Schön, oder?«, fragte sie, als sie Gabriels Augen leuchten sah.

»Traumhaft. Bist du hier aufgewachsen?«

»Zeitweise als kleines Kind. Als meine Mutter starb, holte mein Vater mich nach Rom zurück, doch sämtliche Sommerferien verbrachte ich in Positano bei meinem Großvater. Riechst du diesen Duft? Er ist charakteristisch für die Gegend. In ihm vermischen sich der salzige Geruch des Meeres und der herbsüße der Zitronenblüten.«

»Ja, ich erinnere mich, dass sie davon ebenfalls begeistert war. Damals hielt ich das für übertrieben.«

»Was hat die Dame denn sonst so erzählt?«

»Dass hier früher als in der Umgebung die Sonne aufgeht und der Himmel so nah zu sein scheint, dass man meint, ihn berühren zu können. Und dass Positano der beste Ort für Liebeserklärungen sei.«

Was und wie er das sagte, verunsicherte Milena, zumal er sie dabei unverwandt fixierte.

»Sie muss Positano sehr geliebt haben.«

»Ja, das denke ich auch. Dennoch musste sie dieses Paradies verlassen.«

»Warum?«

»Angeblich war ihre Ehe so zerrüttet, dass sie keine andere Wahl hatte.«

»Wie furchtbar.«

Er griff nach ihrer Hand, bevor sie weitergingen, und war verwundert, als Milena unvermittelt stehen blieb und auf der Stelle umkehren wollte.

»Was ist denn los?«

Sie antwortete nicht. Warum war sie so dumm und hatte einfach vergessen, was hier Fürchterliches passiert war? Gabriel folgte ihrem starren Blick und bemerkte die Absperrbänder, die im Wind flatterten.

Er stutzte: »Was um Himmels willen ist das?«

Entschlossen schob Milena ihn bis an den Rand des Brunnens. »Anfang September ist dort unten ein männliches Skelett gefunden worden.«

Entsetzt starrte er sie an. »Ist das dein Ernst?«

»Natürlich. Über so etwas macht man keine Witze.«

»Entschuldige, du hast recht. Was ist denn passiert?«

»Zufällig wurde bei Bauarbeiten an der Mauer ein Haufen Knochen in dem zugeschütteten Brunnenschacht entdeckt. Es war das Schrecklichste, was ich je in meinem Leben gesehen habe.«

»Und wer war der Tote?«

»Das weiß man nicht«, erklärte sie und überlegte kurz, ihm ihre Sorgen anzuvertrauen, aber eine innere Stimme hielt sie zurück.

Sie zuckte zusammen, als er nachfragte, ob es ein Mord gewesen sei.

»Die Ermittlungen sind nach wie vor nicht abgeschlossen, doch anscheinend geht man von einem Tötungsdelikt aus.«

Schützend legte Gabriel den Arm um sie. »Du zitterst ja, komm wir gehen.«

»Es war einfach grauenhaft.«

»Warst du dabei?«

»Mein Großvater und ich wurden sofort gerufen von den Arbeitern, die das Skelett gefunden haben. Bitte lass uns ins Haus gehen.«

Milena führte Gabriel durch den Haupteingang in die Halle. Vor den Spiegeln blieb sie stehen, reckte die Arme in die Luft und drehte sich im Kreis.

»Gefallen sie dir?«, fragte sie.

»Ganz bestimmt. Dass es so etwas Schönes gibt…«

»Mein Großvater hat die Spiegel vor Jahren neu gerahmt, er war ein berühmter Gold- und Silberschmied. Inzwischen hat er damit aufgehört, weil er meint, keine Magie mehr in den Fingern zu haben. Wahrscheinlich liegt es eher an seiner Demenz. Sie zerstört ihn, weißt du. Es ist, als ob ein Schwamm immer mehr Merkmale seiner Persönlichkeit wegwischen würde, schleichend, eines nach dem anderen.«

Gabriel erwiderte nichts und schlenderte von einem Spiegel zum anderen, dabei fuhr er mit den Fingerspitzen über die Rahmen.

»Die Spiegelvilla…«, murmelte er schließlich.

Milena wunderte sich. »Genau so wird sie genannt. Kanntest du den Namen etwa?«

Erneut gab er keine Antwort, sondern stellte eine Frage. »Lebt außer dir und deinem Großvater noch jemand hier oder hat hier gelebt?«

»Derzeit ist es allein mein Großvater, ich bin eigentlich nur zu Besuch, weil ich hauptsächlich in Rom bin. Meine Mutter ist hier aufgewachsen, sie starb sehr jung. Früher war da noch eine Großmutter, die ich nie kennengelernt habe und von der ich so gut wie nichts weiß, außer dass sie vor vielen Jahren von hier weggegangen ist.«

»Weggegangen?« Gabriels Blick verdüsterte sich. »Dieses Haus muss sehr alt sein«, wechselte er das Thema und deutete auf die Gewölbedecke.

»Ja, mein Großvater hat es kurz nach dem Krieg gekauft und nach und nach renoviert.« Dann hielt sie inne, wunderte sich über seine mit einem Mal ins Negative umgeschlagene Stimmung. »Alles in Ordnung?«

»Entschuldige, ich musste gerade an etwas denken.«

»An etwas Unangenehmes?«

Als er es zu ihrem Erstaunen bestritt, zog sie ihn in Richtung Küche. »Komm, ich habe einen Riesenhunger.«

Während Gabriel seine Späßchen mit Lola machte, holte Milena Brot, Käse und Oliven aus der Vorratskammer und legte alles auf einen Servierteller.

»Du hast Glück, Rosaria hat heute Morgen eine Tomatensoße vorbereitet.«

»Wer ist das?«

»Die Haushälterin meines Großvaters, eine himmlische Köchin. Du wirst es merken. Kannst du die Sachen bitte auf die Terrasse bringen?«

»Natürlich.« Er nahm den Servierteller mit der einen Hand, mit der anderen griff er nach der Tischdecke.

Als er zurückkehrte, half er ihr am Herd, goss die Nudeln ab, mischte sie mit der Tomatensoße und zupfte frisches Basilikum darüber.

»In Italien habe ich gerne mit meinen Freunden gekocht, in New York tue ich das weniger. Da lasse ich mich lieber bekochen.«

»Wie schön!«

»Ja, bevorzugt von meinen Schwestern. Obwohl sie

manchmal nerven, würde ich sie gegen nichts auf der Welt eintauschen.«

Beim Essen schwiegen sie eine Weile, schienen beide in ihre Gedanken vertieft. Dann beugte sich Gabriel unvermittelt zu ihr hinüber und flüsterte: »Ich möchte dich küssen.«

»Das hast du ja schon.«

»Nein, das meine ich nicht. Richtig!«

Er nahm ihr Gesicht in seine Hände und kam ihr so nah, dass sie seinen warmen Atem spürte.

Ein Kuss konnte alles sein: ein Begrüßungsritual, ein erstes Herantasten an das, was kommen würde, eine Möglichkeit, ohne Worte zu kommunizieren. Küsse überwanden Grenzen, lösten Konflikte, fachten die Leidenschaft an. Sie waren die Sprache für das Unaussprechliche.

Sie ließ es zu, alles andere verlor in diesem Moment an Bedeutung. Es gab nichts als diesen Kuss, der ihr durch und durch ging. Als sie sich voneinander lösten, lächelten sie, aßen weiter, sahen sich immer wieder an und berührten sich bei jeder Gelegenheit. Sie schien sich in Gabriel zu spiegeln. So tief hatte Milena noch nie für einen Mann empfunden, nicht einmal für Federico Marra. Dieser Gedanke überraschte sie, und rasch schob sie ihn beiseite. Im Hier und Jetzt existierten einzig sie, Gabriel und dieser Kuss.

»Ein solches Haus habe ich nie zuvor gesehen«, sprach Gabriel nach einer Weile ein anderes Thema an.

»Wegen der Spiegel?«

»Auch.«

»Machen sie dir Angst?«

»Was für eine merkwürdige Frage«, lachte er.

»Der Spiegel gibt das Bild wieder, das du von dir offenbaren willst – das hingegen, was dahinterliegt, bleibt verborgen«, erklärte sie.

»Nicht zwangsläufig.«

»Weißt du alles von dir?«

Er dachte nach. »Ja, ich weiß, was ich will und was nicht, kenne mich also ziemlich gut.«

»Und weißt du ebenfalls, zu was du in extremen Situationen fähig wärst?«, bedrängte sie ihn. »Ich nicht. Deshalb glaube ich, dass wir alles höchstens zu wissen meinen, denn mit einem Mal kommt das Leben dazwischen und lässt alles zu Schall und Rauch werden.«

»In gewissem Sinne hast du recht«, räumte Gabriel nach kurzem Überlegen ein. »Ich dachte, fahr mal nach Positano, mach ein paar Fotos, und das war's. Und jetzt möchte ich am liebsten gar nicht mehr weg. Vielen geht es mit New York genauso. Kennst du die Stadt?«, erkundigte er sich und fügte hinzu, als Milena verneinte: »Das lässt sich leicht ändern.«

Sie lachten, und er half, den Tisch abzuräumen, während sie die Moka füllte und sie möglichst fest zuzudrehen versuchte.

»Lass mich das machen.«

Er streckte die Hand aus, doch als Milena ihm die Espressomaschine reichte, stieß sie mit dem Ellbogen an die volle Wasserkaraffe.

»O nein!«, rief sie und schaffte es nicht, sie am Umkippen zu hindern, sodass sich die ganze Flüssigkeit über den Rucksack ihres neuen Freundes ergoss.

»Tut mir leid«, hauchte sie verlegen und machte sich daran, so viel Feuchtigkeit wie möglich mit einem Lappen wegzuwischen.

Gabriel winkte lachend ab, zog ein T-Shirt, eine Geldbörse und einen Reiseführer heraus und legte alles auf den Tisch. »Ist ja nichts passiert.«

Skeptisch schaute Milena auf den von der Nässe gewellten Umschlag des Reiseführers und nahm das Buch, um auf den Innenseiten nachzuschauen. Dabei flatterte ein Blatt Papier heraus, nach dem sie schnell griff. Gerade wollte sie es zurückgeben, als sie sah, um was es sich handelte. Um eine Bleistiftskizze der Villa und einen Anfahrtsplan. Darunter stand:

Hier habe ich mein Herz gelassen, hier ist alles, was ich geliebt und verloren habe, mein lieber Gabriel.

Plötzlich schien die Zeit stillzustehen.

»Wer hat das gezeichnet?«, fragte sie flüsternd.

»Egal, das ist etwas Persönliches.« Er streckte die Hand nach dem Blatt aus. »Bitte gib es mir zurück.«

»Beantworte erst meine Frage.«

Nach einer Weile seufzte er. »Die Zeichnung ist von Eva.«

Wenngleich sie die Handschrift erkannt hatte, wollte sie es nicht glauben. Alle Farbe war ihr aus dem Gesicht gewichen

»Hast du gerade Eva gesagt? Wer bist du, verdammt?«

14

Milena war ein vertrauensvoller Mensch, und ihr Großvater hatte immer gesagt, dass es ein Geschenk sei, sich
anderen gegenüber öffnen zu können und sich nicht hinter hohen Mauern verschanzen zu müssen. Nie hatte sie
zugelassen, dass Misstrauen und Angst ihr Leben bestimmten, aber in diesem Moment, fragte sie sich, ob sie
nicht manches besser hinterfragt hätte.

Wie das Geheimnis ihrer Großmutter.

Nachdem sie inzwischen selbst einiges herausgefunden
hatte, musste sie jetzt erfahren, dass Eva zu Gabriels
Familie gehörte, in Amerika ein neues Leben angefangen und ein Kind adoptiert hatte, nachdem ihr eigenes
in Italien zurückgeblieben war. Nicht gerade eine schöne
Erkenntnis.

»Warum hat sie das alles getan und sich nie mehr bei
ihrem Mann gemeldet?«

Gabriel schwieg.

»Antworte mir.«

»Ich habe dich nicht belogen, Milena«, begann er sto-
ckend, »ich war in erster Linie wirklich beruflich in Rom
und Neapel und wollte endlich mein Eva vor Jahren ge-
gebenes Versprechen einlösen. Sie hat mir unglaublich

oft von diesem Ort vorgeschwärmt, der so wichtig für sie war, und das hat mich neugierig gemacht.«

»Also war das alles kein Zufall, sondern von dir genau geplant.«

Die Worte sprudelten aus ihr heraus, sie war außer sich, Wut paarte sich mit Verwirrung und Angst.

»So einfach ist das nicht.«

Bitterkeit stieg in ihr auf. »Ich will die Wahrheit wissen. Woher kanntest du mich, als wir uns auf dem Flughafen getroffen haben?«

»Definitiv kannte ich dich nicht, hatte dich auch nicht treffen wollen, wenngleich ich von deiner Existenz wusste. Als ich dich am Gate gesehen habe, warst du für mich lediglich eine wunderschöne Frau, und erst später wurde mir klar, dass du Eva unglaublich ähnlich siehst.«

»Und weiter? Wie hast du mich gefunden? Oder war das ebenfalls Zufall?«

Gabriel presste die Lippen aufeinander. »Selbst wenn du es mir nicht glaubst, so war es. Einzig die Bezeichnung Spiegelvilla war mir geläufig, und ich kannte die ungefähre Lage des Hauses, weil Eva unter ihre Zeichnung eine Wegbeschreibung gesetzt hatte. Genaueres habe ich erst auf der Piazza von einem Einheimischen erfahren. Ehrlich, ich wusste vorher nicht, wer du bist. Komischerweise habe ich nicht geschaltet, dabei war es im wahrsten Sinne des Wortes offensichtlich. «

Milena vergrub das Gesicht in ihren Händen. »Und wann ist dir klar geworden, dass ich ihre Enkelin bin?«

Gabriel strich über ihre Hand. »Erst als ich die Spiegel

sah, dämmerte es mir. Da begriff ich, dass Eva mir keine Märchen erzählt und sie tatsächlich in diesem Haus gelebt hatte. Und dann deine Ähnlichkeit mit ihr. Da lag es nahe, dass du mit ihr verwandt bist, dem Alter nach die Enkelin.«

»Und warum hast du es mir nicht gleich gesagt?«

»Weil mir die Sache nach wie vor nicht ganz geheuer vorkam. Und wenn du nicht die Zeichnung gesehen hättest, wäre es vielleicht anders gelaufen, und ich hätte geschwiegen …«

»Gabriel, begreifst du es nicht? Ich suche verzweifelt nach dieser Frau. Und zwar, weil ich mir von ihr erhoffe, dass sie meinen Großvater von dem Verdacht entlasten kann, mit dem Tod des Mannes im Brunnen zu tun zu haben.«

Gabriels Gesichtsausdruck verhärtete sich. »Eva hat Italien wegen ihres Ehemanns verlassen müssen, so habe ich das immer verstanden, selbst wenn sie nichts Konkretes gesagt hat. Insofern scheint er mir für vieles selbst verantwortlich zu sein, darunter für seine eigenen Probleme und damit auch für deine.«

Empört wehrte sich Milena. »Du kennst meinen Großvater nicht und weißt gar nichts über ihn. Er ist ein wunderbarer Mensch, der die Verantwortung für seine Tochter Marina übernommen hat, als Eva sie im Stich ließ, vergiss das nicht. Sie ist einfach verschwunden und hat sich woanders ein neues Leben aufgebaut, wie ich gerade von dir erfahren habe.«

»Darüber möchte ich nicht diskutieren. Genauso wenig

wie ich deinen Großvater kenne, kennst du Eva Johnson, die jede Menge für uns getan hat. Ohne sie wäre ich nicht der geworden, der ich bin.«

»Johnson? Sie heißt Anderson.«

»Das kann nicht sein.«

»Du siehst, nicht einmal mit euch war sie ehrlich«, antwortete Milena maliziös. »Sie war nicht die selbstlose, fürsorgliche Frau, für die du sie hältst.«

Fast erschrocken schwieg sie, weil sie merkte, dass sie sich womöglich zu viel herausgenommen und Gabriel gekränkt hatte. Schnell milderte sie ihren Ton.

»Gabriel, ich muss Eva treffen. Sie allein kann meinen Großvater entlasten.«

Verwirrt schaute er sie an, schien zu überlegen, was er antworten sollte, und senkte verlegen den Kopf.

»Tut mir leid, das geht nicht. Du musst dich an deinen Großvater halten«, redete er um den heißen Brei herum.

Milena wurde ungeduldig. »Raus mit der Sprache, was genau hat Eva dir über ihre Vergangenheit erzählt?«

»Dass sie Positano verlassen und aus Italien fliehen musste. Milena, glaub mir, ich möchte dir gerne helfen …«

Neuer Ärger stieg in ihr auf. Weshalb wollte Gabriel nicht verstehen, wie wichtig es für sie war, mit Eva zu sprechen?

»Du begreifst das nicht, mein Großvater hat Alzheimer, er kann sich kaum noch an etwas erinnern, und bald wird er selbst das vergessen. Eva ist die Einzige, die mir sagen kann, was damals passiert ist.«

»Das ist leider unmöglich, tut mir leid«, druckste er herum.

»Warum? Mein Gott, sag endlich, was los ist.«

»Sie ist tot«, stieß er leise hervor.

Ein tiefer, bisher unbekannter Schmerz stieg in ihr auf. Das konnte nicht sein, das durfte nicht sein, nicht jetzt, wo sie gerade eine Spur von ihr gefunden hatte.

»O nein, ich wollte ihr so viel sagen und …«

Tränen hinderten sie am Weitersprechen. Es war so ungerecht, sie wiederzufinden, um sie sofort danach völlig zu verlieren.

Jetzt war ihr von Eva nichts geblieben außer dem Zimmer hinter dem Spiegel, ihren Kleidern, ihrem Tagebuch und ihren Fotografien.

Milena fühlte eine große innere Leere. Man hatte ihr etwas genommen, das ihr eigentlich nie gehört, dem aber unbewusst ihre Sehnsucht gegolten hatte.

Ihr Hals war wie zugeschnürt, ihre Kehle brannte, sie konnte kaum noch atmen und stürmte in den Garten, an der Mauer vorbei und die Stufen zum Strand hinunter. Ihre Welt stand auf dem Kopf, die Konturen ihres Lebens verschwammen.

Sie vermochte es einfach nicht zu fassen. Gabriel, der ihr wie ein Hoffnungsschimmer vorgekommen war, hatte sie bitter enttäuscht. Es kam ihr jetzt sogar so vor, als hätte er den Kontakt zu ihr gesucht, um sich an ihrem Großvater zu rächen. Wofür eigentlich? Für etwas, das er Eva angetan hatte? Oder war alles Zufall gewesen, eine Verkettung unglücklicher Umstände?

Wie immer suchte sie Trost im Meer, zog sich bis auf die Unterwäsche aus und hoffte, das nicht mehr so warme Wasser des Spätherbstes würde ihren Kopf klären und die Lebensgeister wieder wecken.

Tatsächlich hellten sich die eben noch schicksalsschweren Gedanken auf, und sie ließ sich von den sanft schaukelnden Wellen trösten. Dabei vergaß sie sogar, rechtzeitig an die Rückkehr zu denken, und erreichte völlig ausgekühlt und erschöpft den Strand. Und voller Stolz, dass sie bis an ihre Grenze gegangen war.

Plötzlich wurde ihr ein Badetuch um die Schultern gelegt, und sie hörte eine vertraute Stimme sagen: »Du bist ja verrückt.«

Gabriel schob sie zu einer windgeschützten, sonnigen Stelle und rubbelte sie kräftig ab.

»Mach das nie wieder, verstanden? Die Sache ist mir genauso wichtig wie dir, glaub mir«, versicherte er und strich ihr die Haare aus dem Gesicht.

Schwer atmend wandte sie sich an ihn. »Ich hatte ein Leben mit Träumen und Hoffnungen. Jetzt ist alles auf den Kopf gestellt, ich weiß nicht mehr, wer ich bin und was zwischen meinen Großeltern passiert ist. Und leider weiß ich genauso wenig, wer du bist. Das Ganze ist völlig verrückt.«

»Du bist du, und ich bin ich. Und ich habe dich nicht belogen, das schwöre ich dir als Anwalt.«

»Es geht nicht um deinen Beruf«, korrigierte sie ihn, »sondern es geht um dich, um deine Persönlichkeit, deine Träume und Wünsche.«

Sanft hob er ihr Kinn an. »Dein Großvater ist weit weg, Eva noch viel weiter. Du hingegen bist hier bei mir, und die Frage, warum du ins eiskalte Wasser gegangen bist, beschäftigt mich und macht mir Sorgen.«

»Ich wollte es einfach, mehr nicht«, erklärte sie gleichmütig und zuckte mit den Achseln.

»Du hast recht, wer das Meer vor Positano nicht gesehen hat, weiß nicht, was blau ist.«

»Hier gibt es so viel Schönes, das ich dir gerne gezeigt hätte.«

»Und jetzt willst du das nicht mehr?«

Sie überlegte. »Du bist ein anderer für mich geworden. Bist nicht mehr dieser charmante Unbekannte, den ich zufällig auf dem Flughafen getroffen habe.« Ihre Stimme stockte. »Ich bin zuvor nie einem Menschen wie dir begegnet.«

Gabriel lächelte sie warm an. »Das ist das schönste Kompliment, das ich je von einer Frau bekommen habe.«

Milenas Gesicht verdüsterte sich erneut, und sie kehrte zu dem alten Thema zurück. »Wenn ich nicht bald etwas Entscheidendes finde, wird gegen meinen Großvater ermittelt.«

»Ihm wird nichts passieren.«

»Woher willst du das wissen? Du ahnst nicht mal, wie prekär die Situation ist!«

»Aus dem, was du mir erzählt hast, entnehme ich, dass es keine Beweise gibt. Nicht mal Indizien. Ihm gehört lediglich das Grundstück, wo das Skelett gefunden wurde. Ohne DNA-Analyse der Knochen hat die Polizei keinen Ansatzpunkt für weitere Ermittlungen. Hinzu kommt, dass er aufgrund seiner Krankheit gar nicht prozessfähig ist. Es wird ihm folglich nichts passieren.«

Hatte er recht? Wahrscheinlich ja. Was er gesagt hatte, klang schlüssig. Trotzdem würde ein unangenehmer Beigeschmack bleiben. Deshalb gab sie nicht nach.

»Willst du nicht die volle Wahrheit wissen?«, insistierte sie.

»Die Wahrheit? Wichtig ist das Ergebnis, alles andere ist zweitrangig.«

»Ist das dein Ernst? Ist es dir wirklich egal, was und warum etwas passiert ist? Diese Tragödie hat die Weichen für das Leben unserer Familien gestellt. Deshalb will ich wissen, was damals vorgefallen ist.«

»Das ist so lange her. Diese Geschichte geht nur Michele und Eva etwas an. Wir leben heute und sollten die Vergangenheit auf sich beruhen lassen.«

»Und warum bist du dann hier, Tausende Kilometer von deiner Heimat entfernt? Weil du einer Frau, um die du trauerst, eine Ehre erweisen willst, indem du ein altes Versprechen einlösen willst? Oder warum sonst?« Als keine Antwort kam, fuhr sie anklagend fort: »Und was sagst du dazu, dass Eva eine Tochter, um die sie sich hätte kümmern müssen, im Stich gelassen und stattdessen ein fremdes Kind adoptiert hat? Kannst du mir einen Grund dafür nennen? Ich weiß nämlich keinen.«

Gabriel zuckte mit den Schultern. »Verurteile sie nicht voreilig, es muss eine Erklärung geben. Was für eine, weiß ich nicht, sie hat manches für sich behalten. Jedenfalls bin ich ihr dankbar für alles, was sie für mich und meine Familie getan hat.«

»Das ändert nichts daran, dass sie meiner Familie etwas angetan hat, statt für uns etwas zu tun.«

»Wir drehen uns im Kreis, Milena. Für mich war und bleibt sie einer der wichtigsten Menschen in meinem Leben. Selbst wenn das für dich keine Bedeutung hat, versuch mich zu verstehen.«

Seine Worte klangen aufrichtig, berührten sie, und in ihr veränderte sich etwas. Er hatte recht, man konnte nichts ändern und die Zeit zurückdrehen. Was nun?

Resigniert bohrte sie ihre Fußspitze in den Sand. »Die einzigen Menschen, die wirklich wissen, was passiert ist, sind tot oder haben es vergessen. Das finde ich schrecklich traurig.«

»Wer weiß, vielleicht ist es besser so. Mit uns beiden hat die Sache zum Glück nichts zu tun.«

Milena war persönlich viel zu betroffen, um dem zuzustimmen, und schüttelte den Kopf.

»So einfach ist das für mich nicht, auch wenn ich es schön finde, dich kennengelernt zu haben, und die Zeit mit dir als etwas Besonderes betrachte.«

»Nein, das reicht nicht. Du musst akzeptieren, dass das Leben nun mal Höhen und Tiefen hat und man nichts geschenkt bekommt. Alles andere ist Illusion.«

Sie wandte sich von ihm ab mit einem letzten traurigen Blick, weil sie nichts mehr zu sagen wusste, und schickte sich an, den Weg zur Villa anzutreten, als Gabriel sie zurückhielt.

»Du bedeutest mir etwas, weil du anders bist als die meisten Frauen, vielleicht ein bisschen verrückt. Ich mag die Art, wie du lächelst, wie du nachdenkst, bevor du etwas sagst. Und, lach nicht, mich fasziniert das Licht in deinen Augen, wenn du wütend wirst.«

»Tut mir leid, Gabriel, für mich zählt, dass du mich belogen hast.«

Alle Farbe wich aus seinem Gesicht. »Nein, das habe ich nicht, denn ich kannte die Wahrheit ja nicht einmal selbst. Erst hier im Haus, beim Anblick der Spiegel, begriff ich langsam, dass ihr zusammengehört. Du hingegen scheinst rückblickend zu erwarten, dass ich mich gleich als Adoptivenkel deiner Großmutter vorgestellt hätte, was geradezu absurd ist. Verdreh also bitte schön nicht alles.« Weil Milena stur an ihrer falschen Meinung festhielt, wurde sein Ton schärfer. »Es tut mir leid, wie die Dinge gelaufen sind, doch dein Verhalten ist ungerecht. Verrate mir, wie weit du zu gehen bereit wärst, um jemanden zu schützen, den du liebst?«

Sie selbst würde alles tun, selbst wenn es darum ginge, Unrecht zu vertuschen, dachte sie, ohne es laut auszusprechen.

Schweigend gingen sie zur Villa zurück. Was immer zwischen ihnen war und noch hätte werden können, war zerstört. Oben angekommen holte er seinen Rucksack, drehte sich um und ging.

Milena schaute ihm mit versteinertem Gesicht nach.

15

Eva

Die junge Frau wusste, was Angst war. Immer hatte sie als Kind im Haus bleiben müssen, war nie ohne ihre Eltern draußen gewesen, die Angst um sie und um sich selbst gehabt hatten.

Die Angst schien eine zärtliche Freundin zu sein, aber im Grunde war sie blanker Hass und konnte zu einem unüberwindbaren Hindernis werden, war lediglich gut zu denen, die sie nährten. Ansonsten schuf sie Distanz zu allem und jedem.

Das hatte sie so richtig gemerkt, als Markus Frost sie und ihre Mutter beschuldigt hatte, russische Spioninnen zu sein. Eine der gefährlichen Lügen im Kalten Krieg. Aus diesem Grund vor allem hatte sie Amerika verlassen und gehofft, dass es damit überstanden war, doch ihr Peiniger war zurückgekehrt und mit ihm die Angst.

Nach der nächtlichen Begegnung war Eva in die Wohnung gewankt, die sie sich mit ihren beiden Freundinnen Edith und Lauren teilte, warf sich zitternd in eine Ecke, zog die Knie an die Brust und starrte ins Nichts. Wartete, bis die Tränen versiegt waren und sie wieder einigermaßen klar zu denken vermochte.

Was wollte Frost von ihr?

Sie wusste es nicht genau, die Richtung hingegen war ihr klar. Wie in Amerika sollte sie gegen Russen eingesetzt werden. Dabei schien es in Italien gar keine Ressentiments gegen Flüchtlinge aus dem ehemaligen Zarenreich zu geben, was sie zu der irrigen Annahme verleitet hatte, der krankhafte Verfolgungswahn in den USA könnte ebenfalls abgeflaut sein und seinen gefährlichen Fanatismus verloren haben. Auf das, was sie von ihrer Mutter hörte, gab sie nichts. Die war zu verblendet, zu verhaftet in ihrer ruhmreichen Vergangenheit und ohne jeglichen realistischen Blick für die Gegenwart. Und zusätzlich wurde sie beherrscht von einer geradezu irren und teilweise irrealen Angst.

Nein, davon durfte sie sich nicht anstecken lassen. Vielleicht hatte Frost sich ja nur für alle Fälle in Erinnerung bringen wollen, denn bei genauer Betrachtung war es ja keine konkrete Bedrohung gewesen. Und außerdem wunderte es sie, dass er ihr die von der Botschaft ausgestellten Dokumente ausgehändigt hätte. War aus dem Spion etwa ein normaler Botschaftsangestellter geworden? Zumindest kam ihr das seltsam vor.

Als die ersten Sonnenstrahlen das Dunkel der Nacht durchbrachen und den neuen Tag ankündigten, erhob Eva sich und dachte an Michele, ihren Traummann. Er war Realität, während Frost lediglich ein dunkler Schatten in ihren Angstträumen war.

Sie würde ihren Weg gehen und Signora Loffredo werden, was immer passieren würde.

Im Badezimmer betrachtete sie sich im Spiegel, legte dabei eine Hand auf ihren Bauch. Es gab noch einen weiteren Grund, weshalb sie so bald wie möglich heiraten wollte. Sie wusste es erst seit Kurzem und hatte es bislang niemandem erzählt, nicht einmal Michele. Vor dem Spiegel jedoch erlebte sie einen Glückmoment, der allein ihr und dem Kind gehörte.

Vor einigen Wochen war ihr am Morgen leicht übel geworden, und da sie von ihrer Mutter gründlich aufgeklärt worden war, deutete sie die Zeichen richtig.

Damals allerdings hatte sie Kalisa gehasst, weil sie die Zeugung ihrer Tochter als Fehler bezeichnet hatte. Ihrer Meinung nach war es unverantwortlich von ihr gewesen, ein Kind in die schäbige Welt des Exils zu setzen. Und sie hatte ausgerechnet diesen Moment genutzt, der Tochter drastisch zu erklären, was die Bolschewiken ihrer Familie angetan hatten und dass ihre Mutter als Einzige überlebt hatte. Alle anderen waren umgebracht worden, auch ihr Bruder Ivan und ihre Zwillingsschwestern Olga und Irina. Dimitri, den besten Freund ihres Bruders hatte sie blutüberströmt gefunden, er war mit ihr auf die Halbinsel Krim am Schwarzen Meer geflüchtet, wo sie ein Schiff ins Königreich Großbritannien fanden, der ersten Station auf der Suche nach einem neuen Leben. Dort hatten sie geheiratet und Eva bekommen.

Nachdem sie sich für einen kurzen Schlaf in ihr Zimmer zurückgezogen hatte, weckte sie ein Klopfen an der Tür auf. Es war Michele, den sie so früh gar nicht erwartet hatte. Ungestüm rannte sie auf ihn zu und warf sich in seine Arme. Schlagartig war die Vergangenheit ganz weit weg, während auf sie eine goldene Zukunft zu warten schien. Und für dieses Glück lohnte es sich zu kämpfen und Opfer zu bringen.

Sie heirateten an einem sonnigen Junimorgen in Positano. Eva trug ein weißes Seidenkleid, schlicht und raffiniert zugleich, ein Geschenk von Claude Rivette, entworfen im Salon der berühmten Fontana-Schwestern. Das Oberteil war mit Perlen bestickt, und ein hauchfeiner Schleier umspielte ihr Gesicht. Als der Regisseur sie zum Altar führte, verbot Eva es sich, an ihren toten Vater zu denken, der nur mehr eine verblassende Erinnerung war. Der Mann vor dem Altar hingegen war ihre Zukunft, der sie hoffnungsvoll entgegenschritt.

Natürlich hatte sie sich oft die Frage gestellt, was Liebe eigentlich bedeutete. Zumindest empfand sie für Michele etwas, das tief in ihrem Inneren entsprang, ein Gefühl unbeschreiblicher Freude, denn dieser Mann mit dem gütigen Blick hatte es verstanden, sie innerlich zu befreien und einen Gegenpol zu ihren verborgenen Ängsten zu bilden.

Er war ihre Hoffnung und ihr Licht, und allein mit ihm fühlte sie sich vollständig.

Eva war am Ziel. Gemeinsam mit dem Mann ihrer Träume würde sie in einer Villa voller Spiegel und mit Blick aufs Meer leben. Aber der Umzug nach Positano hatte zugleich seine Schattenseiten. Sie war weit weg von Cinecittà, weit weg vom pulsierenden Leben Roms. Und das ging zu Lasten ihrer Karriere. Noch war es ihr egal, sie gab einer gemeinsamen Zukunft mit Mann und Kind den Vorzug und schob den Gedanken an mögliche Konflikte beiseite.

Ganz davon abgesehen, dass sie an einem wunderbaren Ort voller Licht und Düfte leben würde, über dem sich ein blauer Himmel wölbte, wie sie ihn nirgendwo sonst gesehen hatte. Es war wie im Paradies, trotz der in der dörflichen Gegend verbreiteten Vorurteile gegen Frauen aus der Filmbranche. Mit ihrer Schwiegermutter dagegen, die in einem kleinen Anbau der Villa lebte, hatte sie von Anfang an ein vertrauensvolles Verhältnis, selbst wenn sie sich schwertat, ihren kampanischen Dialekt zu verstehen. Viel wichtiger waren ihre Ehrlichkeit, Hilfsbereitschaft und Fürsorge. Sie war eine Seele von Mensch.

Nach der Hochzeit hatte Eva noch einige Tage gewartet, bis sie ihrem Mann ihre Schwangerschaft gestand. Um dieser Eröffnung einen festlichen Rahmen zu geben, hatte sie ein schönes Essen auf den Tisch gebracht, der mit edlem Porzellan, Silberbesteck und Kristallgläsern gedeckt war. Michele war verwundert gewesen, als er aus der Werkstatt nach oben kam.

»Gibt es etwas zu feiern?«, hatte er gefragt und Eva verliebt angesehen, die ihr schönstes Kleid aus grün schimmernder Seide trug, der Farbe der Liebe und der Hoffnung. Und der Zukunft, die unter ihrem Herzen heranwuchs. Das goldene Collier, das er für sie eigenhändig angefertigt hatte, krönte ihre Erscheinung.

»Ja, wir feiern. Zu dritt.«

Seinen überraschten Blick, der in ein glückseliges Lächeln überging, würde sie nie vergessen.

»Wir bekommen ein Kind.«

Er hatte sie umarmt und lange geküsst. Worte waren überflüssig gewesen.

In Positano begriff Eva mehr und mehr, dass das Glück in den kleinen Dingen lag, liebevollen Blicken, aufrichtigen Worten, zärtlichen Berührungen, selbst wenn man hier teilweise nach eigenen Regeln lebte, die oft nichts damit zu tun hatten, wie andere die Welt sahen. So hatte ihre Schwiegermutter unmittelbar nach der Hochzeit begonnen, eine Babyausstattung zu nähen, ohne von der Schwangerschaft gewusst zu haben. Offenbar hatte sie es einfach vorausgesetzt oder gespürt. Überhaupt lebte Mena, wie sie genannt wurde, mehr aus dem Gefühl heraus als mit dem Verstand. Und sie sah aus purer Lebensfreude überall das Schöne. Manchmal erinnerte sie Eva an eine Fee aus den Märchen, die ihr Vater immer erzählt hatte.

Marina Kalisa Loffredo wurde am Weihnachtstag geboren, ohne dass es Eva mit der erhofften Freude erfüllte. Sie hatte nach der Geburt sogar den Eindruck, als wäre ihr ein Teil ihrer Seele entrissen worden.

Wie manche junge Frauen versank sie in eine quälende Depression, wurde traurig und melancholisch, statt froh und fröhlich zu sein, dass sie einem niedlichen, gesunden Kind das Leben geschenkt hatte. Und das lag zumindest teilweise daran, dass die alten Probleme und Ängste machtvoll in ihr Bewusstsein zurückkehrten. Statt zu lachen, wollte sie einfach weinen. Ihre Schwiegermutter saß an ihrem Bett, hielt ihr die Hand, streichelte ihr übers Haar und versuchte sie zu trösten. Außer ihr fühlte niemand mit ihr. Alle anderen Frauen im Dorf äußerten Unverständnis, warum die Amerikanerin, wie Eva von ihnen genannt wurde, nicht glücklich war. Viele betrachteten das sogar als Sünde. Schließlich waren ein liebevoller Mann und ein gesundes Neugeborenes ein Geschenk Gottes, für das man sich in der Kirche bedanken sollte.

Nichts davon fühlte Eva, war gefangen in einem leeren Raum, allein und isoliert, und verstand die Welt um sie herum nicht mehr. Selbst ihre kleine Tochter riss sie nicht heraus. Im Gegenteil: Seit Marinas Geburt glaubte sie, nicht mehr gebraucht zu werden. Es kam ihr vor, als hätte sie ihre Pflicht erfüllt, als gehörte sie nicht mehr dazu. Die nicht enden wollenden Tage flossen träge und ohne Sinn vorbei und wurden immer mehr zu einem Käfig aus Gefühlskälte und emotionaler Abstumpfung. Oft betrachtete sie sich stundenlang in den Spiegeln und fragte sich, wer sie in Wirklichkeit war und warum sie kaum Liebe für ihre Tochter empfinden konnte.

Michele war tief besorgt, zumal er ebenfalls nicht mehr wirklich an sie herankam. Dabei hatte er versucht, sie aufzumuntern, indem er das Zimmer hinter dem Spiegel weiter verschönert hatte, und zwar ganz nach ihrem Geschmack. An den Wänden hingen jetzt farbenprächtige Bilder von Seen und Waldlandschaften, auf dem

Boden lag ein Teppich, der wie eine Blumenwiese wirkte. Kleine Tische waren im Raum verteilt für Bücher, Zeichenblocks, Briefpapier und Schreibutensilien. Es gab neue Kommoden und eine Unzahl von Kassetten und Schatullen.

Ein Zimmer ganz für sie allein, in dem sie sich immer öfter einschloss.

Mena war es schließlich, die ihre Blockade löste. Eines Tages legte sie ihr das Kind in den Arm, und zum ersten Mal bemerkte Eva, dass Marina ihr wie aus dem Gesicht geschnitten war.

»Alle Mütter haben beim ersten Kind Angst, etwas falsch zu machen und das Baby zu verletzen«, sagte sie, um ihrer Schwiegertochter vorzugaukeln, dass ihre Zurückhaltung ganz normal sei.

War es wirklich so, dass Mütter beim ersten Kind Angst hatten, es nicht richtig zu machen? Hatte ihre eigene Mutter vielleicht die gleichen Probleme gehabt und war deshalb so hart zu ihr gewesen? Ein Gedanke, der sie erschütterte und zur Umkehr bewog.

Es ging nicht von heute auf morgen, aber nach und nach näherte sie sich ihrer Tochter körperlich wie emotional an. Fast ehrfurchtsvoll betrachtete sie das Köpfchen mit dem dunklen Flaum, die winzigen Händchen, die zuckenden Bewegungen, wenn sie weinte, und merkte, wie neue Gefühle bei ihr entstanden. Endlich schaffte sie es, sie in den Arm zu nehmen und den Duft nach Seife und Puder einzuatmen. Der Damm, den sie während dieser schlimmen Phase zwischen ihnen beiden aufgerichtet hatte, begann einzustürzen, bis sie schließlich ganz für ihre Tochter da zu sein wünschte. Um jeden Preis.

Es folgte eine Zeit voller Harmonie und ungetrübtem Glück. Als es warm wurde, ging sie mit der kleinen Marina an den Strand, bis es zu heiß wurde und sie ins Haus zurückkehrten. Was wichtig war, da sie beide eine empfindliche Haut hatten. Während die Kleine schlief, kümmerte sich Eva gerne um Haus und Garten, obwohl sie für beides Hilfen hatte. Auf diese Weise verlief ihr Leben in Positano in ruhigen Bahnen, friedlich und wohlgeordnet. Von Markus Frost hatte sie nichts mehr gehört, sodass sein dunkler, unheilvoller Schatten verblasste und mehr und mehr in Vergessenheit geriet.

So vergingen Wochen, Monate und ein Jahr. Immer häufiger vertraute sie Marina ihrer Schwiegermutter an, um mehr Zeit bei Michele in der Werkstatt zu verbringen. Zwar verstand sie nicht viel von seinem Handwerk, doch sie sah ihm gerne beim Arbeiten zu. Vor einem der Fenster stand ein Schreibtisch, an dem er seine Ideen zu Papier brachte und neue Schmuckkreationen skizzierte. Und in einer Ecke gab es eine Feuerstelle aus hitzebeständigen Steinen, wo er das Gold und das Silber schmolz. Eine Schaffensphase, die Eva nicht gerade liebte, weil die Hitze, das Zischen und der dicke Qualm ihr immer ein wenig Angst machten. Aus diesem Grund hielt sie gebührenden Abstand, wenn Michele das flüssige Metall in die kleinen Formen goss, um grobe Konturen zu bekommen. Den Feinschliff erhielten sie durch die kundigen Hände des Meisters, der mit Hammer, Zange und Feile wahre Wunder vollbrachte.

Jedes seiner Schmuckstücke war ein Unikat, die Umsetzung einer Idee oder eines Traums. Man hatte das Gefühl, er könne mit seiner Leidenschaft dem Geschmeide aus Gold und Silber Leben einhauchen. Diese hingebungsvolle Liebe zu seiner Arbeit war sein Markenzeichen und hatte ihn bekannt gemacht.

Eines Tages erhielt er einen ganz besonderen Auftrag: Er sollte die Ketten, Armbänder und Ringe für die Prinzessinnen in *Ben Hur* anfertigen, einen Film, der in Cinecittà gedreht wurde. Michele zeigte Eva einen goldenen Armreif, den er gerade poliert hatte.

»Wie findest du das?«

»Eine Schlange, ich weiß nicht. Warum sollte man einen Reifen in Form einer Schlange um den Arm tragen?«

»Gefällt er dir nicht?«

»Das habe ich nicht gesagt, ich finde ihn irgendwie unheimlich.«

»Gib mir die Hand«, sagte er und streifte ihr das Schmuckstück über.

Jetzt war Eva wie verzaubert, denn der Reifen sah spektakulär aus mit der glänzenden Oberfläche und den funkelnden Schlangenaugen aus Rubinen.

Ihr Mann küsste sie. »Ich bringe den Schmuck am Wochenende ins Studio, willst du mitkommen? Ein kleiner Romurlaub, nur wir zwei?«

Sie war begeistert und freute sich, ihre Freundinnen wiedersehen zu können.

»Hoffentlich passt mir noch irgendwas nach der Schwangerschaft.«

»Du bist schöner als je zuvor, und ich liebe dich über alles.«

Er legte den Armreif auf den Tisch und begann sein Hemd aufzuknöpfen.

»Was macht du da?«

»Rate mal?«, fragte er grinsend.

»Ist das dein Ernst? Am helllichten Tag…«, stammelte sie verlegen.

Erneut küsste er sie, diesmal fordernder, dann hob er sie hoch, setzte sie auf den Tisch und schloss die Tür.

»Keiner wird uns stören.«

Während sie sich auszogen, dachte Eva, was für eine glückliche Frau sie war.

Rom war genauso, wie sie es in Erinnerung hatte, lebensfroh, chaotisch und traumhaft schön. Sie mieteten ein Zimmer in einem Hotel im Zentrum, wo sie einige Tage bleiben wollten. Michele würde sich mit wichtigen Filmleuten treffen und Eva für Marina einkaufen gehen, die bei ihrer Großmutter geblieben war.

Gemeinsam mit Edith und Lauren streifte sie tagelang durch die Kindergeschäfte oder unternahm mit ihnen lange Spaziergänge durch den Park der Villa Borghese, und irgendwann stellte sie fest, wie sehr sie Rom und Cinecittà vermisste, besonders wenn die Freundinnen von ihren eigenen Versuchen in der Filmstadt erzählten.

Dann geschah etwas, das ihr Leben ein weiteres Mal beeinflusste. Sie saß in einem Restaurant in der Nähe des Fontana di Trevi, wo sie auf ihren Mann wartete, als der Kellner einen Eiskübel mit einer Flasche Champagner vor sie auf den Tisch stellte.

»Ein Geschenk für Sie, Signora.«

Es war ein Dom Pérignon, ein edler Tropfen, mit dem Michele und sie auf ihre Hochzeit angestoßen hatten. Sie sah sich um. War er etwa in der Nähe und wollte sich für seine Verspätung entschuldigen?

Der Kellner goss ihr ein Glas ein und verbeugte sich, während Eva ein weiteres Mal auf ihre goldene Armbanduhr schaute, die Michele angefertigt hatte. Eine wunderschöne Arbeit. Nach einer Weile stand sie auf, um sich im Waschraum noch einmal schön für ihn zu machen. Als sie an den Tisch zurückkam, saß dort Michele. Mit Markus Frost.

Die beiden plauderten angeregt, als wären sie alte Bekannte. Sie hingegen hatte das Gefühl, ihr würde der Boden unter den Füßen fortgezogen, und panische Angst überfiel sie. Was hatte dieser Mann hier zu suchen? Ihr Hochgefühl verschwand, sie fürchtete sogleich das Schlimmste. Ahnte es, wusste es. Das Herz klopfte ihr bis zum Hals, sodass sie nicht sprechen und kaum atmen konnte.

»Entschuldige, mein Schatz.« Michele erhob sich und küsste sie auf die Wange. »Ich unterhalte mich gerade mit Mr. Frost, der bei mir eine Bestellung machen will. Er meinte, ihr kennt euch.«

»Liebe Eva, was für ein schöner Zufall«, mischte sich

der Mann ein, bevor sie überhaupt den Mund öffnete. »Ich sagte gerade zu Ihrem Mann, dass wir uns vor langer Zeit bei einem Fest in New York kennengelernt haben.«

Ihr lief es eiskalt den Rücken hinunter, und nervös strich sie ihren Rock glatt, um das Zittern ihrer Hände zu verbergen. In diesem Moment erkannte sie, dass sich eine Schlinge immer enger um sie zog und ihr Leben ruinieren würde. Sie brachte keinen Ton heraus und war leichenblass geworden.

»Alles in Ordnung, Liebling?«, erkundigte Michele sich sichtlich besorgt, dem ihre unverständliche Reaktion nicht entging.

»Ja, danke. Vermutlich setzt mir die Hitze im Raum einfach zu.«

»Sie Arme! Fragen wir einfach den Kellner, ob wir uns nach draußen auf die Terrasse setzen können, die leichte Brise wird Ihnen guttun«, mischte Frost sich mit geheucheltem Mitgefühl ein.

»Gute Idee«, stimmte Michele zu, »ich kümmere mich darum.«

Eva wartete, bis er außer Hörweite war, und wandte sich mit einem harten Ton an ihren bösen Geist. »Was wollen Sie von mir?«

»Gut, kommen wir gleich auf den Punkt.« Frost lächelte kalt und fuhr mit der Fingerkuppe fast bedeutungsvoll drohend über das Messer. »Ich bitte dich um einen Gefallen. Einen winzigen Gefallen, um korrekt zu sein.«

Sein Erscheinen war also definitiv kein Zufall. Eva fiel es wie Schuppen von den Augen, dass er sie die ganze

Zeit über beobachtet haben musste. So schwer es ihr fiel, riss sie sich zusammen und weigerte sich, auf dieses erpresserische Spiel einzugehen.

»Adieu, Mr. Frost, ich mache nicht mit«, erklärte sie und stand auf.

Ein tückisches Grinsen erschien auf seinem Gesicht. »Setz dich, Eva. Ich glaube nicht, dass es deinem Mann gefallen würde, wenn du hier eine Szene machst. Hast du Michele überhaupt von deiner Vergangenheit erzählt? Oder soll ich das übernehmen.«

Sie tat uninteressiert, zuckte mit den Schultern. »Machen Sie, was Sie wollen.«

Ein Bluff natürlich, aber vielleicht ließ er sich ja beeindrucken. Sie wusste nicht, was sie tun sollte, wenn Frost ihr neues Leben mit einer Vergangenheit belastete, die sie gerne ungeschehen machen würde. Wem würde es in Italien schon gefallen, dass sie in Amerika harmlose Leute ausspioniert hatte?

»Morgen um elf in der Halle eures Hotels. Ich habe einen Auftrag für dich.«

»Wollen Sie mich tatsächlich erpressen? Gehen Sie, und zwar sofort.«

Er bedachte sie mit einem Lächeln, das sie an eines der Märchen erinnerte, die ihre Mutter oft erzählt hatte. Es handelte von einem Wolf im Schafspelz, dessen Zähne gefährlich in der Finsternis glänzten.

»Hör mir erst mal zu. Ich habe erfahren, dass Kalisa Demidova die USA verlassen möchte. Vielleicht will sie ja ihre Enkelin kennenlernen. Marina, nicht wahr?«

Der Name ihrer Tochter aus seinem Mund und dieses zynische Lächeln waren eindeutig eine unterschwellige Drohung. Und woher wusste er, dass ihre Mutter einen Pass beantragt hatte? Ließ er sie nach wie vor überwachen?

»Es ist wohl nichts dagegen zu sagen, wenn jemand nach Italien kommen und seine Enkelin kennenlernen will«, gab sie schnippisch zurück.

»Das kommt ganz darauf an, wer es ist. Deine Eltern haben immerhin die amerikanischen Einwanderungsvorschriften verletzt, haben ihre wahre Identität verheimlicht und sind illegal in die USA eingereist.«

»Sie wollten ein neues Leben beginnen nach all dem Leid, das ihnen widerfahren war«, verteidigte Eva sie.

»Nun, das entschuldigt nichts und wird normalerweise bestraft. Vergiss das nicht. Also pünktlich um elf, ich warte nicht gerne. Auch in Italien kann ich dir das Leben schwermachen, und du wirst deine Mutter dann hier nicht begrüßen können.«

Als Michele wieder an den Tisch kam, war Eva allein. »Geht es dir nicht gut, mein Schatz?«

Sie schüttelte den Kopf. »Nein, nicht wirklich. Können wir ins Hotel gehen, damit ich mich ein wenig hinlegen kann?«

In der folgenden Nacht tat sie kein Auge zu. Ihre Gedanken überschlugen sich. Jetzt wusste sie mit Sicherheit, dass Frost sie und ihre Mutter nach wie vor beschattete. Möglicherweise kontrollierte er ebenfalls ihren Briefwechsel, ihre Telefongespräche und andere Dinge, von denen sie nichts ahnte.

Erst im Morgengrauen fiel sie in einen leichten Schlaf und hörte nicht, wie Michele das Zimmer verließ. Sie selbst stand spät auf, gegen zehn Uhr, machte sich rasch fertig und ließ sich das Frühstück aufs Zimmer bringen. Immer wieder warf sie einen Blick auf die Uhr, bis pünktlich das Telefon klingelte. Es war so weit.

»Signora, Sie haben Besuch.«

»Bitten Sie den Herrn zu warten, ich komme sofort.«

Während sie sich nach unten begab, fragte sie sich bestimmt zum hundertsten Mal seit gestern, wie sie dem Spuk ein Ende machen sollte.

In der Halle wimmelte es von Menschen. Frost saß auf einem der eleganten Sofas und las die Zeitung. Sie ging direkt auf ihn zu.

»Fassen Sie sich kurz, ich habe nicht viel Zeit.«

Mit seinem typischen, unangenehmen Lächeln faltete er aufreizend langsam die Zeitung zusammen.

»Guten Tag, meine Liebe, setz dich bitte.«

»Nein, danke. Ich bin nur gekommen, um Ihnen zu sagen, dass ich mich nicht erpressen lasse. Ich bezweifle nämlich, dass Sie ernstlich etwas gegen mich und meine Mutter in der Hand haben. Das ist mein letztes Wort.«

Frost seufzte dramatisch. »Warum machst du alles so kompliziert? Setz dich und hör mir zu, es dauert nicht lange. Du musst genau das tun, was ich von dir verlange, andernfalls wird deine Mutter als Spionin verhaftet, du siehst, dass wir mehr gegen sie vorbringen werden als die Verletzung der Einwanderungsvorschriften. Und was dich betrifft, so könnte ich dich hier bei den Behörden als Spionin anzeigen und deine Auslieferung beantragen. Jedenfalls werde ich dafür sorgen, dass dein schönes Leben in Italien ein Ende findet und für dich die Hölle sein wird.«

Erinnerungen an ihre Zeit in den USA wurden wach. Die Hexenjagd gegen diejenigen, die man der Zusammenarbeit mit den Kommunisten beschuldigte, darunter ihre Mutter und sie. Allerdings war sie sich nicht sicher, ob das alles heute noch genauso galt oder ob Frost bluffte. Wie auch immer, der Mann war und blieb gefährlich. So eiskalt und skrupellos, wie er war, würde er über Leichen gehen und selbst vor ihrer Tochter und ihrem Mann nicht zurückschrecken, dieser Gefahr war Eva sich bewusst.

Fieberhaft dachte sie nach, versuchte Zeit zu gewinnen. »Um was geht es überhaupt?«

»Endlich kommen wir weiter«, spottete er mit eindeutigem Zynismus, und eine Hasswelle rollte über sie hinweg, die alle Überlegungen, sich ihm zu entziehen, zunichtemachte.

Er reichte ihr eine Einladung. »Du wirst zu diesem Fest gehen und das Vertrauen des Gastgebers gewinnen. Du weichst ihm nicht von der Seite und informierst mich, mit wem er ausgiebig redet und worüber er sich unterhält. Nichts Großartiges, oder?«

Sie starrte auf die Karte und beschloss, die Ahnungslose zu spielen, hielt das für eine gute Taktik, um ihn

nicht zusätzlich misstrauisch, sondern ein wenig leicht-
sinnig zu machen.

»Warum ich?«

Markus Frost seufzte. »Du bist genau die Richtige,
sprichst mehrere Sprachen, siehst gut aus und bist Schauspielerin. Dir stehen alle Türen offen.«

Da er sich absolut nicht anhörte, als würde er sich
täuschen lassen, änderte Eva ihre Strategie und wurde
direkt. »Und wenn ich das mache, lassen Sie mich und
meine Mutter dann in Ruhe?«

»Sicher, darauf kannst du dich verlassen. Kalisa
Petrovna Demidova erhält die nötigen Papiere und kann
ihre Enkelin in die Arme schließen.«

Unschlüssig starrte sie ihn an. Dass er inzwischen den
richtigen Namen ihrer Mutter kannte, wunderte sie nicht
bei einem Mann, der vermutlich zum Geheimdienst gehörte, hingegen hatte sie gewaltige Zweifel, dass er ansonsten die Wahrheit sagte. Immerhin hatte er das nie
getan.

»Halt einfach Augen und Ohren offen, dir kann nichts
passieren«, drängte er sie, diesmal in einem schmeichle-
rischen Ton.

In Evas Kopf fuhren die Gedanken Karussell. Wie
sollte sie aus dieser Situation wieder herauskommen?
Wer könnte ihr helfen?

Als Michele am Abend zurückkam, lag sie in der Bade-
wanne, und sogar das angrenzende Zimmer war von Jas-
minduft erfüllt.

Sie lächelte ihn an. »Ich fürchte, wir müssen noch ein bisschen bleiben, ich habe nämlich eine Einladung bekommen, die ich schlecht ablehnen kann«, rief sie ihm betont locker zu.

Er küsste sie, zog die Jacke aus, lockerte die Krawatte und setzte sich.

»Ich bin erschöpft«, erklärte er, während Eva aus der Wanne stieg und sich in den Bademantel hüllte.

»Möchtest du dich lieber hinlegen?«

»Nein, auf keinen Fall. Ich komme gerne mit.« Er schlug sich gegen die Stirn. »Mir fällt leider gerade ein, dass ich keinen Anzug dabeihabe, der elegant genug ist für einen Empfang.«

Eva, der ganz anders geworden war bei der Aussicht, dass er sie begleiten wollte, fiel ein Stein vom Herzen.

»Ach, lass mal, Schatz. Im Grunde ist es eine Art erweitertes Arbeitsessen, bei dem du dich zu Tode langweilen würdest. Und ich versuche, zurück zu sein, bevor du überhaupt gemerkt hast, dass ich weg bin.«

Michele überlegte und strich ihr über die Schulter. »In Ordnung, wenn du es so für besser hältst…«

Dennoch fühlte sie sich nicht wohl bei dieser Geschichte, sie hatte leises Misstrauen in Micheles Stimme gehört, weil sie ihn nicht dabeihaben wollte. So etwas war schließlich bislang nie passiert. Und die Vorstellung, dass es künftig öfter passieren könnte, lag ihr wie ein schweres Gewicht auf der Seele.

Mit einem Mal fiel ihm noch etwas ein. »Weißt du, dass ich heute etwas ganz Merkwürdiges erlebt habe?«

»Was denn?«

»Ich hatte das Gefühl, dass mir jemand folgt.«

Er lachte darüber, sie zuckte zusammen.

»Wie meinst du das?«, hakte sie bange nach.

»Keine Ahnung, mir kam es vor, als würde ich beobachtet, aber wahrscheinlich habe ich mir das eingebildet.«

Dieser verdammte Schuft, dachte Eva und wandte sich voller Sorge an Michele. »Versprich mir, dass du auf dich aufpasst.«

»Unsinn, bestimmt war das falscher Alarm, interpretier das also nicht als Verfolgungsjagd durch irgendwelche Bösewichte.«

Er machte einen Scherz daraus, dabei hätte sie am liebsten geweint. Michele war in die Überwachung einbezogen worden, das war für sie so sicher wie das Amen in der Kirche. Und es machte ihr endgültig klar, dass sie sich ein für alle Mal von Frost befreien musste. Egal, wie.

Der Palazzo, in dem der Empfang stattfand, gehörte einer römischen Adelsfamilie und symbolisierte Ruhm und Reichtum, Macht und Einfluss. Eva hatte seine Pracht bereits von außen bewundert, jetzt betrat sie zum ersten Mal das festlich beleuchtete Gebäude, in dem sie sich klein und unbedeutend fühlte.

Zum Glück kannte sie einige Gäste, mit denen sie sich unterhalten konnte. Ansonsten wartete sie ab, was Frost wohl von ihr verlangte. Dann, als sie plötzlich hörte, wie der Gastgeber mit einigen Gästen russisch sprach, wusste sie, warum Frost sie ausgewählt hatte. Sie sollte ihm berichten, welchen Umfang die Geschäftsbeziehungen der Russen hatten und worum es sich genau handelte, ob es womöglich im Auftrag der roten Herren in Moskau geschah. Als sie am nächsten Tag Bericht erstattete, wirkte Frost hochzufrieden, und sie gab sich der Illusion hin, dass er sie künftig vielleicht in Ruhe ließ.

Am nächsten Tag, auf der Zugfahrt nach Positano, kehrten die Ängste zurück. Das Einzige, was sie ein wenig beruhigte, waren die Gedanken an ihre Notizbücher, in denen alles Mögliche über Frost festgehalten war. Welche Fragen er ihr gestellt, wen sie getroffen und was sie gehört hatte. Es sollte ihr nicht allein helfen, Ordnung in ihre Gedanken zu bringen, die Situation zu analysieren und die richtigen Schlüsse daraus zu ziehen, sondern die Aufzeichnungen konnten eventuell auch ihrer Entlastung dienen, falls Frost aufflog und sie mit ihm.

Sie schaute Michele an, der neben ihr saß, und überlegte, ihn in ihr Geheimnis einzuweihen, an dem sie so schwer trug. Doch was sollte er gegen einen skrupellosen Profi wie Frost ausrichten? Nichts. Nein, sie musste ihre Familie aus dieser Sache heraushalten, dafür sorgen, dass sie nicht als Druckmittel benutzt wurden und möglicherweise in Lebensgefahr gerieten. Noch wusste sie nicht wie, aber sie würde eine Lösung finden.

»Ich liebe dich«, hauchte sie.

Ihr Mann lächelte zärtlich: »Ich dich ebenfalls, entschuldige, dass ich gestern ein wenig misstrauisch war. Wenn ich mir vorstelle, dass ein anderer Mann…«

»Du kannst mir vertrauen, ganz bestimmt«, erwiderte Eva und küsste ihn.

Erneut wurde ihr bewusst, dass ein Leben ohne ihn und Marina sinnlos wäre. Was dazu führte, dass sie fortan in ständiger Angst lebte. Mit Recht, denn bald stellte sich heraus, dass Frost sie weiter erpresste und sie immer neue Ausreden erfinden musste, zumal sie wegen der »kleinen Gefallen«, wie er es nannte, Positano häufig verlassen musste. Erschwerend kam hinzu, dass im Ort die wildesten Gerüchte auftauchten, was zur Folge hatte, dass sie immer beharrlicher schwieg, selbst auf Micheles Fragen, und sich immer tiefer in ihr Schneckenhaus zurückzog.

Lange konnte es so nicht weitergehen, das spürte sie.

Ihre Auftragsorte wurden mondän. Rom, Venedig oder Mailand, wo sich mächtige Industriebosse und wichtige Politiker trafen. Dadurch wurde das Risiko, als Spionin enttarnt zu werden, zunehmend größer. Genauso wie ihre Angst, doch Frost ließ sie nicht aus seinen Fängen, zwang sie weiterzumachen.

Eva wusste, dass er mit seinen Drohungen nicht bluffte, sondern zu allem fähig war und vor nichts zurückschreckte. In letzter Zeit war er häufig in Begleitung eines elegant gekleideten Mannes mit eiskaltem Blick aufgetaucht, der Eva jedes Mal erschauern ließ. Sie saß in der Falle, einsam und ohne Hoffnung. Da sie mit niemandem sprechen konnte, schrieb sie akribisch alles weiterhin in

Notizbüchern auf. Faustpfänder, die sich möglicherweise eines Tages als Waffe gegen Frost verwenden ließen.

Eines Tages blieb Eva einem Termin fern, weil Marina hohes Fieber hatte und Michele geschäftlich unterwegs war. Einige Tage später stand Markus Frost vor der Tür.

»Wie können Sie es wagen, bei mir zu Hause aufzutauchen?«, fauchte sie ihn an. »Was sollen die anderen denken. Mein Mann ist mit dem Kind im Garten, die Schwiegermutter und die Haushälterin sind in der Küche. Was soll das also?«

Der ungebetene Gast schob sie zur Seite und betrat das Haus. »Ich will bei deinem Mann eine Armbanduhr bestellen, etwas ganz Besonderes. Sagst du ihm bitte Bescheid?«

»Halten Sie sich von meiner Familie fern!«

»Daran hättest du vorher denken sollen, liebe Eva«, sagte er mit zynischem Unterton und hob den Kopf. »Michele, guten Tag. Erinnern Sie sich noch an mich? Damals in Rom? Ich sagte gerade zu Ihrer Frau, dass ich mir von Ihnen eine Armbanduhr machen lassen möchte«, erklärte er und gab Eva eine schmale Schachtel. »Hier, eine Kleinigkeit für Ihr Töchterchen.«

Michele musterte ihn kühl. »Kommen Sie bitte, wir gehen in die Werkstatt.«

Sobald sie verschwunden waren, brachte Eva das Kind zu ihrer Schwiegermutter, schlich zur Werkstatt und spähte durch die geöffnete Tür. Ihr Mann saß am Zeichentisch, Frost erläuterte ihm seine Wünsche. Ein

Schauer überlief sie, und die Angst drohte sie innerlich zu zerfressen. Da sie diesen Anblick nicht länger ertragen konnte, ging sie zu den anderen in die Küche. Frost sah sie nicht mehr, und Michele tauchte erst abends wieder auf.

Als sie Marina ins Bett gebracht hatte, fiel ihr das Geschenk ein, und sie öffnete die Schachtel, die noch in der Halle lag. Es war eine Puppe, eingewickelt in einen Zeitungsausschnitt, der über den tragischen Autounfall einer Familie berichtete. Unbeschreibliche Angst kroch in ihr hoch, und sie drehte den Artikel um, las die Botschaft, die dort stand:

Ich warne dich! Zwing mich nicht, etwas zu tun, das wir beide bereuen würden. MF

Es war eindeutig eine Drohung, ihre Familie auf diese Weise umzubringen, wenn sie nicht tat, was er verlangte. Michele fand sie in Tränen aufgelöst auf dem Boden sitzen, schweigend und so aus der Fassung, dass sie ihm nichts sagen zu können schien. Er ließ sie in Ruhe und fragte sie erst am nächsten Tag danach.

»Wer ist dieser Mann eigentlich, Eva?«

Nie zuvor hatte sie ihn so gesehen, mit solch wütend blitzenden Augen. Wie gerne hätte sie ihm ihr Herz ausgeschüttet und ihm die Wahrheit gesagt, nur wagte sie es nicht, zu sehr war sie in etwas Unerlaubtes, vielleicht sogar Kriminelles verwickelt. Also wiegelte sie ab.

»Haben wir neulich nicht über Mr. Frost gesprochen? Er hat viele Kontakte und könnte für meine Filmkarriere sehr hilfreich sein.«

Sie log, um ihn zu schützen, selbst um den Preis, dass seine Liebe zu ihr erkaltete.

»Ich will nicht wissen, was er macht. Ich will wissen, wer er ist.«

Eva antwortete nicht, schaute ihm fest in die Augen und merkte, dass er eifersüchtig war und etwas völlig Falsches vermutete. Sein brüskes Abwenden bestätigte sie darin.

Den ganzen Tag blieb er weg und kam nicht einmal in der Nacht nach Hause. Sie selbst hatte sich in ihr Zimmer hinter dem Spiegel zurückgezogen und zermarterte sich das Hirn, was sie tun sollte. Eine andere Lösung, als Frosts Wünsche zu erfüllen, sah sie nicht, wenn sie ihre Familie vor etwas Schrecklichem bewahren wollte.

Und wie befürchtet, kam Frost kurz danach mit einer neuen Aufforderung.

»Sie können tun, was Sie wollen, aber lassen Sie meine Familie in Ruhe«, zischte sie ihn an, »sonst bringe ich Sie um.«

Anschließend tat sie, was er verlangte: bestimmte Leute beobachten, sie belauschen und alles weitergeben. Als sie wieder zu Hause ankam, wartete Michele im Zimmer hinter dem Spiegel auf sie. Sein Gesicht war zu einer Maske erstarrt.

»Ich war nicht sicher, ob du zurückkehren würdest. Du und Marina, ihr seid die wichtigsten Menschen in meinem Leben, das musst du mir glauben.«

Sie küsste ihn und blieb die ganze Nacht mit ihm zusammen in der Hoffnung, dass ihr Körper all das ausdrücken würde, was sie mit Worten nicht zu sagen vermochte.

Zu ihrer Erleichterung wurde sie danach einige Monate lang in Ruhe gelassen, und das Leben ging seinen ganz normalen Gang. Genauso, wie sie es sich immer gewünscht hatte. Inzwischen war Marina zum Kleinkind herangewachsen, das neugierig durchs Haus lief und vor den Spiegeln herumhüpfte und tanzte. Und sie mochte es sogar schon, wenn ihre Mutter sie mit ins Meer nahm.

Trotzdem war Evas Glück nicht ungetrübt – sie hatte keinen Zweifel, dass Markus Frost sich wieder melden würde.

Zunächst jedoch kam ein Anruf, über den sie sich unter anderen Umständen wie eine Schneekönigin gefreut hätte. Eines Abends bot Claude Rivette ihr am Telefon eine Rolle in seinem neuen Film an. Angesichts ihrer Ängste zögerte sie jetzt, das Angebot anzunehmen.

»Das ist die Chance deines Lebens, Chérie«, redete der Regisseur ihr zu. »Die Rolle ist dir auf den Leib geschnitten. Vertrau mir, ich mache dich zum Star.«

»Es geht wirklich nicht, Claude.«

»Und wie wäre es, wenn du die Kleine einfach mit nach Rom nimmst?«

»Ich überlege es mir, versprochen.«

Claude Rivettes Worte, dass er sie zum Star machen wolle, gingen ihr nicht aus dem Kopf. So etwas hatte er vorher noch nie gesagt. Ein Gedanke blitzte in ihr auf: Was, wenn sie im Rampenlicht stünde, ständig verfolgt von Fotografen, wäre sie dann für Markus Frost überhaupt weiter von Interesse? Sie fuhr sich mit den Fingern durchs Haar. Ja, das war eine Möglichkeit, von ihm loszukommen. Sie würde Rivettes Angebot annehmen und auf diese Weise zwei Fliegen mit einer Klappe schlagen. Sie bekäme ihre Freiheit zurück, und der Traum von einer glanzvollen Karriere wäre zum Greifen nahe.

Michele, der den Schluss des Gesprächs mitbekommen hatte, schaute sie fragend an.

»Ich möchte es wirklich gerne machen.«

»Wie du meinst, doch Marina bleibt zu Hause«, sagte er in einem Ton, der keinen Widerspruch duldete, und kehrte ohne ein weiteres Wort in seine Werkstatt zurück.

Obwohl Eva etwas enttäuscht war, beschloss sie, ihren Plan durchzuziehen und Michele ihre Gründe zu verschweigen. Sie hielt es eisern durch bis zu dem Tag ihrer Abreise nach Rom.

»Ich komme nach Positano zurück, sobald es geht«, versprach sie ihm am Bahnhof.

Nach wie vor gekränkt, nickte er stumm und küsste sie flüchtig auf die Wange, dann drehte er sich um und entfernte sich.

Die ganze Fahrt über konnte sie an nichts anderes denken als an diesen wenig versöhnlichen Abschied, suchte gleich nach der Ankunft in Rom ein Telefon und wählte Micheles Nummer. Als sie seine Stimme hörte, musste sie an sich halten, um nicht zu weinen.

»Ich bin's.«

»Geht es dir gut?«, erkundigte er sich, und weil sie

nicht reagierte, fügte er hinzu: »Versteh mich nicht falsch. Ich habe dich nie gebeten, deine Karriere völlig aufzugeben, denn ich will, dass du glücklich bist.«

Anschließend legte er eine Pause ein, und sie meinte ihn mit einer tiefen Falte auf der Stirn zu sehen, wie immer, wenn er nachdachte und ihm etwas nicht gefiel.

Ihre Vermutung stimmte, denn kurz darauf hörte sie ihn traurig sagen: »Ich war sicher, dass du hier mit mir und Marina dein Glück gefunden hättest.«

Es war so schwer, darauf zu antworten, war so verworren wie die ganze Situation. Vor allem durfte sie das wichtigste Problem nicht ansprechen, ihre Verwicklung in dunkle, dabei unbekannte Machenschaften, und musste sich auf die Frage, Familie oder Beruf beschränken.

»Ich fühle mich in Positano sehr wohl, keine Frage, und liebe euch, dich und Marina, über alles. Mein Problem besteht darin, dass ich mich nicht völlig gegen meinen Beruf entscheiden möchte. Warum sollte nicht beides möglich sein? Das Familienleben in Positano und gelegentliche Dreharbeiten in Rom?«

Michele schwieg lange, dann erwiderte er seufzend. »Ich werde mich wohl oder übel daran gewöhnen müssen, wie es aussieht.«

Eva hörte am Zittern seiner Stimme, dass ihm das Ganze missfiel, und verabschiedete sich, als wäre es für die Ewigkeit.

»Alles geht immer zu Ende«, flüsterte sie.

Sie verließ den Bahnhof und rief ein Taxi, das sie

nach Cinecittà bringen sollte. Sie würde später ins Hotel fahren, erst mal brauchte sie eine Aufmunterung, und Claude Rivette war da genau der Richtige.

»Ich dachte, du würdest *Cleopatra* in London und nicht hier drehen«, erkundigte sie sich gleich nach der Begrüßung.

»Lizzy hat Lungenentzündung bekommen, und die Ärzte haben ihr Sonne und Wärme verordnet. Aus diesem Grund haben wir umgeplant, und da habe ich natürlich an dich gedacht, zumal die Rolle der Calpurnia dir praktisch auf den Leib geschneidert ist.«

»Die arme Liz Taylor.« Eva schlug das Drehbuch auf und begann zu lesen, fühlte sich in die Wüste versetzt, wo die Sonne auf ihrer Haut brannte. »Für mich passt das.«

Später rief sie Michele an, um ihm zu erzählen, dass sie sich mit dem Regisseur geeinigt hatte und für die Dauer ihres Aufenthalts wieder in die Wohnung in der Via Veneto ziehen würde. Sie sei noch frei, seit ihre Freundinnen in die USA zurückgekehrt seien. Die vertraute Umgebung werde ihr hoffentlich den Neuanfang erleichtern.

Das kurze Gespräch deprimierte sie. Warum war alles so schwierig? Dabei fehlte ihr Micheles Lachen, seine Zärtlichkeit und sein Verlangen nach ihr ebenso wie seine linkische Art, sich die Krawatte zu binden, das Leuchten seiner Augen, wenn er von der Arbeit sprach, die gemeinsamen Spaziergänge am Meer, die abendlichen Gespräche, der Austausch von Erinnerungen. Selbst das einvernehmliche Schweigen vermisste sie.

Erst als die Dreharbeiten begannen und Eva stundenlang am Set bis zur Erschöpfung arbeitete, bekam sie
etwas Abstand, aber bei jedem Telefongespräch mit Positano kehrte die Sehnsucht zurück. Als dann unvermutet
die Dreharbeiten für ein paar Tage unterbrochen wurden, fasste sie spontan den Entschluss, nach Hause zu
fahren in die Spiegelvilla auf dem Felsen über dem Meer.
Um Michele zu überraschen. Rasch warf sie ein paar
Sachen in den Koffer, kleine Geschenke für Marina und
für sich ein weit ausgeschnittenes, fast durchsichtiges Sei-
dennachthemd, mit dem sie Michele betören wollte.

In diesem Moment klopfte es an der Tür, und als sie
öffnete, erstarrte sie vor Entsetzen zur Salzsäule.

»Frost, was zum Teufel machen Sie hier?«

»Reg dich nicht auf, meine Liebe, ich will einfach mit
dir reden.«

»Was gibt es noch zu reden? Wir sind fertig miteinander, ich habe alles getan, was Sie wollten, wenngleich
Sie nie ehrlich mit mir waren und mich erpresst haben.«

Mit seinem berühmten zynischen Grinsen hielt er ihr
einen Zettel hin, auf dem eine Adresse stand.

Eine bange Vorahnung überfiel sie. »Was ist das?«

»Ich habe noch einen letzten Auftrag, danach brauche ich dich nicht mehr. Ein kleiner Gefallen, und du
bist frei.«

»Und was muss ich tun?«

»Eine ganz simple Sache. Du musst lediglich diese
Tasche bei dieser Adresse abgeben. Es geht um wichtige
Dokumente. Niemand darf diese Tasche öffnen, du ein-

geschlossen. Unter keinen Umständen. Nachdem du das erledigt hast, bekommst du eine Nachricht vom Empfänger, und dann trennen sich unsere Wege.«

»Und das war's?«, fragte sie zweifelnd.

»Ja. Wie du siehst, ein Kinderspiel.«

Eva blieb misstrauisch. »Und was ist mit der Nachricht? Was soll ich mit der machen?«

»Am besten gibst du sie hier im Haus ab, jemand wird sie abholen.«

Das Ganze verwunderte Eva. Etwas angeblich Wichtiges einem Unbekannten anzuvertrauen erschien ihr völlig unglaubwürdig. Arbeitete der Hausmeister etwa für Frost? Im Grunde konnte ihr das egal sein, Hauptsache, sie wurde ihn los.

»Wann?«

»Wann was?«, hakte Frost nach.

»Wann muss ich die Tasche überbringen?«

»Am besten sofort. Es dauert bestimmt nicht lange, sodass du leicht den Abendzug erreichst.«

Entgeistert musterte sie ihn. Woher wusste er schon wieder, dass sie nach Positano wollte. Und sie war sich keineswegs sicher, dass er sie wirklich aus den Fängen ließ. Allerdings verabschiedete er sich auf eine merkwürdige Art, die sie zusätzlich irritierte.

»Adieu, Eva. Es tut mir leid, unter anderen Umständen hätten wir vielleicht Freunde werden können.«

»Ich hoffe, wir sehen uns nie wieder«, gab sie unfreundlich zurück und wartete noch eine Weile, bevor sie nach der Tasche griff.

Sie war schwer, aus derbem braunem Leder und hatte ein Sicherheitsschloss. Eva überlegte kurz, sie gewaltsam zu öffnen, um sich den Inhalt anzusehen, ließ es dann lieber, um den Empfänger nicht misstrauisch zu machen. Und erst recht nicht Frost, von dem sie sich trotz aller seiner Lügen die versprochenen Einreisepapiere für ihre Mutter erhoffte und ein Ende der Erpressungen, wenngleich in dieser Hinsicht nach den schlimmen Erfahrungen, die sie mit dem Mann gemacht hatte, nach wie vor Zweifel blieben.

Zumindest stand ihrer Abreise nach Positano offenbar nichts mehr im Wege.

Mit ihrem kleinen Gepäck ging sie nach unten, informierte den Hausmeister, dass später eine Nachricht bei ihm deponiert werde, und bestieg das bestellte Taxi.

»Via Appia Nuova«, sagte sie zu dem Fahrer. »Dort muss ich schnell etwas abgeben, bevor wir kurz hierher zurück müssen und dann zum Bahnhof weiterfahren.«

Es herrschte dichter Verkehr, und es dauerte länger als erwartet, bis sie ihr Ziel erreichten.

»Bitte halten Sie hier, ich beeile mich«, sagte sie, nahm die Tasche und ging zu der entsprechenden Hausnummer.

Als die Tür geöffnet hatte, verschlug es ihr die Sprache. Ein bekannter Mann stand vor ihr, einer, den sie seinerzeit im Palazzo auf Anweisungen von Frost beobachtet hatte.

Er schien genauso verblüfft wie sie. »Was zum Teufel machen Sie denn hier?«

»Mr. Frost schickt mich, ich soll diese Tasche überbringen und auf eine Antwort warten.«

Der Mann starrte sie an, als wäre sie ein Gespenst.

»Wer ist das?«, fragte eine hochschwangere blonde
Frau, die lächelnd hinter ihm auftauchte.

»Eine Kollegin, ich beeile mich.«

»Darf ich Ihnen etwas zu trinken anbieten, es ist wirklich heiß heute. Jack, geh bitte zur Seite. Sie müssen meinen Mann entschuldigen, manchmal fehlt es ihm an guten Manieren.«

»Machen Sie sich keine Umstände, das ist nicht nötig.
Wann kommt denn das Baby?«

»Jeden Moment, es wird langsam Zeit, wissen Sie.
Haben Sie selbst Kinder?«

»Ja, eine Tochter, sie heißt Marina. An Weihnachten
wird sie vier.«

Die Frau, die sich als Jane vorgestellt hatte, lächelte.
»Der Wirbelwind, der dort vor dem Haus Fahrrad fährt,
ist mein zehnjähriger Sohn Michael. Ich hoffe, dieses Mal
wird es ein Mädchen. Sind Sie wie ich Amerikanerin?
Und gefällt es Ihnen in Italien?«

»Ja, ich liebe dieses Land.«

»Wir wären längst wieder in New York, wenn die
Schwangerschaft weniger problematisch verlaufen wäre.
Deshalb müssen wir bis nach der Geburt warten. Als Kollegin wissen Sie ja, wie das ist, wenn man für die Regierung arbeitet. Und Ihr Mann, was macht der beruflich?«

»Er ist Gold- und Silberschmied.«

»Oh, da haben Sie ja Glück gehabt.«

Sie lachten. Unglaublich, diese warmherzige Frau hatte anscheinend keine Ahnung, dass sie mit einer tickenden Zeitbombe verheiratet war, schoss es Eva durch den Kopf. Dabei war sie bestimmt wie jeder im Umfeld von Markus Frost selbst gefährdet.

Eva sah, dass Jack Perkins, so hieß der Mann, sich vergeblich am Schloss der Tasche zu schaffen machte.

»Haben Sie keinen Schlüssel?«, fragte sie.

»Schon, leider passt er nicht.«

»Sprüh ein bisschen von diesem Öl drauf«, riet seine Frau ihm gerade, als man draußen unvermittelt den Schrei eines Kindes vernahm.

»Michael, hast du dir wehgetan?«, rief die Mutter vom Treppenabsatz.

Sogleich eilte Eva, erfüllt von Misstrauen, auf den Bürgersteig, um nachzuschauen, was passiert war. Sie half dem Jungen, der am Boden lag, hoch.

»Hast du dir wehgetan?«

Es war ein hübsches Kind mit den blonden Haaren seiner Mutter, den gleichen Augen, den gleichen Sommersprossen. Wie gerne hätte sie ein zweites Kind, dachte Eva unwillkürlich. Es wäre ein Traum schlechthin.

Der Junge schüttelte den Kopf und deutete auf eine harmlose Schramme am Knie. »Mehr habe ich mir nicht getan.«

»Du bist ein tapferer Junge«, lobte sie ihn und rief seiner Mutter zu: »Alles okay, bis auf einen Kratzer hat er nichts.«

In diesem Moment erschütterte eine Explosion das

214

Haus. Eva sah, wie die Fenster zu Bruch gingen und die Haustür aus den Angeln gerissen wurde. Geistesgegenwärtig warf sie sich über Michael. Es war ein Inferno, überall loderte Feuer, und Wände stürzten ein. Sie wollte aufstehen, schaffte es aber nicht. Dann wurde ihr schwarz vor Augen.

16

Michele hatte sichtlich einen guten Tag, fand Milena, als sie ihm zuhörte, und klammerte sich an diesen Gedanken. Die letzte Zeit hatte ihr einiges abverlangt, nicht zuletzt fragte sie sich, was mit Gabriel passiert war. Es gab so vieles, was sie bei ihm nach wie vor nicht verstand. Einfach weil er ihr zu wenig von Eva erzählt hatte und weil ihr das, was sie von ihm gehört hatte, nicht alles logisch und damit als wahr erschien. Milena seufzte und bedauerte zum wiederholten Mal, dass sie nicht mehr lebte. Dann wäre alles bestimmt viel leichter.

»Du siehst blass aus, mein Schmetterling, isst du nicht genug?«

»Doch, Großvater, ich bin ein bisschen erkältet, das ist alles. Mach dir keine Sorgen.«

Sie hatten sich über ihr Vorsprechen in Cinecittà unterhalten und darüber, dass Milena glaubte, die Rolle angeboten zu bekommen. Allerdings hatte sie nicht erwähnt, dass sie das in eine Zwickmühle bringen würde. Immerhin hieß das, eine Weile von Positano weg zu sein. Wofür sollte sie sich entscheiden? Für Michele oder die Erfüllung ihres Traums. Sie war hin- und hergerissen und fürchtete, dass sich ohne sie sein Zustand verschlechtern würde oder er gekränkt wäre.

Lass deinen Verstand entscheiden, aber handele mit dem Herzen, sagte sie sich immer, was letztlich auf eine Entscheidung zugunsten ihres Großvaters hinauslaufen würde, von dem diese Maxime sogar stammte.

Möglicherweise wäre das Problem weniger groß, wenn der Fall des Toten im Brunnen endgültig abgeschlossen würde und es keinen Verdacht mehr gegen Michele gäbe, dann könnte sie ihren Großvater mit nach Rom nehmen. Vielleicht für immer, sodass Positano, Gabriel und Eva nichts mehr wären als Vergangenheit, eine ferne Erinnerung.

»Der Arzt erwartet Sie, Signorina, wenn Sie mir bitte folgen wollen.«

»Ja, ich komme sofort«, versprach sie, küsste Michele auf die Wange und folgte der Krankenschwester.

Als Dottor D'Amico ihr die Entlassungspapiere aushändigte, überflog Milena kurz den Arztbericht und stutzte.

»Was meinen Sie mit fortgeschrittenem Stadium?«, erkundigte sie sich alarmiert.

»Tut mir leid.« Der Neurologe sah sie mitleidig an. »Jeder Verlauf ist verschieden, und bei Ihrem Großvater haben wir es mit einer raschen Verschlechterung zu tun.«

»Ich dachte nicht, dass es so schlimm sei«, flüsterte sie mit zitternder Stimme.

»Seien Sie nicht zu pessimistisch. Selbst in dieser Phase ist er nicht immer völlig schlecht drauf. Momentan ist er beispielsweise ganz klar, hat einen kleinen Spaziergang unternommen, nach Ihnen gefragt und selbstständig gegessen. Er scheint froh zu sein, dass er nach Hause darf.«

»Jeder gute Tag ist also ein Geschenk.«

»Ja, genau so ist es.«

Der Arzt begleitete sie zurück zum Aufenthaltsraum, wo Michele schon mit seiner Tasche auf sie wartete. Milena zwang sich zu einem Lächeln.

»Bereit, Großvater?«

»Ich kann es kaum erwarten.«

Auf dem Nachhauseweg fiel Milena jedoch auf, dass er offensichtlich vergessen hatte, wie lange er in der Klinik gewesen war. Anscheinend glaubte er, erst gestern eingewiesen worden zu sein. Und von dem Skelett im Brunnen und den polizeilichen Ermittlungen schien er nicht mehr das Geringste zu wissen. So großartig, wie es beim Arzt geklungen hatte, war es wohl nicht mit seiner geistigen Präsenz.

Bei ihrer Ankunft in der Villa wurden sie von Rosaria, Giulio und einigen Freunden empfangen. Eine Situation, die er dann wiederum genoss. Er plauderte munter, aß Mandelplätzchen, die er so liebte, trank einen Schluck Wein und ein Gläschen Limoncello und wirkte fast wie in alten Zeiten.

Als alle Besucher weg waren und Milena das benutzte Geschirr in die Spüle stellte, rief er plötzlich aufgeregt nach ihr und überraschte sie vollends. Er stand neben einem Fenster zur Terrasse, die Wangen gerötet, umklammerte den Stock und deutete auf den Brunnenschacht.

»Kannst du bitte Federico Marra anrufen? Ich muss ihm etwas Wichtiges sagen.«

»Um was geht es denn, Großvater?«

»Ich weiß jetzt, wer der Mann im Brunnen ist. Es ist alles meine Schuld. Alles.«

»Kannst du mir das bitte näher erklären?«, forderte sie ihn auf und strich ihm über die gebeugten Schultern.

»Er hieß Markus Frost.«

»Und wer war das?«

»Ein Bekannter deiner Großmutter, der unsere Familie zerstört hat. Bloß weiß ich nicht einmal, wer genau er war und was er ihr angetan hat.«

»Wie kommst du darauf, dass er das gemacht hat?«

Er schaute sich um, als würde er verfolgt. »Eva hat mir einen Brief hinterlassen, in dem sie mir erklärte, dass sie mich verlassen und nie mehr zurückkommen werde. Warum, hat sie mir nicht verraten. Damals habe ich bereits befürchtet, es könnte mit diesem Kerl zu tun haben. Aus dem Gefühl heraus, darüber gesprochen hat sie nicht mit mir, sondern sich ganz zurückgezogen.« Seine Stimme brach. »Sie hat nicht einmal die Kette mitgenommen, die ich für sie gemacht habe und die du jetzt trägst. Alles war vorbei. Lange habe ich gedacht, sie sei gegangen, um anderswo Karriere zu machen ... Erst als sie ihn gefunden haben, diesen verdammten Frost, da ging mir ein Licht auf. Ich habe ihn erkannt an seiner Uhr, die aus meiner Werkstatt stammt. Seitdem bin ich überzeugt, dass er etwas getan hat, dem sie sich nicht mehr aussetzen wollte. Und dass sie uns deshalb verlassen hat.«

Sein langes Reden hatte ihn sichtlich erschöpft, und sein Kopf sank nach vorne. Das also war es, was er nicht hatte sagen wollen.

Milena stiegen Tränen in die Augen. Wie sollte es jetzt weitergehen? Würde der arme alte Mann zum Verhör zu den Carabinieri müssen? Kalte Angst überfiel sie.

Sie atmete tief durch und mahnte sich zur Ruhe. Warum malte sie sich überhaupt ein solches Schreckensszenario aus? Schließlich hatte ihr Großvater lediglich gesagt, den Mann gekannt zu haben. Von seiner unheilvollen Rolle schien er nicht das Geringste gewusst zu haben. Und dass er tot war, hatte er erst beim Fund des Skeletts und beim Anblick der Uhr erkannt. Insofern glaubte sie eigentlich nicht, dass Federico Marra zu anderen Schlüssen kommen würde. Dazu war er ein zu erfahrener und sorgfältiger Ermittler.

Nachdenklich schaute sie ihren Großvater an. Er hatte zu zittern begonnen, atmete hektisch und musste dringend in Ruhe gelassen werden, bevor er einen erneuten Zusammenbruch erlitt. Sie brachte ihn ins Bett und wartete, bis er eingeschlafen war, erst dann wählte sie die Nummer des Maresciallo, dem sie Bericht erstatten wollte und musste. Er ging sofort ran.

»Milena, alles in Ordnung?«

»Kann ich mit dir reden, Federico? Bald. Ich habe nämlich das Tagebuch meiner Großmutter gefunden, darin steht einiges, was dich interessierten könnte. Und meinem Großvater sind ein paar Dinge eingefallen, die vieles klären. Würdest du zu uns kommen?«

»Bin schon unterwegs.«

Es dauerte nicht lange, bis sie ein Auto vorfahren hörte und er kurz darauf vor ihr stand. Jetzt oder nie, sie würde ihm alles erzählen.

»Danke, dass du gekommen bist«, sagte sie mit belegter Stimme, und Tränen rollten ihr die Wangen herunter.

Marra nahm sie in die Arme. »Was genau ist passiert?«

»Ich weiß, wer der Mann im Brunnen ist.«

Falls der routinierte Inspektor der Carabinieri überrascht war, ließ er es sich nicht anmerken.

»Erzähl bitte alles von Anfang an«, bat er sie.

Milena hielt ihm das Tagebuch hin. »Das gehörte meiner Großmutter, und das hier ist eine Todesdrohung gegen sie«, fügte sie hinzu und reichte ihm den Zeitungsausschnitt.

Marra legte alles auf den Tisch und las den Artikel. »Erzähl mir von diesem Mann, den du für den Toten im Brunnen hältst.«

»Er heißt beziehungsweise hieß Markus Frost und war ein Bekannter meiner Großmutter. So hat es mir Michele erzählt, ohne zu wissen, in welcher Weise und weshalb sie in Verbindung standen. Er hat ihn an der Uhr erkannt, die aus seiner Werkstatt stammt.«

Federico Marra schwieg lange. »Du bist eine kluge Frau und weißt, was das bedeutet. Sofern er den Zeitungsartikel und die Drohung kannte, wäre das für ihn ein Motiv gewesen, und dieser Sache muss ich nachgehen. Tut mir leid, das ist meine Pflicht. Trotzdem würde ich gerne wissen, warum du mir das alles berichtest und nicht länger versuchst, alles zu ignorieren, was deinen Großvater belasten könnte.«

Verzweifelt schaute sie ihn an. »Weil ich die Wahrheit wissen will, aber fest davon überzeugt bin, dass mein Großvater unschuldig ist.«

Er nahm ihre Hand. »Ich werde den Fall lösen, du kannst dich auf mich verlassen. Nur musst du mir alles sagen, was du über deine Großmutter weißt. Alles. Jedes Detail kann für die Ermittlungen wichtig sein.«

»Sie kann uns leider nichts mehr erzählen.«

»Warum?«

»Sie ist tot.«

»Woher weißt du das?«

»Von einem jungen Mann namens Gabriel Perkins.«

»Wer ist das nun wieder?«, fragte er stirnrunzelnd nach.

»Ach, Federico, das ist eine lange Geschichte.«

»Ich habe alle Zeit der Welt.«

In groben Zügen erzählte sie daraufhin, wie sie Gabriel am Flughafen in Rom kennengelernt und bei einem zufälligen Treffen einige Zeit später die unglaubliche Geschichte von Eva gehört hatte.

»Er ist nach Positano gekommen, um die Orte zu besuchen, an denen Eva glücklich gewesen ist. Außerdem hatte er es ihr wohl versprochen. Alles klingt so absurd, und ich frage mich, warum er erst jetzt gekommen ist, nach so vielen Jahren.«

»Und wo ist dieser Gabriel derzeit?«

»Vermutlich wieder in den USA.«

»Ich werde die Sache überprüfen«, versicherte Marra und erhob sich. »Eines noch, Milena. Du beurteilst die Menschen in deiner Umgebung nach deinen moralischen Maßstäben und glaubst, alle seien so ehrlich wie du. In Wirklichkeit geben Menschen mit ihrem Verhalten nicht selten eine Menge Rätsel auf.«

Sein Einwand nervte sie. »Ich kann das kaum noch hören und bete, dass du das Ganze so schnell wie möglich beendest«, beschwerte sie sich.

»Tut mir leid, dass du dich dermaßen in die Geschichte verbissen hast. Warum hast du meinen Rat nicht befolgt und bist in Rom geblieben? Mit etwas mehr Distanz sieht man vieles klarer.«

Empört widersprach sie ihm. »Ich sehe das anders. Die Wahrheit, so schrecklich sie sein mag, ist immer noch besser als eine Lüge. Daran glaube ich, und deshalb laufe ich nicht weg.«

»Nicht alle Wunden heilen, manche sind so tief, dass Narben zurückbleiben. Vergiss das nicht.« Er küsste sie flüchtig auf die Wange. »Lass mich meine Arbeit machen und halt dich bitte raus.«

Mit diesen Worten ging er, während sie nachdenklich zurückblieb und hoffte, die richtige Entscheidung getroffen zu haben. Sie hielt Maresciallo Federico Marra für den Einzigen, der ihrem Großvater helfen konnte. Gabriel nicht. Er wies ihm ja im Grunde die Schuld zu, dass Eva Italien und ihre Familie verlassen hatte, eine abwegige, absurde Idee. So gesehen hatten sie einen völlig

223

entgegengesetzten Blickwinkel: Für sie war Michele der über alles geliebte Großvater, für ihn der Mann, der Eva ins Unglück hatte laufen lassen.

17

Die folgenden Wochen gehörten Michele. Seitdem er aus der Klinik zurück war, ging es ihm Tag für Tag besser. Er hatte wieder angefangen, sich um das Gewächshaus zu kümmern, ganz vorsichtig natürlich, und war sichtbar glücklich, zu Hause zu sein.

Milena dachte oft an Federico Marra und fragte sich, ob die Ermittlungen vorankamen. Sie hatte mit offenen Karten gespielt und ihm alles geliefert, was sie wusste und was er, anders als sie, für mögliche Belastungsmomente gegen ihren Großvater hielt. Ein mulmiges Gefühl, das sie ungeachtet ihres Wunsches nach der Wahrheit hin und wieder daran zweifeln ließ, die richtige Entscheidung getroffen zu haben. War sie nicht eher zu vertrauensselig gewesen?

Nach wie vor stellte sie sich viele Fragen zu ihrer Großmutter, was zusätzlich dadurch angestachelt worden war, dass Gabriels sparsame Erklärungen gerade das Wichtigste ausgelassen hatten, nämlich die Gründe für ihr Verschwinden aus Italien. Gleichzeitig hatte sie das Wissen um ihren Tod auf unerklärliche Weise noch mehr mit Eva verbunden. Inzwischen hing ein Foto von ihr im Wohnzimmer, das sie sich täglich ansah und über das sich ihr Großvater ebenfalls zu freuen schien, obwohl nicht klar war, wen er auf dem Bild überhaupt sah. Hauptsache, er regte sich nicht auf.

Erneut betrachtete Milena das Foto und versuchte sich ein Bild davon zu machen, wie Evas Leben verlaufen sein könnte. Und immer öfter fragte sie sich, warum sie an die rätselhafte Frau so lange keinen einzigen Gedanken verschwendet hatte. Ein Gefühl der Leere überkam sie, weil sie ihre Großmutter erst gefunden hatte, als sie bereits endgültig verloren war.

Milena beschloss, ihr wenigstens jetzt ein wenig nachzueifern und ihr späte Anerkennung zu zollen. Und das würde sie am besten durch die Schauspielerei können, durch das, was sie am meisten mit ihrer unbekannten Großmutter verband. Eine Weile stellte sie sich alle möglichen Situationen vor, wie das aussehen und was sie konkret tun könnte, als sie erschrocken zusammenzuckte und sie schuldbewusst in die Gegenwart zurückkehrte.

O Gott, während sie Luftschlösser baute, hatte sie für einen Moment nicht daran gedacht, dass ihr Großvater am Ende des Monats seinen neunzigsten Geburtstag feierte und dass sie sich weniger um ferne Zukunftsmusik als um eine große Feier kümmern musste.

Wie aufs Stichwort kam er gerade zu ihr.

»Da bist du ja, sag mir, wen du alles zu deinem Geburtstag einladen möchtest.«

Er lächelte ein wenig wehmütig. »In meiner Jugend habe ich das Leben in vollen Zügen genossen, später, als so vieles aus den Fugen geraten war, wollte ich nur noch vergessen.« Seine Stimme stockte, er wirkte erschöpft. »Was rede ich da? Ich weiß nicht mehr, was ich sage.«

»Mach dir keine Sorgen, das liegt an den Medikamenten.«

»Ja, diese ganzen Pillen, du hast sicher recht. Muss ich die wirklich alle nehmen, Eva?«

Milena verdrehte die Augen, als er sie schon wieder verwechselte. Ein sicheres Zeichen, dass er abzudriften begann.

»Ich werde mit dem Arzt sprechen, mal sehen, was er sagt«, versprach sie.

»Ja, bitte. Ich bin müde und gehe in mein Zimmer, um mich ein wenig auszuruhen.«

Kaum hatte sie ihn nach oben gebracht, klingelte es an der Tür, und die Krankenschwester erschien.

»Ciao, Alessia, komm rein.«

»Hallo, ist alles in Ordnung? Wie geht es ihm heute?«

»Er wirkt ein wenig verwirrter als gestern.«

»Das ist normal, und sonst? Hat er gegessen?«

»Ja, wir haben wie immer auf der Terrasse gefrühstückt. Danach ist er in sein Zimmer gegangen und ruht sich gerade aus.«

Die Schwester legte ihr eine Hand auf den Arm. »Ab jetzt übernehme ich, dann kannst du dich selbst ein wenig hinlegen.«

Milena überlegte. »Nein, ich gehe lieber eine Runde spazieren, die frische Luft hilft mir mehr. Wenn irgendetwas ist, kannst du mich über das Handy erreichen.«

Sie zog sich eine Strickjacke über, denn der Wind hatte aufgefrischt, und dunkle Wolken waren aufgezogen. Was sie nicht daran hinderte, zum Meer hinunterzusteigen und mit nackten Füßen durch das eiskalte Wasser am Strand entlangzulaufen. Da die Gischtkämme der Wellen ihr allerdings verrieten, dass bald ein Sturm aufziehen würde, blieb sie nicht allzu lange.

Zurück im Haus, sah sie, wie Alessia ihrem Großvater gerade in seine Jacke half, weil sie zu seinem Physiotherapeuten mussten.

»Wollen wir auf dem Rückweg eine Pizza mitnehmen?«, hörte sie die Schwester sagen. »Was meinst du, Michele? Pizza zum Abendessen? Mit Kapern und Sardellen?«

»O ja, ich möchte eine Pizza Napoletana«, erwiderte ihr Großvater mit verklärtem Blick und folgte Alessia zum Auto.

Nachdem sie weg waren, spielte Milena ein Weilchen mit dem Papagei, öffnete den Käfig und erlaubte ihm seinen täglichen Rundflug. Währenddessen rief sie Teresa an, um ihr von Micheles Zustand zu berichten. Ihre Stiefmutter versicherte ihr, dass sie und Lorenzo zu der Geburtstagsfeier für ein paar Tage nach Positano kommen wollten. Kaum war das Gespräch beendet, klingelte es an der Tür. Draußen stand zu ihrer Überraschung Federico Marra und lächelte sie an.

»Ciao, Milena. Wie geht es dir?«

»Danke, heute etwas besser, und dir?«

»Ich bin zufrieden«, erklärte er, ohne dass es ganz ehrlich klang.

»Komm rein. Großvater ist mit seiner Krankenschwester bei der Physiotherapie.«

Als sie durch die Halle Richtung Wohnzimmer gingen, kam ihr plötzlich der Gedanke, ihm das Zimmer hinter dem Spiegel zu zeigen, und blieb davor stehen.

»Diese Spiegel sind wunderschön«, sagte er.

In dem Moment traf sie ihre endgültige Entscheidung. »Und wenn sie nicht alle das sind, was sie zu sein scheinen?«

Als der Maresciallo sie fragend ansah, ging sie zu dem besonderen Spiegel und betätigte den Türmechanismus.

»Was sich gleich vor dir auftut, ist das Zimmer, in das sich meine Großmutter zurückzog, wenn sie ungestört sein wollte. Warte, ich mache Licht.«

Drinnen blieb Marra vor den mit Holzbrettern vernagelten Fenstern stehen, sah sich um und steuerte wieder auf die Tür zu.

»Schau mal.« Er schloss sie bis auf einen kleinen Spalt, durch den man die Halle überblicken konnte. »Ein perfektes Versteck. Wenn du mich früher eingeweiht hättest, wäre ich bei meinen Ermittlungen anders vorgegangen.«

»Und warum hätte sich meine Großmutter verstecken sollen?«

»Die Frage ist eher, vor wem.« Er betrachtete das Mobiliar, die Bücher, die Bilder. »Hast du hier das Tagebuch gefunden?«

»Ja, es lag in der Schreibtischschublade.«

»Bist du sicher, dass hier nicht noch mehr versteckt ist, das Aufschluss geben könnte?«

»Du kannst selbst nachsehen, wenn du magst.«

Auf diese Aufforderung hin, kehrte Marra den versierten Ermittler hervor, prüfte jedes Dokument und griff in jede Tasche der Kleider. Ohne Weltbewegendes zu entdecken.

Nach einer Weile trat er zu ihr. »Milena, ich muss dir etwas sagen, das dich sehr freuen wird und diese interessante Besichtigung aus juristischer Sicht unnötig macht. Wir haben nämlich inzwischen unsere Nachforschungen eingestellt, und deshalb bin ich gekommen. Um dir das Ergebnis der Untersuchung mitzuteilen.«

»Über Großvater?«

»Nein, über Eva Anderson.«

»Wieso, sie ist immerhin tot!«

»Nein, deine Großmutter lebt.«

»Aber Gabriel hat gesagt, sie sei gestorben. So langsam verstehe ich die Welt nicht mehr.«

»Und das ist noch nicht alles. Dieser Markus war mit Sicherheit niemand aus der Filmbranche und auch kein guter Mensch. Beides haben meine Recherchen eindeutig ergeben.«

»Wer zum Teufel war er dann?«

»Du wirst es mir nicht glauben.«

»Bitte, erzähl mir alles.«

Der Maresciallo zögerte, bevor er begann. »Ich habe alte Akten entdeckt, richtiger gesagt, man hat sie mir zugänglich gemacht. Es handelte sich um geheime Dokumente, amerikanische, aus der Botschaft in Rom. Während des Kalten Krieges hat Markus Frost, ein gebürtiger Russe, nämlich für die amerikanische Regierung gearbeitet, speziell für die Spionageabwehr. Teilweise entsprach das der Wahrheit, nur arbeitete er gleichzeitig für beide Seiten und war zudem in kriminelle Machenschaften verwickelt. Um es kurz zu machen: Er war ein Spion und ein Doppelagent, der alle zu seinem Vorteil benutzte und betrog.«

Milena fiel aus allen Wolken. Sie hätte nicht überraschter sein können, wenn er gesagt hätte, Markus Frost sei ein Zeitreisender gewesen.

»Warte, es kommt noch mehr. Es gab ebenfalls eine Akte über deine Großmutter. Nicht viel, ein paar Routineeinträge. Erstaunlicherweise fehlte alles vor 1950.«

»Was hat das zu bedeuten?«

»Theoretisch gar nichts. Der Fall wurde unter den Tisch gekehrt.«

»Das verstehe ich nicht.«

»Vielleicht war sie eine sowjetische Spionin und arbeitete für Frost.«

»Eine Spionin? Meine Großmutter?«

»Sie wäre nicht die einzige. Möglich, dass sie einen anderen Namen annahm, heiratete, eine Familie gründete und spurlos verschwand. Durchaus denkbar also, dass Eva Anderson Michele benutzt hat. Doch was wirklich passiert ist, wird wohl nie herauskommen.«

»Und jetzt?«

»Nichts.«

»Wie, nichts?«

»Ob es sich um Mord handelte, können wir nicht nachweisen. Wahrscheinlich war es ein Unfall. Kurz gesagt, es gibt keinen Grund für weitere Ermittlungen, die Akte wurde geschlossen.«

Einerseits war Milena erleichtert, weil ihr Großvater nicht mehr behelligt würde, richtig glücklich war sie aber nicht, und die Zweifel blieben. Tausend Gedanken gingen ihr durch den Kopf.

»Und was ist mit ihr? Wird gegen sie ermittelt?«

»Nein. Wie gesagt, ob Mord oder Unfall lässt sich nicht nachweisen, und meine Erkenntnisse über Frost sind in keiner Datenbank enthalten. Wie gesagt, bin ich durch Beziehungen an Akten gelangt, die zu Geheimunterlagen der Amerikaner zählen. Und aus diesem Grund müssen wir das Ganze als ungeklärten Fall ablegen.«

Ungläubig starrte Milena ihn an und glaubte sich verhört zu haben.

»Vergiss die ganze Geschichte, das war damals eine schlimme Zeit, in der manche Leute schuldlos in üble Sachen geraten sind.«

Unmöglich. Die Frau, die Gedichte in ihr Tagebuch geschrieben, die Blumen zwischen den Seiten gepresst und Skizzen gezeichnet hatte, konnte unmöglich die skrupellose Person sein, die der Maresciallo gerade beschrieben hatte.

Sie waren bereits an Marras Auto, als er ihr Evas Tagebuch zurückgab.

»Hier, das gehört dir.« Er strich ihr über die Wange.
»Pass auf dich auf.«

Sie sah ihm lange nach, bevor sie sich nachdenklich ins Haus begab.

Ein Zettel flatterte aus dem Tagebuch, auf dem eine Adresse stand.

Eva Johnson Loffredo

1123 Court St. Brooklyn, NYC

Ihr Herz begann so wild zu pochen, als würde es zerspringen.

18

Die Passagiere verließen nach und nach das Flugzeug. Als eine der wenigen saß Milena immer noch auf ihrem Platz und umklammerte den Sicherheitsgurt.

»Alles in Ordnung, Miss?«, fragte die Stewardess.

Sie nickte, wenngleich nichts in Ordnung war. Zu groß war die Herausforderung, der sie sich stellen wollte. Sie stand auf, nahm ihre Reisetasche und begab sich zum Ausgang.

Der Kennedy-Airport sah nicht viel anders aus als die meisten Flughäfen in Europa, dachte sie, als sie sich kurze Zeit später umsah. Was hatte sie erwartet? Wahrscheinlich dass in New York alles anders war. Es störte sie nicht, da sie ja keine Sightseeingtour machte, sondern auf der Suche war nach einer für sie wichtigen Wahrheit.

»Wie lange werden Sie bleiben?«, fragte der kahlköpfige Beamte an der Passkontrolle, als er sah, dass sie noch keinen Rückflug gebucht hatte.

»Ein paar Tage«, gab sie vage zurück.

»Grund der Reise?«

»Ein Familienbesuch«, erwiderte sie lapidar, weil das nicht verdächtig klang.

Ein langer, prüfender Blick. »In Ordnung, Miss Alfieri, einen schönen Aufenthalt.«

Draußen erwartete sie eine unangenehme Kälte, die sie als Südländerin zittern ließ. Rasch stieg sie in eins der wartenden Taxis und fuhr zu der Adresse, wo angeblich ihre Großmutter wohnte, ohne die Gegenden, die sie passierten, wirklich wahrzunehmen. Sie war am Ende der Geschichte angelangt und hoffte, dass sie endlich die ganze Wahrheit zu hören bekam. Nervös stieg sie aus dem gelben Wagen und blieb unschlüssig stehen. Das Gebäude sah aus wie viele andere Häuser in dieser Straße, ein wenig altmodisch und nicht ohne Charme. Sie schaute an der Fassade hoch und fragte sich, hinter welchen Fenstern mit den schweren Brokatvorhängen die Antwort auf all ihre Fragen lag. Milena stieß ein stummes Gebet aus, dass sie empfangen und nicht unverrichteter Dinge weggeschickt wurde, was ihr bei dieser undurchsichtigen Geschichte nicht völlig unmöglich zu sein schien.

Sie fasste sich ein Herz und erkundigte sich beim Portier, ob Mrs. Eva Johnson Loffredo zu Hause sei. Der Mann nickte, und geleitete sie nach oben. Ihre Gedanken schlugen Purzelbäume. Was sollte sie sagen?

»Italien ist ein wunderbares Land mit seinem Rotwein, seinen Pizzas und Spaghettis. Dort lebt es sich gut, nicht wahr, Signorina?«

»Da haben Sie recht. Waren Sie mal dort?«

»Ja, auf meiner Hochzeitsreise, das ist ein halbes Leben her. Wenn alles gut geht, fahren ich und meine Frau nächstes Jahr noch einmal dorthin. Ach, übrigens ist der Enkel von Mrs. Johnson ebenfalls da, Mr. Gabriel. Kennen Sie ihn?«

Da sie mit seiner Anwesenheit nicht gerechnet hatte, erschrak Milena und musste sich sehr zusammennehmen, um sich das nicht anmerken zu lassen.

Sie nickte. »Ja, ich kenne ihn flüchtig.«

Seit seiner Abreise aus Positano hatte sie keinen Kontakt mehr zu ihm gehabt. Und mittlerweile nahm sie ihm zusätzlich übel, dass er sie wissentlich angelogen hatte, als er behauptete, Eva sei tot. Und auf seine geheimnisvolle Frage von damals, was sie für einen Menschen tun würde, den sie liebe, hatte sie ihm nie eine Antwort gegeben.

Sie hätte ihm sagen können, dass es auf die Umstände ankomme. Dass Gut und Böse oft durch nicht mehr als einen schmalen Grat getrennt seien. Doch wenn man sich entscheiden musste, lagen die Dinge anders.

Der Portier läutete. Jetzt, so kurz vor dem Ziel, war sie unsicher, ob ihre Schnapsidee, wie es ihr Vater genannt hatte, wirklich ein guter Gedanke war. Sie war hin- und hergerissen, hatte ihre Zweifel und traute dennoch keinem ihrer beiden Großeltern einen Mord zu. Nur wer war dann schuld am Tod von Markus Frost?

Das hoffte sie hier zu erfahren, vielleicht von Eva selbst. Dann konnte sie endlich einen Schlussstrich unter die ganze Sache ziehen und würde hoffentlich verstehen, was damals passiert war.

Als langsam die Tür aufging und Gabriel erschien, sie fragend ansah, hielt sie die Luft an.

»Ich bin nicht wegen dir, sondern wegen meiner Großmutter hier«, fuhr sie ihn schließlich ohne Begrüßung an.
»Ich werde nicht gehen, bis ich mit ihr gesprochen habe.«

Der Portier spürte die Spannung zwischen den beiden.
»Ist alles in Ordnung?«, erkundigte er sich.

»Ja, danke Bill. Sie können gehen, ich kümmere mich
um die Dame«, beschied Gabriel ihn und wandte sich
nach ein paar Minuten verärgert an Milena.

»Was zum Teufel machst du hier?«

»Was wohl? Ich will mit meiner Großmutter sprechen.
Tot ist sie ja augenscheinlich nicht.«

Gabriel wurde rot. »Woher weißt du das?«

»Vom leitenden Ermittler der Carabinieri. Aber keine
Sorge, sie werden euch nicht behelligen. Ich bin hier, um
Eva einiges zu fragen.«

»Dafür musstest du nicht siebentausend Kilometer zu-
rücklegen! Ein Anruf hätte gereicht.«

»Wirklich? Ich glaube eher, mir wäre eine weitere
Lüge aufgetischt worden.«

»Ob du es glaubst oder nicht, es war eine Notlüge.
Eva zuliebe, die nie so direkt mit ihrer Vergangenheit
konfrontiert werden wollte, trotz ihrer Sehnsucht nach
dem früheren Leben.« Sie fixierten sich schweigend. »Es
tut mir sehr leid, ich wollte nicht, dass es so endet«, fügte
er versöhnlich hinzu.

Ihr ging es nicht anders, doch Gefühle waren jetzt fehl
am Platz. »Ich brauche Antworten, Gabriel, und sobald
ich die habe, werde ich wieder verschwinden, das verspreche ich dir.«

237

»Warum bist du so hartnäckig, verdammt noch mal! Diese Geschichte ist vorbei und längst vergessen. Haben wir darüber nicht gesprochen.«

Ja, das hatten sie, ohne dass sie die Wahrheit erfahren hatte, und das akzeptierte sie nicht. Sie musste das Lügengeflecht zerreißen, unter dem die tatsächlichen Ereignisse begraben waren. Erst wenn mit dieser Geschichte voller Misstrauen und Hass Schluss war, würde sie Frieden finden.

Er legte ihr die Hände auf die Schultern und sah sie flehend an. »Was ist los?«

Als sie keine Antwort erhielt, begriff sie, dass seit ihrem letzten Treffen etwas passiert sein musste. Etwas zwischen ihnen hatte sich verändert, Gabriel stand inzwischen eher auf der gleichen Seite wie sie, schien wie sie geprägt von Ereignissen, die viele Jahre vor seiner Geburt stattgefunden hatten. Und vielleicht fragte er sogar wie sie insgeheim, ob die Liebesgeschichte zwischen Eva und Michele wirklich so romantisch gewesen war oder eine einzige große Lüge.

Sofort bekämpfte sie den schrecklichen Gedanken.

Nein, sie war nicht nach New York geflogen, um derartige Vorwürfe zu erheben. Sie hegte keinen Groll gegen ihre Großmutter, im Gegenteil. Die in ihrem Tagebuch verewigten Wünsche und Träume hatten sie tief beeindruckt. Dieser Frau wollte sie unbedingt in die Augen sehen und von ihr die letzten Geheimnisse hören. Ob Frost sie erpresst hatte und wenn, warum. War es so schlimm gewesen, dass sie aus Positano geflüchtet war?

Oder war das ohnehin als Ende ihrer Tätigkeit geplant, und die Liebe zu Michele und Marina war gar nicht echt, sondern ein Deckmantel für ihre Spionagetätigkeit gewesen? Im Kalten Krieg durchaus üblich, denn viele Agenten führten ein Doppelleben.

»Bitte sag meiner Großmutter, dass ich sie sprechen möchte, sonst dringe ich in die Wohnung ein.«

»Warum musst du immer so dramatisch sein. Ich möchte sie erst vorbereiten, sonst verkraftet sie das nicht.«

»Schluss mit den Ausreden. Sag ihr Bescheid, dass ich da bin.«

Milenas Stimme klang resolut, dabei hatte sie keine Ahnung, was sie Eva sagen sollte

»Okay, okay. Du willst die Wahrheit wissen?« Gabriel schaute ihr in die Augen. »Du hattest recht. Es war nicht Micheles Schuld, dass Eva aus Italien weggegangen ist. Das habe ich ein bisschen übertrieben, weil es eine einfache Begründung war.«

»Hat sie dir gesagt, dass sie für die Sowjets gearbeitet hat?«

»Was für einen Unsinn redest du da?«

»Es klingt absurd, ich weiß. Die italienische Polizei hat bei ihren Ermittlungen Hinweise von den amerikanischen Behörden erhalten. Markus Frost war ein Doppelagent, der Eva wegen irgendwas erpressen konnte.«

»Jetzt übertreibst du.«

Milena verstand seine Reaktion. Sie selbst hatte immerhin Tage gebraucht, diese Information zu verdauen. Und zu glauben, dass es tatsächlich so war.

239

»Nein, tu ich nicht. Du willst es einfach nicht wahrhaben, dass Eva Anderson oder Johnson, wie immer sie heißen mag, in irgendeiner Beziehung zu Markus Frost, dem Toten im Brunnen, stand.«

»Um Himmels willen. Was redest du da?«

»Sie sagt die Wahrheit, nichts als die Wahrheit.«

Die beiden zuckten zusammen und starrten in den Flur. Und da stand sie: Eva, die Frau, die sie so verzweifelt gesucht hatte. Eine würdevolle alte Dame mit einem melancholischen Gesichtsausdruck, der etwas verloren wirkte. So hatte Milena sie sich nicht vorgestellt.

Ohne den Blick von ihrer Großmutter abzuwenden, trat sie auf sie zu und hätte sie am liebsten in den Arm genommen. Aber sie zögerte. Noch nie in ihrem Leben hatte sie eine solche Verzweiflung und eine solche Leere im Gesicht gesehen wie bei Eva, die sich an den Türrahmen klammerte.

Plötzlich war all das, was sie ihr sagen wollte, nicht mehr wichtig. Erst in diesem Augenblick wurde ihr der unendliche Verlust wirklich bewusst.

»Ich hätte dich gerne unter anderen Umständen kennengelernt«, murmelte Milena, während ihre Großmutter die Hand vor den Mund presste.

»Ich dich auch, mein Herz, ich dich auch«, hauchte Eva.

Mein Herz. Diese Worte ließen das Bild einer anderen Frau vor ihrem inneren Auge auftauchen, das von ihrer Mutter.

»Meine Mama hat mich manchmal so genannt.«

»Vielleicht erinnerte Marina sich daran, dass ich sie als kleines Mädchen so gerufen habe«, kam es wehmütig von Eva. Dann straffte sie sich und wurde energisch. »Kommt endlich ins Wohnzimmer, wir haben uns ja so viel zu erzählen. Bitte hier entlang.«

Die geräumige Wohnung war mit antiken Möbeln und dicken Perserteppichen eingerichtet. An den Wänden hingen Gemälde in lebendigen Farben und Familienfotos. Auf einem Tisch standen Keramiken aus Amalfi.

Im Grunde hatte Milena einzig Augen für ihre Großmutter. Sie trug ein elegantes schwarzes Kleid, die eisgrauen, früher schwarzen Haare waren zu einem Knoten zusammengefasst. Ihr Gesicht war nach wie vor wunderschön, obwohl die Zeichen der Zeit natürlich nicht spurlos an ihr vorbeigegangen waren. Am faszinierendsten wirkten ihre Augen.

Sie waren genau wie ihre, die gleiche Größe, die gleiche Form, das gleiche Blauviolett der duftenden wilden Veilchen, die an den Berghängen der Amalfiküste wuchsen.

»Nimm Platz, meine Liebe, und du Gabriel, setz bitte Teewasser auf.« Sie sprach Italienisch ohne jeden Akzent. »Ich habe gehört, dass Michele krank ist. Geht es ihm wieder besser?«, erkundigte sie sich gepresst, als würde sie sich vor der Antwort fürchten.

»Sein Zustand ist stabil.«

Mehr sagte Milena erst mal nicht, da Micheles Befinden keineswegs so gleichbleibend war, wie es klang. Zum

Glück fragte Eva nicht weiter nach, sondern schlug ein anderes Thema an.

»Ich kann mit Worten gar nicht ausdrücken, wie glücklich ich bin, dass du heute bei mir bist«, erklärte sie lächelnd. »Es gibt wenige Momente in meinem Leben, die so kostbar für mich waren.«

»Warum?«, stieß Milena hervor.

Ihre Großmutter, die gerade die Teekanne in der Hand hielt, begann zu zittern und stellte sie ab.

»Ich bin glücklich, zwei Enkel bei mir zu haben. Einen, der mir über viele Jahre ans Herz gewachsen ist, und die Tochter meiner geliebten Marina, die ich unverhofft nach so langer Zeit endlich kennenlerne. Das ist mehr, als ich verdient habe.« Eva lächelte ihr traurig zu. »Ich habe dich vor vielen Jahren einmal flüchtig gesehen. Du warst ein kleines Mädchen, vielleicht vier Jahre alt. Michele hielt dich an der Hand, ihr standet vor dem Grab deiner Mutter. Damals überlegte ich mir kurzfristig, zu euch zurückzukehren, doch ich brachte es nicht einmal fertig, am Grab zu euch zu gehen und euch um Verzeihung zu bitten. Zu sehr fürchtete ich mich davor, dass mein Mann mich hasste. Zudem war ich vor Schmerz wie gelähmt. Am Grab der eigenen Tochter zu stehen überstieg meine Kräfte, und als ich mich einigermaßen gefasst hatte, wart ihr weg. Das Schicksal wollte es nicht anders, dachte ich, und vielleicht war es besser so. Trotz der vielen Jahre, die vergangen waren, fürchtete ich noch immer, euch in Gefahr zu bringen.«

Stille erfüllte den Raum, die Gabriel als Erster durchbrach. »Was meinst du damit? Auf welche Gefahr spielst du an? Du hast früher nie etwas Derartiges erwähnt. Ich habe lediglich gespürt, dass dich etwas bedrückte.«

Eva hob den Kopf und fixierte ihn. »Das ist eine lange Geschichte, und sie geht euch beide an. Und deinen Vater, Gabriel.«

»Wie meinst du das?«

»Ich habe ihn aufgenommen, weil ich es als meine Pflicht betrachtete. Versteh mich bitte nicht falsch, ich liebe ihn wie einen leiblichen Sohn.« Sie hielt inne. »Lass mich erst zu Ende erzählen, ich weiß, du hast viele Fragen, nur ist es nicht leicht für mich, darüber zu sprechen. Wenn man überfordert ist, schiebt man es weg und tut so, als gäbe es das Problem gar nicht. Man kann dem Leid auf viele Arten begegnen. Dafür büßen, vergessen. Und ich habe beides getan.«

Milena hatte das Gefühl, Evas Schmerz bei sich selbst zu spüren. »Und ist es dir gelungen?«

»Nein, nie. Nicht einen einzigen Tag, aber ich habe es versucht, sonst hätte ich nicht mehr in den Spiegel schauen können. Das war lebensnotwendig für mich. Und jetzt lasst mich bitte weitererzählen.«

»Eva Johnson ist nicht mein richtiger Name, ich habe ihn angenommen, als ich Italien verlassen habe und in die USA zurückgegangen bin.«

»Das verstehe ich nicht.«

»Warte, Gabriel, bald wirst du es begreifen. Ich muss ganz von vorne anfangen. Ich wurde als Eva Anderson

1932 auf einem Landgut im englischen Berkshire geboren, dem sogenannten Exilhof der Großherzogin Ksenija Aleksandrovna Romanova. Ihren russischen Adelsnamen Demidov hatten meine Eltern gleich nach ihrer Flucht vor den Bolschewiken abgelegt. Sie haben sich nie von den dramatischen Ereignissen in ihrer Heimat erholt. Und das, was ihnen widerfahren ist, hat sich tief in meine Seele eingebrannt.« Sie stellte die Tasse ab. »Meine Kindheit war von Kunst und Literatur geprägt, meine Mutter hat mir das Tanzen, mein Vater das Singen beigebracht. Das war alles, was sie aus Russland mitgebracht hatten, ihr Talent, ihre Traditionen und ihre Erinnerungen. Sie waren so sehr in der Vergangenheit gefangen, dass sie nie wirklich in der Gegenwart angekommen sind. Ich wuchs in einer Fantasiewelt auf. Erst als wir in die USA auswanderten, machte ich mehr Bekanntschaft mit der Realität, denn ich habe mich in einer Schauspielschule eingeschrieben.«

Milena war fasziniert. Ihre Großmutter erzählte ihre ungewöhnliche Lebensgeschichte ganz ungezwungen, als wäre sie das Normalste der Welt. Es klang wie ein Märchen, leider wie eines ohne Happy End. Immerhin hatte Eva für ihren Traum gekämpft und viele Entbehrungen auf sich genommen. Ob sie selbst das könnte, wusste sie nicht.

»Und wie hast du Großvater kennengelernt?«

Eva lächelte. »In Venedig, während der Filmfestspiele von 1956. Ich suchte nach einer Filmrolle und fand einen Gold- und Silberschmied, der Schmuck für einen Film herstellte. Er war der großartigste und liebenswerteste Mann, den ich je getroffen habe. Für mich war es Liebe auf den ersten Blick.«

»Und trotzdem hast du ihn verlassen«, platzte es aus Milena heraus.

Die Antwort fiel ihrer Großmutter schwer, sie fühlte sich verletzt. »Ich wollte nichts als ein ganz normales Leben, eine Familie. Und zwar so sehr, dass ich nicht an die Konsequenzen gedacht habe.«

Vielleicht hatte sie ja recht, räumte ihre Enkelin stumm ein. Die Liebe hatte so viele Gesichter und äußerte sich bei jedem anders.

»Hat dieser Markus Frost dich gedrängt, Großvater zu heiraten?« Als Eva entsetzt die Augen aufriss, fügte Milena entschuldigend hinzu: »Es tut mir leid, dass ich das in Betracht ziehe – die ganze Geschichte ist einfach zu verwirrend, und ich weiß zu wenig, um das Ganze zu verstehen.«

Erst nach langem Schweigen erhielt sie eine Antwort.

»Nein, mein Schatz, so war es nicht. Den Typen habe ich lange vor Michele in den USA kennengelernt. Er war Regierungsbeamter, jedenfalls behauptete er das damals, und hatte herausgefunden, dass ich russische Wurzeln habe. In jener Zeit, kurz nach dem Krieg, gab es hier eine unglaubliche Kommunistenjagd. Selbst Familien wie meine, die vor den Bolschewisten geflohen waren, gerieten in Verdacht, für die neuen Herren in ihrer Heimat zu spionieren. Verschwörungstheorien und Denunziationen vergifteten die politische Atmosphäre. Selbst

245

berühmte Leute verließen das Land. Am schlechtesten dran waren Exilrussen, die weder Einfluss hatten noch politisch unterstützt wurden und möglicherweise mit falschen Papieren eingereist waren. Sie waren für Markus Frost die idealen Opfer, weil er sie unter Druck setzen konnte, selbst wenn er keine Beweise hatte. Während des Kalten Krieges galten andere Gesetze, die Propagandamaschine gegen die Sowjetunion lief auf vollen Touren, und es wurde keine Lüge gescheut und jede Angst geschürt. Unter anderem behauptete der oberste Kommunistenjäger, der Senator Joseph McCarthy, nach dem die Ära benannt ist, dass es lediglich eine Frage der Zeit sei, bis die USA angegriffen würden. Das mag heute absurd klingen, aber damals herrschte regelrechte Hysterie. Leider gehörten meine Mutter und ich zu den Angriffszielen. Bei der Einreise aus England hatten sie und mein Vater, der inzwischen gestorben war, die russische Herkunft verheimlicht und alles, was daran erinnern konnte. Und damit gehörten wir zu dem Kreis, der als besonders verdächtig galt. Auf diese Weise gerieten mein Name und der meiner Mutter auf eine Liste von kommunistischen Sympathisanten, sodass wir ständig behelligt wurden, besonders durch Markus Frost. Deshalb entschloss ich mich, Amerika den Rücken zu kehren und nach Italien zu gehen in der Hoffnung, ein für alle Mal Ruhe zu haben. Doch so war es nicht. Frost war wie ein Bluthund, nahm meine Fährte auf, fand mich und setzte mich unter Druck. Erst mit meiner Mutter, der er das Leben schwer machen wollte, später mit meinem Mann und meiner

Tochter. Es brach mir das Herz, sie zu verlassen, aber ich sah keine andere Chance, um sie wirkungsvoll zu schützen und zu verhindern, dass ihnen nichts angetan wurde, falls ich nicht richtig reagiert hatte. Diese Leute scheuten ja nicht einmal vor Morden zurück. Wenn ich hingegen verschwunden war und sie mich nicht mehr zu erreichen wussten, würde meine Familie ihnen nichts mehr nützen. So dachte ich damals.«

Tief in ihrem Herzen spürte Milena, dass Eva die Wahrheit sagte. Sie hatte aus reiner Liebe auf ihre Familie verzichtet. Der Kreis schloss sich, die Lösung des Rätsels rückte näher.

»Woher weißt du eigentlich, dass Markus Frost der Tote im Brunnen ist?«

Ihre Großmutter wurde leichenblass, die eben noch feste Stimme zitterte, und in ihren Augen standen Tränen. Sie schien am Ende ihrer Kräfte zu sein und zudem unfähig, ruhig und konzentriert weiterzureden.

»Ich…, nun, dieser Mann hat mein Leben zerstört, wegen ihm musste ich auf alles verzichten, was wirklich wichtig ist…«

Diese Worte waren das Letzte, bevor sie aufhörte und Milena darum bat, ihr den Rest der Geschichte vorerst zu ersparen. Zu ihrer Verwunderung bestand sie sogar darauf, zunächst mit Michele darüber zu sprechen. Um sie nicht unnötig aufzuregen, willigte die Enkelin ein, der das eigentlich alles zu lange dauerte. War vielleicht ein Telefonat über den Atlantik möglich? Danach hörte Eva sich nicht an. Ihr schien ein persönliches Gespräch wichtig.

»Wenn möglich, warte nicht zu lange, Großvater geht es nämlich nicht besonders gut.«

Mehr konnte sie nicht sagen. Wie ihre Großmutter das hinkriegen würde, stand in den Sternen. Und es war kein Wunder, dass Milena sich zwangsläufig fragte, ob sich die beiden wirklich noch einmal wiedersehen würden und die ganze Geschichte ans Tageslicht käme.

Die Chancen standen schlecht. Zwei alte Menschen, einer davon schwerkrank, die viele Tausend Kilometer voneinander entfernt und durch einen Ozean getrennt lebten. Plötzlich kam ihr vieles nicht mehr so wichtig vor, sogar das Geheimnis des Mannes im Brunnen erschien ihr nebensächlich. Was sie wirklich interessierte, war alles, was es noch über Michele und Eva zu erfahren gab und wie ein Wiedersehen aussähe. Sie beugte sich vor und küsste ihre so lange verschollen gewesene Großmutter.

»Erzähl mir von dir, Milena. Wir müssen die verlorene Zeit aufholen, ich will alles über dich wissen«, bat sie und nahm die Hände der Enkelin, die sogleich bereitwillig zu reden begann.

Sie berichtete von ihren Eltern, davon, dass sie sich an die Mutter kaum mehr erinnerte und dass sie nach deren Tod von ihrem Vater wieder nach Rom geholt worden war. Besonders wichtig war ihr, dass sie bereits als kleines Mädchen davon geträumt hatte, Schauspielerin zu werden, was offenbar ein Erbe der Großmutter sei, wie sie inzwischen wisse. Und neben vielen Kleinigkeiten erwähnte sie das Zimmer hinter dem Spiegel, in das sie

248

einer dunklen Erinnerung nach ihre Mutter zum ersten Mal mitgenommen hatte. Und zum Schluss sprach sie von Michele, von der schönen Zeit, die sie bei ihm verbracht hatte, umsorgt und geborgen, und dass er ihr beigebracht habe, in allem das Schöne zu sehen, selbst in den unscheinbaren Dingen. Nicht nur mit den Augen, sondern auch mit dem Herzen. Als sie geendet hatte, spürte Milena eine so enge Verbindung zu ihrer Großmutter, als wäre sie immer Teil ihres Lebens gewesen.

»Obwohl ich gerne noch länger bleiben möchte, muss ich bald zurück. Großvater braucht mich, in ein paar Wochen wird er neunzig. Er soll eine schöne Geburtstagsfeier bekommen, bei seinem Zustand könnte es ja die letzte sein«, fügte sie voller Wehmut hinzu. »Aus diesem Grund habe ich beschlossen, einen frühen Rückflug zu buchen und mich noch heute am Airport darum zu kümmern.«

»Dann geh, mein Herz. Geh zu ihm und halt mich bitte auf dem Laufenden.«

Sie umarmten sich, und Milena versprach, Michele nichts von ihrem Treffen zu erzählen und sie so schnell wie möglich anzurufen.

Gabriel begleitete sie nach unten. »Ich fahre dich gerne.«

Milena schwankte. Einerseits hätte sie es schön gefunden, mit ihm kurz alleine zu sein, andererseits wollte sie einen klaren Kopf behalten.

»Adieu, Gabriel.« Sie stellte sich auf die Zehenspitzen und hauchte einen Kuss auf seinen Mund.

Daraufhin zog er sie an sich und küsste sie voller Leidenschaft.

Sie stieg ins Taxi, ohne sich noch einmal umzudrehen.

19

Milenas Finger steckten im Mehl, aufmerksam hörte sie Rosarias Anweisungen zu.

»Sehr gut, gründlich und mit Gefühl mischen, der Teig darf nicht erschreckt werden. Auf die Harmonie zwischen dir und ihm kommt es an.«

»Das schaffe ich nicht, Großvater liebt deine Sfogliatelle Santa Rosa über alles. Ich möchte nicht, dass er sich an meinen die Zähne ausbeißt.«

»Hör auf, an dir zu zweifeln, sei optimistisch und lächele, das ist gut für den Teig. Es wird ein wunderbares Fest werden. Neunzig Jahre sind etwas Besonderes im Leben eines Menschen. Das ganze Dorf wird da sein.«

Seit Milenas Rückkehr aus New York hatte sich vieles zum Guten gewendet.

Staatsanwalt Pinna hatte offiziell erklärt, dass die Ermittlungen abgeschlossen seien. Maresciallo Marra hatte Wort gehalten und die Familie nicht allzu häufig in seinen Berichten erwähnt. Der anfängliche Verdacht gegen Michele kam lediglich vage vor, wofür Milena ihm ehrlich dankbar war.

Von ihrem Treffen mit Eva hatte sie niemandem erzählt, weil ihre Großmutter es nicht gewünscht hatte.

Trotzdem belastete sie der Gedanke, ihrem Großvater nicht gesagt zu haben, wie es der Frau ging, die er sein ganzes Leben lang geliebt hatte und von der er nicht mal wusste, dass sie noch lebte. Bestimmt wäre es für ihn eine Erleichterung und eine Befreiung von den Schatten der Vergangenheit gewesen, da war sie sich sicher.

Aus diesem Grund hoffte sie, es würde ein Wunder an seinem Geburtstag geschehen, den sie übermorgen feiern würden. Ihr Vater und Teresa waren schon da, um bei den Vorbereitungen zu helfen, was nach all den Jahren, in denen sie kaum Kontakt gehabt hatten, einen vielversprechenden Neuanfang bedeutete.

Milena zog das Gebäck aus dem Ofen und legte es zum Abkühlen auf ein Gitter.

»Siehst du, die sind großartig geworden. Dir fehlt Selbstvertrauen, mein Kind. Glaub in Zukunft immer an das Gute. Wenn man die Dinge aus der richtigen Perspektive betrachtet, sieht die Welt ganz anders aus.«

Stolz über das Lob der Haushälterin beschloss sie, für einen Moment nach draußen zu gehen. Wenngleich es frisch war, fand sie den Tag herrlich. Der Himmel war leuchtend blau und ganz klar. Als sie in die Nähe des Gewächshauses kam, blieb sie stehen. Nichts erinnerte mehr an die zurückliegenden Schrecken. Giulio, ihr langjähriger Gärtner, hatte den Brunnen zugeschüttet, und die neue Mauer war in Rekordzeit fertiggestellt worden.

Das Leben lief in der Villa auf dem Felsen wieder seinen gemächlichen Gang, und das Fest zu Micheles Ehren konnte kommen.

An jenem Tag wirkte das Haus wie ein Märchenschloss. Die Möbel waren frisch gewachst, die lange Tafel wurde auf edlem Leinen mit schönem altem Porzellan, Silberbesteck und Kristallgläsern gedeckt, die im Licht der Kandelaber glänzten. Verführerisch duftende Köstlichkeiten standen auf Silberplatten bereit, um serviert zu werden, wenn alle Gäste Platz genommen hatten. Ein zauberhaftes Ambiente, dem sich niemand würde entziehen können und das bestimmt allen in Erinnerung blieb.

Rosaria warf Milena einen auffordernden Blick zu, sich endlich umzuziehen, und wie ein folgsames Mädchen stieg sie die Treppe hoch. Als sie an Micheles Zimmer vorbeikam, schaute sie kurz hinein. Teresa war bei ihm und band seine Krawatte.

»Braucht ihr Hilfe?«, fragte sie.

»Alles unter Kontrolle«, versicherte ihre Stiefmutter. »Geh lieber und mach dich schön.« Dann wandte sie sich an Michele und hielt ihm einen Spiegel hin. »Wie findest du das?«, fragte sie.

»Eine schöne Farbe und sehr elegant. Vielen Dank, Teresa«, erhielt sie zur Antwort

Milena ging zu ihm und küsste ihn. »So wirst du allen Frauen von Positano den Kopf verdrehen, Großvater.«

»Ich weiß«, erwiderte er und warf ihr einen verschmitzten Blick zu.

Sie musste lachen. Ein herrliches Gefühl, ihn so glücklich zu sehen. Einen Moment lang blieb sie noch stehen und dachte darüber nach, dass Glück immer mit positivem Denken zu tun hatte und mit der Bereitschaft, den

Weg, den man sich ausgesucht hatte, trotz steiniger Passagen zu gehen.

Teresa wartete im Flur auf sie.

»Habe ich dir irgendwann einmal gesagt, dass du eine wunderbare Frau bist und dass ich dich echt mag?«, erkundigte Milena sich.

Ihre Stiefmutter schaute sie überrascht an. »Das ist eine Weile her. Früher waren wir eher wie Mutter und Tochter, die sich zwar mochten, aber ständig ihre kleinen Machtkämpfe ausführten.« Sie drückte sie an sich. »Also, nimm es jetzt hin, dass ich dich liebe wie mein eigenes Kind. Im Grunde vergesse ich inzwischen sogar, dass du es nicht bist.« Sie versetzte ihr einen Klaps. »Und jetzt ab auf dein Zimmer, zieh dich um.«

Leicht und beschwingt ging sie davon, doch ihr Hochgefühl schwand, als sie ihren Kleiderschrank öffnete. Da war nichts zu entdecken, was ein wenig festlich oder zumindest elegant wirkte. Nur Sachen für alltägliche Dinge wie Einkäufe oder Arztbesuche, für Freizeit, Garten oder Strand hingen dort, alles andere war in Rom geblieben.

Zum Glück kam ihr eine geniale Idee. Sie zog ihren Morgenmantel über, schlich leise nach unten in die Halle und öffnete das geheime Zimmer hinter dem Spiegel. Dort fand sie auf Anhieb, was sie suchte. Vorsichtig zog sie das grüne Seidenkleid an, das trotz seines Alters seinen Schick und seine Attraktivität nicht verloren hatte und nicht altmodisch wirkte. Im Gegenteil. Es machte sie zu einer zeitlosen Schönheit, wie es den Fotos nach ihre Großmutter ebenfalls gewesen war.

Nachdem sie dazu elegante Sandalen gefunden hatte, frisierte und schminkte sie sich noch, bevor sie sich nach unten begeben wollte. Michele stand im Flur vor ihrer Zimmertür und schien auf etwas zu warten.

»Mein Schatz, du siehst wunderbar aus.«

Das hörte sich mal wieder an, als würde er glauben, Eva stehe vor ihm.

Er bot ihr seinen Arm, und seine Augen funkelten, als ob die Zeit zurückgedreht worden und er wieder der junge Mann wäre, der seine Frau ausführte.

»Tanz mit mir, bitte«, bat er sie prompt.

Ja, sie würde mit ihm tanzen, um das Fest zu eröffnen, beschloss sie und strahlte ihn an.

Als sie sich dann zu einer langsamen, gefühlvollen Musik bewegten, war sie erneut unsicher, wen er eigentlich in seinen Armen zu halten glaubte.

»Ich hatte ganz vergessen, wie gerne du tanzt, mein Herz«, flüsterte er. »Überhaupt hatte ich so vieles vergessen und danke dir, dass du die Erinnerungen zurückbringst.«

»Ich liebe dich über alles, Großvater.«

»Und ich dich auch, mein Schmetterling.«

Obwohl das früher ihr Kosename gewesen war, hatte sie das Gefühl, dass er bei ihrem Anblick an seine schmerzhaft vermisste Frau dachte.

20

Genau das hatte sie sich gewünscht, ein wunderbares Fest zu Ehren ihres Großvaters mit vielen Menschen, die mit ihm seinen Geburtstag feierten. Lachen war zu hören, Geschichten aus der alten Zeit wurden erzählt, Weggefährten und Freunde von früher waren gekommen, und über allem strahlte die Wintersonne.

Milena nahm sich ein Glas Weißwein und ging in den Garten, um den fruchtigen Ravello an einem Platz zu genießen, von dem aus man das Meer sehen konnte. Ihre Gedanken schaukelten schon hin und her wie die Möwen auf den Wellen.

»Ich dachte, du seist in Gesellschaft des Maresciallo, wo ist er?«, sagte Giulio, der ihr offenbar gefolgt war.

»Er ist vorhin gegangen, wie immer hatte er noch zu tun.«

»So ein Feigling, ich hielt ihn wirklich für mutiger.«

»Man kann vieles über Federico Marra sagen, feige ist er nicht.«

»Ich meinte den Umgang mit Gefühlen«, verbesserte der Gärtner sie.

Milena lachte. Giulio, der sich seit seiner Jugend um den Garten kümmerte und teilweise Familienanschluss hatte, war ein einfacher Mann, der manchmal sonderbare Ideen hatte und sich dabei sehr wichtig vorkam. Seine Mitmenschen fanden das albern und gingen ihm gerne aus dem Weg.

»In meiner Kindheit habe ich ziemliche Angst vor dir und deinen Geschichten gehabt«, sprach Milena das Thema an.

»Als Michele mich bei sich aufgenommen hat, war ich gerade mal acht. Meine Eltern haben sich nicht um mich gekümmert.«

»So jung?«

»Ich war groß für mein Alter«, erwiderte er stolz. »Anfangs habe ich deiner Urgroßmutter Trofimena, Gott hab sie selig, geholfen. Sie war für den Garten zuständig, wo sie auch Bienen hielt. Die liebte sie, mich nicht. Sie musste sie nämlich wegbringen, weil ich einmal gestochen wurde und meine Schreie bis nach Amalfi zu hören waren.«

»Wieso gab es dann später wieder einen Bienenstock?«

»Nach Trofimenas Tod habe ich beschlossen, mich um die Bienen zu kümmern. Das war ich ihr schuldig, sie war eine Seele von Mensch und fand sogar die Amerikanerin nett, die sonst niemand mochte.«

»Du kanntest meine Großmutter?«

»Ganz kurz, ohne dass ich mich wirklich an sie erinnere. Außer daran, dass sie deiner Mutter jeden Morgen die Haare gebürstet hat. Eva sang und Marina, die noch ein kleines Mädchen war, begann wild herumzuhüpfen und zu tanzen. Sie übertrieb gerne alles, sodass dein Großvater fast verrückt wurde vor Angst. Sie hatte

257

eben ihren eigenen Kopf, und den behielt sie auch, als sie erwachsen wurde. Ich habe sie immer gerne gesehen, so hübsch und temperamentvoll …«

Milena schaute Giulio verwundert an, derartige Worte hatte sie nie zuvor von ihm gehört.

»Ich kann mich bestenfalls vage an meine Mama erinnern, manchmal träume ich allerdings von ihr.«

»Du erinnerst mich an sie. Sie liebte wie du das Meer und die Villa, war hier glücklich. Sie war so natürlich und ungezwungen. Wenn ich dir einen Rat geben darf: Bleib immer du selbst und geh deinen Weg. Sollte Marra der Mann sein, den du magst, dann sorg dafür, dass er es weiß.«

»Du bist ja ein richtiger Fachmann in Sachen Liebe«, meinte sie spöttisch.

»Mach dich nicht lustig, ich meine es ernst. Du musst offen mit ihm sprechen. Lass ihn vorher nicht gehen. Vielleicht kommt er nie wieder, und du bedauerst es.«

Giulio irrte sich, es war nicht das verschlossene Gesicht des Maresciallo, das vor ihrem inneren Auge auftauchte, es waren Gabriels strahlendes Lächeln und seine leuchtenden blauen Augen. Dennoch widersprach sie nicht und stellte nichts richtig. War es aus Scham oder aus Stolz? Oder war es einfach das Bestreben, die Dinge auf ihre eigene Art zu lösen? Allein.

Sosehr sie sich bemühte, sie fand keine Antwort.

Plötzlich brach die Musik ab, die Gespräche verstummten. Was ging da vor? Sie schaute zum Eingang, doch viele Leute versperrten ihr die Sicht. Erst als einige zur Seite traten, erkannte sie, wer dort stand. Ein hochgewachsener blonder Mann und eine alte Dame in einem roten Kleid.

Ungläubig kam Milena näher. »Großmutter!«

Sie war gekommen und hatte Gabriel mitgebracht.

Langsam schritt Eva auf Michele zu. Trotz ihres Stocks bewegte sie sich wie eine Königin. Kerzengerade und mit hocherhobenem Kopf ging sie durch die Gäste hindurch, die ihr einen Weg frei machten, als hätte sie Anspruch darauf. Kein Gedanke, dass irgendwer sie für eine Verbrecherin und erst recht nicht für eine Büßerin hielt. Das Flüstern um sie herum beachtete sie gar nicht. Ihre ganze Aufmerksamkeit galt dem eleganten alten Herrn mit den weißen Haaren, der unbeweglich wie eine Statue vor ihr stand.

Würde er sie zurückweisen? Immerhin hatte er jedes Recht dazu. Aber als er einen Schritt auf sie zumachte, spürte sie, dass er ihr vergeben würde.

Die Menschen aus Positano verfolgten die Szene mit angehaltenem Atem. In ihren Augen war ein Wunder geschehen: Die Amerikanerin, die vor einem halben Jahrhundert spurlos verschwunden war und Michele das Herz gebrochen hatte, war zurückgekehrt.

Würde ihr Mann ihr wirklich verzeihen, fragten sich alle. Und wie sah die alte Dame das selbst, jetzt, wo sie am Ende ihres Lebens stand? Die Spannung löste sich, als zu erkennen war, dass die beiden Hauptdarsteller des Dramas nichts und niemanden um sich herum wahrzunehmen schienen. Eva und Michele hatten ausschließlich Augen füreinander.

Dieser magische Moment des Wiedersehens gehörte ihnen ganz allein.

Er nahm ihre Hand und küsste sie wie damals, als sie sich zufällig in Venedig begegnet waren und sich die Sonne auf dem Wasser der Kanäle gespiegelt hatte.

»Wenngleich wir nichts mehr voneinander gehört haben, war ich sicher, dass wir uns eines Tages wiedersehen würden«, murmelte er.

»Und du musst wissen, dass ich dich immer geliebt habe, jeden Tag meines Lebens, Michele. Ich bin froh, dass ich es dir endlich sagen kann.«

»Das weiß ich, mein Schatz, ich weiß«, versicherte er voller Inbrunst und schaute sie an, wie er außer ihr nie wieder eine Frau angesehen hatte.

Eva seufzte. Das Schicksal hatte ihr die große Liebe geschenkt und brutal entrissen. Wie nah lagen Freud und Leid in ihrem Fall beieinander, so nah, dass sie fast die Hoffnung verloren hatte, es könnte noch einmal anders werden, und glaubte, sie müsse ewig auf ihn und sein Lächeln verzichten. Jetzt schmolz sie dahin, und Tränen der Rührung stiegen in ihr auf. Sie wollte und musste ihm so viel wie möglich erklären.

»Alles, was ich getan habe, tat ich, um dich und Marina vor Schrecklichem zu bewahren, weil ich euch mehr liebte als mein Leben und verhindern musste, dass ihr in die grausamen Pläne von Markus Frost, diesem Verbrecher, hineingezogen wurdet.«

Michele strich ihr zärtlich über das Gesicht. »Komm, gehen wir hinein. Ich muss mich setzen, schließlich bin ich nicht mehr der Jüngste.«

Eva strahlte ihn an und freute sich über den Fortgang des Festes, das sie als Verheißung für ein neues gemeinsames Leben betrachtete.

21

Das Fest wurde ein überwältigender Erfolg. Welch größeres Geschenk hätte Michele bekommen können als die Rückkehr seiner jahrzehntelang verschollenen Ehefrau?

Für Milena war das ein Zeichen, dass die Liebe alle Prüfungen überstand. Und sie war stolz und glücklich, sich unermüdlich dafür eingesetzt zu haben, die Geschichte zwischen den beiden zu klären. Wozu ihre Begegnung mit Gabriel ebenfalls beigetragen hatte.

Sie hatte sich mit ihm im Garten verabredet, weil sie ihm danken wollte, dass er ihre Bestrebungen nach anfänglichem Zögern unterstützt hatte und mit Eva nach Positano gekommen war.

»Gabriel«, sagte Milena leise, als er auf sie zukam. Ihre Blicke kreuzten sich, und sie merkte, dass er genauso tief bewegt war wie sie.

Viel redeten sie nicht, genossen lieber ihre Gesellschaft und versuchten sich über ihre Gefühle klar zu werden. Und nebenbei den spektakulären Sonnenuntergang zu betrachten, der ihre Sehnsucht nach Schönheit und Frieden erfüllte.

Zur gleichen Zeit strich Michele im Wohnzimmer zärtlich über die Haare seiner Frau. Die Gäste waren längst gegangen. Eva hatte die Augen geschlossen und lauschte dem Rauschen des Meeres, das sogar durch die geschlossenen Fenster zu hören war.

Nachdem sie sich eine Weile über alltägliche Dinge, das Fest und die Gäste unterhalten hatten, schlug Eva das Thema an, über das sie sprechen musste und wollte.

»Hör zu, es gibt Dinge, die du wissen solltest, du hast ein Recht darauf«, begann sie.

»Ach, lass die Vergangenheit ruhen, sie ist vorbei und interessiert mich nicht mehr«, widersprach er und meinte es eindeutig ernst.

»Nein, es muss sein.«

»Gut«, gab er nach und küsste sie sanft, »aber egal, was du sagst, es wird nichts ändern.«

Auf seine Zustimmung hin begann Eva, die allzu gerne das Rad der Geschichte zurückgedreht hätte, seufzend vom Anfang ihrer Beziehung zu reden.

»Als wir uns in Venedig kennenlernten, war ich vor einem gefährlichen Mann aus den USA geflohen. Ich habe nie den Mut gehabt, dir das zu sagen. Mit dir wollte ich neu anfangen, die mit Angst behaftete Vergangenheit ein für alle Mal hinter mir lassen. In Italien hoffte ich, sicher vor ihm zu sein. Doch Monate später tauchte dieser Markus Frost, wie er sich nannte, in Rom auf, wo du ihn ebenfalls kennenlerntest. Er war kein Filmproduzent und auch nicht mein Geliebter, sondern ein eiskalter Spion und Agent, der über Leichen ging. Er hat mich schamlos ausgenutzt. Erinnerst du dich an die vielen Einladungen? Auf den Festen musste ich die Gäste belauschen und ihm berichten, was ich gehört hatte. Er hat mich erpresst, wie bei vielen Russlandflüchtigen hatten sie bei uns offenbar Unstimmigkeiten bei den Einreisepapieren gefunden, was einen großartigen Grund für eine Erpressung bot. Bei mir bestand die erste darin, dass er mir drohte, meine Mutter zu verhaften oder umzubringen. Irgendwann wurde es mir zu unheimlich, und ich verließ die USA. Wie du weißt, erfüllten sich meine Hoffnungen nicht, ihn auf diese Weise abhängen zu können. Zwar dauerte es eine Weile, bis er mich in Rom aufspürte, aber es gelang ihm. Kurz vor unserer Hochzeit. Irgendwann wurde es ganz schlimm, er zwang mich zu immer mehr Einsätzen, wobei er inzwischen nicht mehr allein das Leben meiner Mutter zur Erpressung einsetzte, sondern bevorzugt das von dir und Marina. Er hatte mir einen Zeitungsartikel über den tödlichen Unfall einer Familie zukommen lassen, auf dessen Rückseite eine verklausulierte Drohung stand, die keinen Zweifel ließ, was er machen würde, wenn ich nicht spurte. Danach drehten sich meine Gedanken fast ausschließlich um die Frage, wie ich ihn von uns fernhalten konnte.«

Sie begann zu weinen und fuhr erst fort, nachdem Michele ihr die Tränen von den Wangen gewischt hatte.

»Ich war verzweifelt und wusste keinen Ausweg, bis er mir versprach, mich nach einer letzten Mission nicht mehr zu behelligen. In Rom sollte ich eine Tasche zu einem angeblichen Mitarbeiter bringen und dort auf eine

Antwort warten.« Sie schloss die Augen und atmete tief durch, um das Schreckliche über die Lippen zu bringen. »Er hieß Jack Perkins, und seine Frau war schwanger. Sie hatten einen Sohn, zehn Jahre alt, der gerade vor dem Haus Rad fuhr. Er stürzte und begann zu weinen, woraufhin ich zu ihm lief, um ihn zu trösten.« Ihre Stimme begann zu brechen. »Plötzlich gab es eine Explosion, die das Haus weitgehend zerstörte, gefolgt von einem Feuer, das den Rest besorgte. Markus Frost wollte uns alle umbringen, denn er hatte herausgefunden, dass Jack, ein Spezialagent der US-Regierung, gegen ihn ermittelte. Damit war ich wertlos geworden, weil er sich so schnell wie möglich aus dem Geschäft ziehen musste. Schließlich musste er damit rechnen, dass Perkins seine Ermittlungen bereits an Regierungsstellen weitergegeben hatte. Und ich? Ich fühlte mich verantwortlich für den Tod des Ehepaars, da ich es war, die die Tasche mit der Bombe zu ihnen gebracht hatte.«

Michele streichelte schweigend ihre Hand. Er merkte, dass es sie große Überwindung kostete, über dieses entsetzliche Erlebnis zu sprechen, und machte ihr Mut, sich das Ganze endlich von der Seele zu reden.

»Anfangs war ich wie gelähmt, wusste nicht, was ich davon halten sollte. Erst als ich Frost unweit der brennenden Trümmer entdeckte, wurde mir die ganze Tragweite bewusst. Er hatte einen Mord inszeniert und mich als Werkzeug benutzt, das zugleich Opfer werden sollte. Schuldgefühle überkamen mich, doch ich wollte nicht in die Ermittlungen geraten, bei denen ich womöglich als

Nebentäterin dastehen würde. Also übergab ich den Jungen, den einzig Überlebenden der Familie, den Rettungskräften und flüchtete.«

Eva verstummte, sodass Michele fast glaubte, sie habe alles Wichtige erzählt und werde nicht weitersprechen, um ein paar Minuten später festzustellen, dass seine Frau sich noch einiges von der Seele reden wollte.

»Was sollte ich tun? Meine einzige Hoffnung waren einige Notizbücher, in denen ich meine Begegnungen mit Markus Frost und seine erpresserischen Aufträge festgehalten und sie im Zimmer hinter dem Spiegel versteckt hatte. Sie waren mein Faustpfand gegen diesen Verbrecher, dachte ich. Aber als ich nach Hause zurückkam, um sie zu holen – zum Glück warst du nicht da, darauf hatte ich geachtet –, wartete er zu meinem Entsetzen auf mich. Er ließ keinen Zweifel an seiner Absicht, mich umzubringen, weil ich den ersten Versuch überlebt hatte. Immerhin war ich die einzige Zeugin, die ihn noch belasten konnte. Ich lief davon in den Garten, am Zitronenhain holte er mich ein und schob mich in Richtung der Felsnase, um mich hinunter ins Meer zu stürzen, stieß dabei Drohungen aus, auch dich und Marina zu töten.«

»Möchtest du eine größere Pause machen«, erkundigte Michele sich besorgt, als er bemerkte, wie unendlich erschöpft sie war und einem Zusammenbruch nahe.

»Nein, mein Liebling, lass es gut sein, ich möchte die Sache hinter mich bringen. Und du sollst endlich erfahren, welches Drama sich in deinem Garten ereignete. Frost blieb nicht der Sieger, der er immer gewesen war, denn nicht ich starb, sondern er. Als ich seine Drohungen hörte, mobilisierte ich alle Kräfte, befreite mich aus seinem Griff und rannte davon, vorbei an dem von Büschen überwucherten Brunnen. Er verfolgte mich, und als ich mich kurz umdrehte, sah ich gerade noch, wie er ins Leere trat und in die Tiefe stürzte, hörte seinen Schrei und den Aufprall auf dem Boden. Ob er tot war, wusste ich nicht, hoffte es allerdings inständig. Schnell eilte ich ins Haus, holte die Notizbücher aus ihrem Versteck, und rief die Polizei an, machte Meldung und nannte sogar Frosts Namen. Aber die Männer, die bald darauf erschienen, waren keine Carabinieri aus dem Ort, sondern Agenten der amerikanischen Botschaft, Kollegen von Jack Perkins, die von seinen Ermittlungen wussten und Frost sowie mich offenbar überwacht hatten. Ihnen erzählte ich, was passiert war, und sie erklärten mir, dass sie ihn seit Langem im Visier gehabt hätten und gerade dabei gewesen seien, ihn zu verhaften. Er arbeitete nämlich nicht für die US-Regierung, wie er behauptet hatte, und nicht für die Sowjets, sondern für kriminelle Vereinigungen. Und das brachte nach wie vor alle, die er durch Erpressungen für seine Zwecke eingesetzt hatte, weiterhin in Gefahr. Deshalb bestanden sie darauf, mich als wichtige Informantin, die Kontaktpersonen und Adressen kannte und aufschlussreiche Notizbücher angelegt hatte, im Rahmen des Zeugenschutzprogramms unter falscher Identität in die USA zu bringen. Ich hatte keine andere Wahl. Wenn ich abgelehnt hätte, wäre ich weiter gefährdet gewesen und du mit Marina genauso. Übrigens wusste ich nicht, dass die amerikanischen Agenten Frost die ganze Zeit im Brunnen, den sie vermutlich selbst zuschütteten, haben liegen lassen, was ich im Nachhinein komisch finde.«

In diesem Moment klopfte es an der Tür, und Rosaria brachte ihnen einen Tee und ein bisschen Gebäck.

Dankbar lächelte Eva ihr zu, trank einen Schluck und setzte ihre Erzählung fort.

»Die nächsten Jahre waren schrecklich, ich war isoliert, durfte mit niemandem von früher Kontakt aufnehmen, nicht mal mit meiner Mutter. Sie starb einsam und allein. Wenigstens erlaubte man mir, Michael Perkins bei mir aufzunehmen, den Jungen, der als Einziger den Anschlag überlebt hatte und jetzt mir beim Überleben half, indem er meinem Leben einen Sinn gab. Irgendwann hoffte ich, dass Gras über die Sache gewachsen war, und reiste nach Italien. Als ich dort erfuhr, dass Marina gerade gestorben war, verließ mich der Mut, zumal ich dich mit ihrer kleinen Tochter am Grab hatte stehen sehen. Also kehrte ich unverrichteter Dinge in die USA zurück. Gott weiß, dass ich es mir anders gewünscht hätte.«

Über Micheles Wange rollte eine Träne. »Es tut mir alles so leid, mein Schatz. Hätte ich bloß Bescheid gewusst, die ganzen Hintergründe gekannt, dann würde ich dich besser verstanden haben. So habe ich dich eine Zeit lang sogar gehasst, weißt du das?«, gestand er mit kippender Stimme. »Ich dachte nämlich, du hättest mich und Marina für diesen Mann verlassen, dem ich selbst bei unseren harmlosen Begegnungen misstraut habe. Dabei hätte ich es eigentlich besser wissen müssen. Damals beschloss ich, unserer Tochter alle meine Liebe zu geben, damit sie deinen Verlust nicht so spürte. Hingegen tat ich mich schwer damit, dich bei ihr in Erinnerung zu halten, wenn ich nicht mehr das Geringste über dich wusste. Nach einer Weile erinnerte sie sich kaum noch an dich.« Er sah sie an, das Gesicht voller Trauer. »Wirklich glücklich bin ich nie geworden, wenigstens habe ich aufgehört, dich zu hassen. Auf ihrem Totenbett beschwor meine Mutter mich zu glauben, dass du mich sehr geliebt hast. Außerdem war sie sicher, dass du eines Tages zurückkommen und den Teufel, der sich in unser Leben eingemischt hatte, in die Hölle zurücktreiben würdest. Wenngleich ihre Worte anfangs übertrieben schienen, hat sie das Feuer meines Hasses gelöscht und dazu beigetragen, dass du immer in meinem Herzen warst.«

Sie küsste ihn sanft. »Machen wir für heute Schluss, du musst dich erholen. Ich begleite dich in dein Zimmer und ziehe mich ebenfalls zurück.«

Im Gegensatz zu Michele fand Eva keinen Schlaf. Ein letztes düsteres Geheimnis ließ sie nicht zur Ruhe kommen. An jenem fernen Tag nämlich, als Markus Frost in den Brunnen stürzte, war sie nicht allein mit ihm im Garten gewesen. Und es war kein Unfall. Trofimena, ihre Schwiegermutter, hatte ihn hineingestoßen, um die Gefahr für ihre Familie für immer zu bannen.

Wie ein Geist war sie mit einem Mal aufgetaucht,

Frost wie ein Schatten gefolgt und hatte sich mit aller Kraft gegen ihn geworfen, woraufhin er ins Stolpern geriet und in die Tiefe stürzte. Starr blieb sie stehen und lauschte.

Nachdem ihr klar geworden war, dass Markus Frost tot war, packte sie panische Angst, als Mörderin verhaftet zu werden, aber Eva hatte sie resolut bei den Schultern gepackt und sie ins Gebet genommen.

»Niemand wird dafür ins Gefängnis gehen, hast du verstanden, Mena? Niemand. Du wirst mit niemandem darüber sprechen und das Geheimnis mit ins Grab nehmen.« Sie schüttelte sie und sah ihr eindringlich in die Augen. »Du hast gehört, was er vorhatte, er wollte sogar Michele und Marina töten. Schwör mir, dass du es für dich behältst. Ich werde mich um alles kümmern und die Polizei informieren. Zum Glück habe ich Beweise gegen ihn.«

»Und Michele?«

»Er darf nichts davon erfahren! Nicht dass er ausrastet und versucht, von der Polizei die Namen von Frosts Hintermännern zu erfahren. Er hat ja keine Ahnung, wie skrupellos die sind.«

Mena hatte genickt, war bereit gewesen, zeitlebens zu schweigen, während Eva mit wehem Herzen akzeptieren musste, als wichtige Zeugin aus Sicherheitsgründen mit anderem Namen in die USA gebracht zu werden. In ein neues Leben ohne ihren Mann und ihre Tochter. Eine Lücke, die sich nie geschlossen hatte.

Epilog

Milena liebte Flughäfen. Ihr gefiel das Gewimmel der Menschen, die aufgeregten Gesichter der Abfliegenden, ihre Neugier und Freude. Und vor allem mochte sie die Atmosphäre des Neubeginns und des Aufbruchs, die Hoffnung verhieß.

Das Gefühl von Hoffnung war es schließlich gewesen, das ihre Großmutter überleben, ihren Großvater nie aufgeben und beide an ihrer großen Liebe festhalten ließ.

Auch Milenas Leben war hoffnungsvoller geworden. Zum einen hatte sie eine Rolle bekommen und weitere in Aussicht, zum anderen war sie schon wieder nach Positano unterwegs, um ihre Großeltern in die Arme zu schließen.

Vielleicht würde Michele sie gar nicht erkennen und mit Marina verwechseln, was ihm in letzter Zeit häufig passiert war, wenn sie miteinander telefonierten. Inzwischen erschreckte sie das nicht mehr so wie früher, weil Eva ganz gut damit lebte. Sie war nicht nach New York zurückgekehrt, sondern in Positano geblieben, um die Zeit, die ihnen noch blieb, zu nutzen.

Durch diese späte Gemeinsamkeit erhielt die Spiegel-villa für ihre Enkelin eine noch tiefere Bedeutung. Sie betrachtete sie als ihr Refugium, in dem sie sich geborgen fühlte. Die eindrucksvolle Landschaft mit Meer und Felsen tat das ihre, ebenso der pittoreske Ort und der Zitronenhain.

Und vielleicht würde sie in Positano ja Federico wiedersehen. Er hatte sie vor Kurzem in ihrer neuen Wohnung in Rom besucht, einem kleinen Appartement, das ihr Vater Briefmarke nannte, weil es so winzig war, aber es gehörte ihr, und sie konnte es sich von ihren Gagen leisten. Olimpia und Mirko hatten ihr beim Umzug geholfen. Gerne erinnerte sie sich an diese Tage voller Tatkraft und Lachen, an die Aufbruchsstimmung. Sie war eine andere geworden, wagte es, ihre Träume zu leben und die Angst hinter sich zu lassen.

Das Treffen mit Marra, der beruflich in Rom zu tun gehabt hatte, war merkwürdig verlaufen, jedoch nicht unangenehm. Er wirkte nicht anders als zuletzt in Positano. Pflichtbewusst, ernst und ein wenig melancholisch. Unwillkürlich hatte sie sich gefragt, welche Gefühle sie für ihn hatte. Für diesen aufmerksamen und fürsorglichen Mann, aus dessen Worten Aufrichtigkeit und Ehrlichkeit sprachen. In ihrem Herzen hatte sich zwar etwas geregt, allerdings nicht genug. Es war nicht so gewesen, wie sie sich Liebe vorstellte, sondern sie hatte es mehr mit Sympathie und Respekt verbunden. Was ihr fehlte, war die Bereitschaft zu grenzenloser Hingabe, egal, was danach passieren würde. Lachen oder Weinen, Glück oder Enttäuschung: Sie wollte alles.

Und das vermochte Federico ihr nicht zu bieten. Sein

Besuch hatte ihr die Augen geöffnet, sodass sie anschließend wusste, was sie wirklich wollte.

Sie blieb vor den Schiebetüren des Gates stehen und betrachtete die Reisenden, die herauskamen. Ihn erkannte sie bereits von Weitem. Er winkte, als er sie sah und lächelte wie immer.

»Ciao, mein Liebling«, sagte er und küsste sie ausgiebig, die Blicke der Umstehenden waren ihm egal.

»Wie war es in New York?«

»Gut. Alle lassen dich grüßen und können es kaum erwarten, dich wiederzusehen. Papa fragt, ob du an Thanksgiving zu uns kommst.«

»Ich denke schon, da ich das Angebot der Bottega Teatrale angenommen habe und für diese berühmte Schauspieltruppe ein Jahr zwischen Rom und New York pendeln werde.«

Gabriels Lächeln wurde breiter. »Mein Appartement ist zu klein, was hältst du davon, mit mir in die Wohnung unserer Großmutter zu ziehen.«

»Gute Idee. Warum eigentlich nicht?«

Hand in Hand liefen sie zum Ausgang, sie hatten den größten Teil ihres Lebens noch vor sich und waren fest entschlossen, jeden Augenblick auszukosten. Die große Liebe, die sie gefunden hatten, würden sie nie wieder hergeben.

Nachwort der Autorin

Der Zeitraum von 1947 bis etwa 1956 wird heute als McCarthy-Ära bezeichnet. Dieser Abschnitt in der jüngeren Geschichte der USA wurzelte in der Angst, die vor allem durch den republikanischen Senator Joseph McCarthy (1908–1957) geschürt wurde, dass die sowjetische Ideologie auch das kapitalistische System anstecken könnte, das die USA zu einer Weltmacht hatte werden lassen. Mit weltweiter Spionage, Massenüberwachungen, rücksichtslosen Anklagen und rigorosen Ermittlungsmethoden befeuerte die US-Regierung in der Bevölkerung Ängste und Misstrauen, mit dem Ziel, die Waffensysteme/Streitkräfte im »Kalten Krieg« massiv aufzurüsten. Heute mag manches unglaubwürdig erscheinen, aber damals »ging man über Leichen«. Ohne fundierte Beweise wurden Menschen entlassen, inhaftiert oder schwerer Verbrechen angeklagt, die jeder nachprüfbaren Grundlage entbehrten.

Wie viele andere Bereiche auch, unterlag die Filmindustrie strengen Restriktionen. Auf der berühmt-berüchtigten »schwarzen Liste von Hollywood« standen Produzenten, Regisseure, Drehbuchautoren und Schauspieler, denen man Sympathien oder Verbindungen zum Kommunismus nachsagte. Die »Verdächtigen« wurden geächtet, denunziert und teilweise mit Arbeitsverbot belegt. Die Figur der Eva Anderson ist von dieser schrecklichen Zeit inspiriert, die von gewissenlosen Politikern geprägt war, die eine ganze Nation in Angst und Schrecken versetzten. Was hat sich bis heute an diesem Dilemma geändert? Im Grunde wenig. Immer noch dominiert vielerorts die Devise: Wer sein Volk beherrschen will, muss ihm Angst einjagen.

Parallel zu diesem Geschehen blühte die italienische Filmindustrie auf. In Cinecittà, dem »kleinen Hollywood«, wurden mit großem Aufwand pompöse Kolossalfilme gedreht. Viele berühmte Schauspieler kamen nach Italien und bezogen prachtvolle Villen, die früher Adligen gehört hatten. Die Regenbogenpresse jubelte. Der wirtschaftliche Aufschwung nach dem Krieg ging einher mit einer Renaissance im Kunsthandwerk, stellvertretend sind zu nennen die genialen Schwestern Fontana in der Modebranche und der Goldschmied und Schmuckdesigner Gerardo Sacco, der mit seinen Kreationen in der Filmwelt für Furore sorgte. Italienische Schauspielerinnen wurden weltberühmt, so bekamen Anna Magnani (*Die tätowierte Rose,* 1955) und Sofia Loren (*Und dennoch leben sie,* 1960) einen Oscar für die herausragende Verkörperung ihrer Rollen.

Heutzutage sind viele Menschen auf der Flucht vor Kriegen und Hungersnöten, die genau wie Kalisa und Dimitri unendliches Leid auf sich nehmen, um einen Zufluchtsort zu finden, ein Land, das sie aufnimmt, um dort ein neues Leben beginnen zu können.

Alle Personen des Romans entspringen meiner Fantasie, gleiches gilt für die Spiegelvilla in Positano und das Teatrino in Rom. Die erwähnten Filmgrößen dagegen hat es wirklich gegeben, während die Handlungen rund um die Filmfestspiele und andere Ereignisse eine Mischung aus Fiktion und Realität sind.

In meinen Augen haben die Schauspielkunst und das Goldschmiedehandwerk einen hohen Stellenwert, sie sind Ausdruck von Kreativität und gelebten Träumen und Gefühlen. Ich hoffe, dass es mir gelungen ist, dies mit Hochachtung und Respekt zum Ausdruck gebracht zu haben.

Dank

Wenn ich bei der Danksagung angekommen bin, atme ich erst mal tief durch. Dann weiß ich, dass der Roman beendet ist und habe Zeit und Muße, an die vielen Menschen zu denken, die mich dabei begleitet haben, die mich unterstützt haben, die ein gutes Wort oder ein aufmunterndes Lächeln für mich hatten.

Ich danke meinem Mann Roberto, der hin und wieder ein neues Leben erfindet, ein neues Haus baut und sich neue Ziele setzt. Ohne Angst vor der Zukunft. Das Wort »Langeweile« existiert in seinem Vokabular nicht. Und er kann wunderbar kochen.

Ich danke meinen Kindern Davide, Aurora und Margherita, die besten Gründe jeden Morgen aufzustehen. Ich danke Erika und ihrem Blick auf die Welt und Luca und seinem Lächeln. Ich danke von Herzen meiner geliebten Mutter und meiner Tante Paoletta, die mich immer wieder fragt, wann sie das neue Buch zu lesen bekommt, auch wenn es erst als Idee existiert. Mein Dank gilt Eleonora, Andreina und Lory, ich bin froh euch zu kennen. Ich danke auch Silvia Zucca, Salvatore Basile, Valentina Cebeni, Mirko Zilahy und Enrico Galiano, meinen geschätzten Kollegen und Freunden. Und ich danke Alessia Gazzola für ihre Freundschaft und ihre Romane, die der Seele so guttun.

Herzlichen Dank an meine beiden besten Freundinnen Antonella Pandolfo und Anna Pavani. Ich liebe euch.

Ich danke meiner Freundin Cristina Batteta für unsere langen Gespräche über Bücher, die »man gelesen haben muss«.

Dank auch an Gerardo Sacco, diesen genialen und großartigen Künstler, der mich zu der Romanfigur Michele inspiriert hat. Ich danke Anna Dalton für ihre wertvolle Mitarbeit und Barbara Rossi für ihre Erinnerungen an Anna Magnani.

Außerdem danke ich meinem Verleger Stefano Mauri und Elisabetta Migliavada, die immer den richtigen Ton findet. Von Herzen danke ich Adriana Salvatori für ihre Kompetenz, aber auch für ihre Geduld. Mein Dank gilt nicht zuletzt Federica Merati, Alessandro Mola, Eugenia Dossi und dem ganzen Team. Darüber hinaus danke ich Elena Campominosi, Franco Pugnaloni, Rosanna Paradiso, Giulia Marzetti, Cecilia Ceriani, Barbara Carafa und Monica Tavazzani. Und danke, Graziella Cerutti.

Ich danke meiner Agentin Laura Ceccacci sowie Giulia und Martina von der Agentur Laura Ceccacci Agency.

Ich danke natürlich auch den Buchhändlern, die meine Romane empfehlen und ganz besonders den Lesern, die sie kaufen und meinen Fantasien einen Sinn geben.

Wie immer freue ich mich über Post an cristina.caboni@tiscali.it. Ich werde antworten.

Der neue Feelgood-Roman von Bestsellerautorin Cristina Caboni!

416 Seiten. ISBN 978-3-7341-0509-8

Wenn Iris inmitten ihrer Blumen ist, ist sie glücklich. Doch als eines Tages eine Frau vor ihr steht, die ihr bis aufs Haar gleicht, gerät ihre Welt ins Wanken. Wer ist sie und was hat das zu bedeuten? Wie Iris liebt es Viola, sich mit Blumen und ihren Düften zu umgeben. Die beiden sind Zwillinge und wussten bislang nichts von der Existenz der jeweils anderen. Um mehr über ihre Familiengeschichte zu erfahren, reisen die Frauen in die Toskana, wo sich der Landsitz der Donatis inmitten eines prachtvollen Blumengartens befindet. Die Schwestern werden bereits von ihrer Großmutter erwartet – und nur sie kann den beiden helfen, das Rätsel ihrer Herkunft zu lösen ...

Lesen Sie mehr unter: **www.blanvalet.de**

Alte Manuskripte, eine dramatische Liebe und zwei Frauen, verbunden durch dasselbe Schicksal.

400 Seiten. ISBN 978-3-7341-0584-5

Seit sie denken kann, ist Sofia von Büchern fasziniert. Sie liebt das Rascheln der Seiten, den Geruch des Papiers und vor allem die darin beschriebenen Welten. Schon immer haben sie der schüchternen Frau geholfen, der Realität zu entkommen. Als sie eines Tages in einem Antiquariat ein altes Buch kauft, findet sie darin enthaltene Manuskripte und Briefe einer gewissen Clarice, die Mitte des 19. Jahrhunderts gelebt haben soll. Sofia und Clarice scheinen viel gemeinsam zu haben, und Sofia spürt eine Verbindung zu ihr. Um mehr über sie zu erfahren, reist Sofia quer durch Europa. Dabei stößt sie nicht nur auf eine unglaubliche Liebesgeschichte, sondern findet endlich auch ihr eigenes Glück …

Lesen Sie mehr unter: **www.blanvalet.de**

Der neue Feelgood-Roman von Bestsellerautorin Cristina Caboni!

416 Seiten. ISBN 978-3-7341-0509-8

Wenn Iris inmitten ihrer Blumen ist, ist sie glücklich. Doch als eines Tages eine Frau vor ihr steht, die ihr bis aufs Haar gleicht, gerät ihre Welt ins Wanken. Wer ist sie und was hat das zu bedeuten? Wie Iris liebt es Viola, sich mit Blumen und ihren Düften zu umgeben. Die beiden sind Zwillinge und wussten bislang nichts von der Existenz der jeweils anderen. Um mehr über ihre Familiengeschichte zu erfahren, reisen die Frauen in die Toskana, wo sich der Landsitz der Donatis inmitten eines prachtvollen Blumengartens befindet. Die Schwestern werden bereits von ihrer Großmutter erwartet – und nur sie kann den beiden helfen, das Rätsel ihrer Herkunft zu lösen ...

Lesen Sie mehr unter: **www.blanvalet.de**